Ropa de casa

Seix Barral Biblioteca Breve

Ignacio Martínez de Pisón

Ropa de casa

Seix Barral, un sello editorial de Editorial Planeta, S. A.
Avda. Diagonal, 662-664, 08034 Barcelona (España)
www.seix-barral.es
www.planetadelibros.com

Primera edición: septiembre de 2024
Segunda impresión: octubre de 2024
ISBN: 978-84-322-4383-7
Depósito legal: B. 14.891-2024
Composición: Realización Planeta
Impresión y encuadernación: CPI Black Print
Printed in Spain - Impreso en España

1

A principios de 2019 viajé a Segovia para consultar en el Archivo Militar la hoja de servicios de mi padre. Nacido en 1923, José María Martínez de Pisón Gaztelu se libró por edad de hacer la guerra y tuvo que esperar a la reapertura de las academias militares para dar curso a una vocación que podía deberse, en parte, a la tradición familiar y, en parte, al entonces irresistible prestigio de la milicia. Mi padre fue un militar vocacional y tardío en una época llena de militares prematuros y a la fuerza. Fue también un militar de academia en una España de militares de ocasión, rebosantes de méritos de guerra. La suya debía de ser una vocación arraigada y sincera, dado que podía augurársele cualquier cosa menos una carrera meteórica. En 1947 alcanzó el empleo de teniente del arma de artillería, en 1951 el de capitán y en 1962 el de comandante. Sus veintiocho años, ocho meses y cuatro días de permanencia en el ejército (así consta en la hoja de servicios) se desarrollaron íntegramente durante la dictadura: se incorporó tres años después de la victoria de Franco y murió cinco años antes que él.

A diferencia de otras familias de militares, que vivían en bloques del ejército inevitablemente impregnados de atmósfera castrense, nosotros vivíamos en un piso normal en el centro de Logroño y no teníamos relación con ese mundo. Apenas si conservo recuerdos de mi padre como militar. Sí me acuerdo de mi madre anunciándole en alguna ocasión que le iba a preparar el uniforme de gala. Me acuerdo porque en la voz de mi madre se juntaban el orgullo de que su marido hubiera sido invitado a una ceremonia oficial y la inquietud por que algo pudiera fallar. Mi madre nos había aleccionado para que, cuando en el colegio nos preguntaran por la profesión de nuestro padre, dijéramos «comandante ayudante del general», lo que sonaba bastante más importante que comandante a secas.

Por la documentación del archivo sé que el general del que mi padre era ayudante de campo se llamaba Basilio Sáenz Aranaz. La única vez que, fuera de casa, vi a mi padre de uniforme estaba precisamente en compañía de su superior. Lucía este unas largas barbas blancas que le daban un aspecto algo excéntrico, como de otro siglo, y despedía un olor extraño, penetrante, parecido al pachulí.

El encuentro se produjo en los soportales del Espolón. Mis hermanos y yo íbamos con mi madre. Campechano, el general se dirigió a nosotros para decirnos que, ahí donde lo veíamos, tan viejo, no era en realidad mucho mayor que nosotros, porque había nacido un 29 de febrero y solo cumplía un año de cada cuatro. Supongo que era su forma de hacerse el simpático y que la usaba a menudo con los hijos de sus subordinados. Lo que a mí me llamó la atención fue la actitud de mi padre, que asentía a las palabras de su superior con un gesto de sumisión y alborozo. No solo actuaba como si, al igual que nosotros, acabara de enterarse, sino que se comportaba un poco como nos habían enseñado a comportarnos a nosotros en presencia de adultos. Aquella mañana entendí oscuramente que la figura en torno a la cual orbitaba nuestra pequeña galaxia doméstica era apenas un satélite de otra galaxia mayor.

Para mí sus quehaceres como militar siempre fueron un misterio. ¿A qué se dedicaban, en tiempos de paz, los comandantes de artillería? Si alguna vez le interrogaba al respecto, solo sacaba en claro que mi padre no tenía trato cotidiano con la tropa: no, no era él quien, como en las películas, pautaba el paso de los soldados al grito de ¡un, dos, un, dos! Su jornada laboral se asemejaba a la de un oficinista (salía de casa a las ocho, regresaba a las tres), y en su hoja de servicios, en la misma sección en la que se le califica de «estudioso, capacitado y trabajador», se señala que «se distingue más en actividad administrativa». Así que supongo que, sí, el suyo tenía mucho de trabajo de oficina, con el habitual trasiego de formularios y expedientes, el ruido de fondo de las máquinas de escribir, las rutinas del papel de calco y la grapadora.

Ya he dicho que sus veintiocho años y pico de carrera se desarrollaron en su totalidad bajo el régimen de Franco. Mi padre fue, en puridad, un militar franquista, y estoy seguro de que, de no ser por su temprana muerte, eso habría acabado provocando algún tipo de conflicto paternofilial. Los años de la transición, que coincidieron con los de mi adolescencia, fueron años proclives al reproche entre generaciones. El hecho de que mi padre, al que siempre idealicé, no llegara en su momento a ser objeto de mis recriminaciones aplazó durante décadas una pregunta que prefería no tener que formularme: ¿fue *solo* un militar franquista? Porque en la generación de mis padres, por acción u omisión, casi todos fueron franquistas, pero la responsabilidad histórica de esa mayoría de españoles crecidos en la dictadura no igualaba la de quienes, por su condición de militares o policías, constituían el sostén del régimen, identificados con su naturaleza autoritaria, convertidos en una herramienta a su servicio.

En aquella visita de principios de 2019 a Segovia buscaba precisamente averiguar si mi padre había sido solo el militar que yo recordaba, con sus horarios de oficinista y sus tareas administrativas, o si en alguna ocasión había participado en operaciones vinculadas a la represión: escaramuzas contra el maquis, batallones disciplinarios, consejos de guerra, castigos ejemplarizantes, algo así. Para mi alivio, no hubo nada de eso. Los cincuenta y nueve documentos reunidos en el legajo resumen una trayectoria profesional más bien anodina, con sucesivos ascensos según estricto criterio de antigüedad, alguna modesta condecoración (la Cruz de la Orden de San Hermenegildo, «pensionada con 4.800 ptas. anuales»), unas pocas bajas por enfermedad, varios certificados de la Subpagaduría Militar de Haberes, las copias de las partidas de nacimiento de sus cinco hijos... Todo rutinario y previsible, menos una cosa: entre enero de 1952 y marzo de 1953 mi padre se encontraba en condición de «procesado» por haber matado accidentalmente a un hombre.

Para mí, descubrir aquello fue toda una novedad, y al instante creí haber dado con uno de esos ominosos secretos que hay en todas las familias, un secreto que mi padre habría procurado borrar de su pasado. Si alguna vez llegó a confiárselo a la que más tarde sería su mujer, mi madre, esta optó por seguir ocultándolo. Eso, al menos, era lo que yo creía. Me equivocaba. Al poco de viajar a Segovia convoqué a mis hermanos y les entregué una copia de la hoja de servicios. Cuando les anuncié como una gran revelación que nuestro padre había sido juzgado por un delito de homicidio por imprudencia, descubrí con sorpresa que todos estaban al corriente menos yo. ¿Cómo podía ser? Si de verdad eso nunca se había ocultado, el problema debía de ser yo, que por algún oscuro mecanismo del subconsciente me había esforzado por eliminar esa información, expulsarla de mi memoria y de mi vida. Lo acabo de decir: a mi padre, que murió cuando yo aún no había cumplido los diez años, siempre lo tuve idealizado.

El atropello se produjo en un punto muy céntrico de Logroño, la confluencia de la calle Muro de Cervantes y la avenida de Navarra. Por ese sitio habré pasado cientos de veces en mi infancia riojana: delante del Círculo Logroñés, que era donde se celebraban los banquetes (mi primera comunión), a solo unos pasos de la farmacia de mi tío Enrique, cerca también de la avenida del General Franco, actual avenida de la Paz, en la que mis abuelos tenían el viejo palacete familiar, que yo apenas si alcancé a conocer poco antes de que fuera demolido...

El 25 de julio de 1951, mi padre, de veintisiete años, recién ascendido a capitán, conducía su Montesa por las calles de Logroño. Marchaba a una velocidad moderada y por el lado correcto. Al doblar la esquina, viendo que había gente en la calzada, hizo sonar el claxon y redujo aún más la velocidad. Entre las personas que ocupaban la calzada estaba Hipólito Espinosa, jubilado de sesenta y seis años, que, dudando entre regresar a la acera o terminar de cruzar, rozó el extremo derecho del manillar y cayó al suelo. El contacto fue tan suave que la moto apenas si sufrió daños: solo se rompió una de las pretinas que sujetaban el faro. Mi padre se apresuró a auxiliar al herido y consiguió un coche en el que trasladarlo al Hospital Provincial, donde le practicaron las primeras curas. Atendiendo, según la sentencia, «a los deseos de la esposa», lo llevó después a su domicilio. La lesión en la cabeza no debía de parecer demasiado grave pero acabó provocando una meningoencefalitis, e Hipólito Espinosa murió el 12 de agosto, pasados dieciocho días desde el atropello. Mi padre, por su parte, fue absuelto un año y medio después, en febrero de 1953.

El Logroño de mi infancia era una pequeña ciudad de sesenta mil habitantes. Nosotros vivíamos en la calle Vara de Rey. Un poco más allá estaban el edificio del periódico *Nueva Rioja*, el puente sobre las vías del tren y la fábrica del famoso elixir dental Licor del Polo. En ese punto empezaban las afueras, si podía llamarse de ese modo al puñado de modestas edificaciones que se apiñaban a ambos lados de la carretera. Nos daba la sensación de vivir lejos del centro, en la periferia, pero en realidad estábamos a solo cuatro manzanas del Espolón y a tres de la Gran Vía, que a comienzos de esa década de los sesenta había empezado a construirse sobre el antiguo trazado del ferrocarril.

La casa, una de las pocas de esa zona que todavía se conservan, era propiedad de mi abuela. El portal era oscuro y estrecho, sin sitio para un ascensor. Mi madre, una mujer moderna para el Logroño de la época, con un pañuelo a lo Audrey Hepburn en la cabeza, aparcaba su Velosolex en el hueco de la escalera. De los vecinos solo recuerdo a dos hermanas solteras, modistas, que vivían justo debajo de nosotros. Estas dos mujeres, que mi memoria asocia con las hermanas Gilda de los tebeos, nos querían como si fuéramos sus propios hijos. Cuando en el colegio se organizaba una rifa, ellas eran las únicas compradoras seguras de nuestros boletos. En una de esas rifas les tocó un balón de reglamento y yo me las arreglé para darles el cambiazo y quedarme con el boleto premiado. Las modistas, bondadosas, se dejaron engañar porque, de todos modos, ese balón iba a ser para nosotros.

En aquella época todo parecía más viejo de lo que era. Las casas, por ejemplo. Las que tenían diez o quince años adquirían con rapidez un aspecto vetusto, centenario, y las que de verdad eran viejas lo eran como con resignación, sin la esperanza de alcanzar la categoría de antiguas. Nuestro piso consistía en un largo pasillo en forma de ele con las habitaciones a un lado y la cocina al fondo.

Tenía en general un aire sombrío, gastado, como si acabara de morir el inquilino anterior, y sin embargo los recuerdos que conservo de ese piso son de felicidad: despertarme en primavera con el canto de los vencejos, mi tía Mari Jose pinzándome las yemas de los dedos y recitando aquello de «este compró un huevito», la música de la radio que nos llegaba a través del patio interior.

Vivíamos en un mundo viejo: los carros tirados por mulas, las cajas de arenques puestas al sol, las oscuras carbonerías, los repartidores de hielo, que, cubiertos con una gruesa tela de arpillera, parecían sayones. Vivíamos en un mundo viejo, pero el futuro estaba a la vuelta de la esquina: los electrodomésticos empezaban a llegar a los hogares, los niños cantábamos *Yo estoy contento en América*, los puntos Elena que daban con el detergente se canjeaban por piezas de una moderna vajilla Duralex. Supongo que las calles estaban llenas de los viejos coches de los años cuarenta y cincuenta, pero los que yo recuerdo son ya de la época del desarrollismo, como el Seat 600 de mi tío Enrique o el Gordini de mi padre, que pronto sería sustituido por un Morris 1100, de color beis y con una franja lateral en imitación madera.

A espaldas de la casa, junto a la iglesia de Santa Teresita, estaba nuestro colegio, el Santa Isabel, que dependía de los escolapios. Era un hermoso caserón con un amplio jardín en el que el día del patrono, san José de Calasanz, hacían volar vistosos globos de papel, que ascendían bamboleándose y no tardaban en perderse entre las nubes. En ese jardín había un tobogán al que llamábamos Tragantúa, un gigante que engullía a los niños por sus enormes fauces y los expelía por el culo. Junto al Tragantúa estaba el campo de fútbol, de tierra, en el que jugábamos varios partidos a la vez, que convivían sin mezclarse. Jugábamos casi siempre con el bocadillo en la mano y el pasamontañas puesto (entonces lo llamábamos verdugo). Una tarde, Cruz, la señora que se ocupaba de nosotros y nos llevaba la merienda, recibió en plena cara un balonazo que la dejó casi inconsciente. Recuerdo el gris del polvo destacando contra el negro de sus refajos y sus sayas mientras las otras mujeres trataban de reanimarla con el agua de la fuente. Al edificio del colegio, de gruesas paredes y tejado a dos aguas, se accedía a través de un porche. Los alumnos mayores tenían las clases en el piso de arriba; los menores, en el de abajo. El parvulario, que allí llamaban «maternal», estaba a mano izquierda, en una sala con grandes ventanales. En esa sala, los niños de tres y cuatro años aprendíamos a leer en un libro titulado *Can y Me*, que contaba las andanzas de un perro y un cordero. Los vocablos menos usuales iban acompañados de una ilustración que aclaraba su sentido. Gracias a una de esas ilustraciones me enteré de lo que era un aprisco, palabra que no creo haber vuelto a utilizar hasta hoy.

Los niños del Santa Isabel estábamos enemistados con los de un colegio cercano, el Madrid-Manila, así bautizado en honor a una vieja hazaña de un aviador riojano. Era una enemistad heredada de cursos anteriores cuyo origen nadie conocía. De vez en cuando, como cumpliendo algún rito ancestral, teníamos que acercarnos, lanzar un par de piedras y escapar corriendo. Ahora en esa zona no queda ni un palmo de suelo sin construir, pero lo que yo recuerdo son extensos barrizales teñidos de rojo por el sol de la tarde. Por ahí cerca, aunque no sabría decir dónde, estaba el viejo estadio de Las Gaunas, al que de vez en cuando nos llevaban. El Logroñés jugaba entonces en tercera división. En Navidades cantábamos un villancico que decía: «En el portal de Beleeén hay una televisiooón para ver al Logroñeeés en segunda divisiooón».

Logroño era algo así como la ciudad de provincias por antonomasia. Allí, en 1956, se rodó buena parte de la película *Calle Mayor*, que habla precisamente de la vida en provincias. Mi madre recordaba haber visto rodar alguna escena en la calle Portales, lo que quiere decir que para entonces mis padres ya eran novios. Tengo algunas fotos de su noviazgo: mi padre ya calvo pero todavía delgado, flexible, atlético, mi madre con el pelo más largo de lo que luego sería habitual en ella, las facciones redondeadas, la mirada dulce, jóvenes los dos, más o menos de la edad que ahora tienen mis hijos, y alegres, muy alegres, casi diría radiantes, y bien vestidos, y mundanos, porque la mayoría son fotos hechas en fiestas y celebraciones. Qué sensación tan rara, asomarte a la vida de tus padres cuando todavía no eran tus padres, atrapar un gesto de complicidad que no recuerdas haber visto en la realidad, percibir la secreta corriente de intimidad y confianza que se ha establecido entre ellos, saberlos tocados por la magia de la juventud y el amor, notar a su alrededor algo parecido a un aura. Qué sensación tan rara, digo, porque los hijos siempre creen que todo lo de sus padres les pertenece y en esas fotos está la única parte de mis padres que nunca nos perteneció ni a mis hermanos ni a mí. Entonces solo se pertenecían el uno al otro.

A mi abuelo paterno, que se apellidaba Martínez de Pisón por partida doble, no lo conocí porque ya había muerto cuando nací. Una tarde de finales de los noventa, Rafael Azcona, que lo recordaba de su juventud logroñesa, reprodujo delante de mí su manera de andar: las zancadas grandes, el cuerpo encorvado, la cabeza moviéndose arriba y abajo como asintiendo a un interlocutor imaginario. Debía de ser una gloria local. Varias veces campeón de España de tiro al plato, la leyenda familiar dice que murió de un infarto justo después de ser manteado en la celebración de la enésima victoria. Tenía el título de marqués del Puerto. Mi abuela, que al poco de enviudar heredaría de su hermano el marquesado de Echandía, prefirió siempre utilizar el título de su marido, más prestigioso. Pero tampoco es que lo utilizara demasiado: en las invitaciones de boda, en las esquelas y poco más. Recuerdo el letrerito que había en la puerta de su casa: MARQUESA VDA. DEL PUERTO. A mí me parecía absurdo que se recurriera a una abreviatura para ahorrarse solo dos letras y sospechaba que aquello debía de ser una expresión de deferencia o respeto, una especie de tratamiento honorífico. España era entonces un país lleno de viudas. Hasta los caramelos que comíamos, las pastillas de café con leche Vda. de Solano, tenían nombre de viuda.

La casa de la que hablo no era la antigua y grande de la avenida del General Franco sino un piso en uno de los primeros edificios de la Gran Vía. Era una casa moderna, recién construida, pero todo en ella era lóbrego, cochambroso, valetudinario. Suele ocurrir con las viviendas de los viejos, que se impregnan de la vejez de sus dueños. A mi abuela de Logroño me resulta imposible imaginármela joven. Digo «abuela de Logroño» porque mis dos abuelas se llamaban Pilar y de ese modo la distinguíamos de la otra, la de Zaragoza, pero en realidad la madre de mi padre era de Pamplona. De hecho, también mi padre lo era, y lo tuvo siempre a gala: seguidor a distancia del Osasuna, compraba los coches en Pamplona para que exhibieran en la matrícula las siglas NA de Navarra.

A mi abuela de Logroño, diabética, le faltaba un dedo de una mano. Todos los días iba el practicante a ponerle la inyección de insulina, lo que a mí me parecía el colmo de la calamidad: a los niños de entonces pocas cosas nos inspiraban más miedo que las inyecciones. Vivía con una vieja sirvienta llamada Felisa que había hecho el voto de no cortarse el pelo y, como lo llevaba siempre recogido, se le había terminado apelmazando y convirtiendo en una especie de costra impenetrable. Alguna noche, no recuerdo por qué motivo, mi hermano Josefo y yo nos quedamos a dormir en esa casa, y Felisa nos puso sendos orinales debajo de la cama. Mi hermano y yo nos mirábamos sin entender: ¿por qué tendríamos que mear en un orinal pudiendo hacerlo en el retrete? En los momentos de cariño, que no abundaban, la abuela nos llamaba «los pocholos». Con cierta frecuencia íbamos a comer a su casa. El menú, invariable, consistía en un plato único de macarrones con tomate, que sabía que nos gustaban. Digamos que no era una persona muy aficionada a los niños, y jamás se tomaría la molestia de averiguar si nos gustaba algún otro plato. Mi madre siempre nos insistía en que, en casa de la abuela, solo habláramos cuando se dirigiera a nosotros, lo que quiere decir que permanecíamos toda la comida en silencio. En una esquina del comedor estaba el televisor. En cuanto aparecía el hombre del tiempo, la abuela mandaba subir el volumen y nos hacía callar a todos, que en realidad ya estábamos callados. Para ella, el parte meteorológico era lo más importante. En cierta ocasión, justo después del parte, salió hablando el escritor José María Pemán, que por entonces tendría unos setenta años, y mi abuela, compasiva, exclamó: «¡Pobre Pemán, qué viejito está!». ¿Viejito?, pensé yo, ¡pero si ella estaba aún más vieja!

Su familia de Pamplona, los Gaztelu, eran los dueños o mandamases de un banco, el Crédito Navarro, que acabaría siendo absorbido por el Banco Central. Supongo que en algún momento mi abuela repartió su fortuna, o parte de ella, entre sus siete hijos. Solo así se explica que en muy poco tiempo mis padres pasaran a ser propietarios de un chalé en las afueras y de un piso en uno de los modernos bloques que se estaban construyendo en la Gran Vía. Vivíamos bien, desde luego mucho mejor de lo que entonces se vivía con el exiguo sueldo de un militar. Los fines de semana íbamos todos hasta la Gran Vía para ver cómo avanzaban las obras de nuestra nueva casa, que dispondría de todo tipo de adelantos y comodidades, calefacción central incluida. En aquella época, cuando una edificación se daba por terminada, se colocaba en la azotea una bandera de España. El día en que por fin la bandera ondeó también en nuestra azotea fue un día de felicidad. Dejar el viejo piso de Vara de Rey y mudarnos al nuevo de la Gran Vía significaba algo así como avanzar en el tiempo, dar un salto de varias décadas para instalarnos finalmente en el futuro.

El chalé estaba a unos diez kilómetros de Logroño, en el término municipal de Albelda. Mi padre lo bautizó como Villa Deva en homenaje al lugar de vacaciones de su infancia. La casa recordaba un poco las de las series norteamericanas, con grandes ventanales, tejado de pizarra y un alto muro de mampostería. Nos instalábamos en ella a finales de junio y no volvíamos a la ciudad hasta comienzos de septiembre. Mi padre iba y venía todos los días en su moto, una BMW con matrícula de Ceuta que aparcaba junto al ciruelo chino del jardín delantero. En la parte de atrás había una hilera de chopos, un campo de hierba con un solitario cerezo en el centro y un huertecito con una docena de frutales. Al fondo de todo estaban la piscina y la caseta de la depuradora, que era inmensa, desproporcionada. El terreno lindaba con una acequia a la que una conservera del pueblo arrojaba los excedentes de pepinillos. A mis hermanos y a mí los pepinillos nos encantaban. Sentados en el fondo de la acequia, los atrapábamos al paso y nos los comíamos a puñados.

Aquello era lo más parecido al paraíso terrenal: una vida sin estorbos ni obligaciones, en la que bastaba con alargar el brazo para comerte una pera o unas cerezas o una docena de pepinillos. Las vacaciones pasaban entre juegos con los niños de los otros chalés, excursiones al río Iregua en busca de cangrejos y paseos hasta La Tapiada, la granja en la que comprábamos la leche y nos dejaban recoger huevos en el gallinero. Los días nos parecían muy largos, pero las semanas muy cortas. Si trato de encontrar en mi pasado un soplo de autenticidad y pureza, la memoria me conduce indefectiblemente a esos veranos riojanos de los años sesenta. Tenía entonces la certeza de estar habitando un paraíso y no veía ningún motivo para que las cosas tuvieran que cambiar. La vida se ofrecía hermosa, promisoria.

Solo hubo un episodio que habría podido enturbiar esa percepción. Los primeros veranos, mis padres contrataban a una muchacha para que ayudara en casa. La última que tuvimos desapareció a los pocos días sin que ni yo ni mis hermanos supiéramos por qué. Años después nos enteramos de que había intentado practicarse un aborto con unas agujas de tejer y le había faltado poco para morir desangrada. Mis padres se ocuparon de trasladarla al hospital y luego, por supuesto, se desentendieron de ella: en aquella época catolicona y mojigata, las mujeres en su situación no inspiraban compasión sino repulsa. Pero ya he dicho que ni yo ni mis hermanos nos enteramos.

Mis padres se habían confabulado para que tuviéramos una infancia sin preocupaciones ni sobresaltos. Recuerdo mi niñez como un tiempo en el que todo era seguro, consistente. Vivíamos con la sensación de que las cosas iban a seguir siendo como habían sido siempre, sin darnos cuenta de que ese *siempre* no abarcaba más allá de los últimos dos o tres años. El día en que me enteré de que mi padre había pedido el traslado y nos íbamos a vivir a Zaragoza, lloré a lágrima viva y corrí a buscar consuelo entre los brazos de Cruz, nuestra niñera, que nos quería con locura y a la que había declarado poco menos que amor eterno cuando, para mi primera comunión, me regaló una cartilla de ahorros infantil con un saldo de cinco pesetas. Mudarnos a Zaragoza no solo significaba decir adiós a Cruz, a mis amigos y mis primos, a mi colegio, a mis lugares habituales: también a esa seguridad, esa consistencia, ese *siempre*. Mi infancia estaba a punto de concluir, y lo iba a hacer de la manera más abrupta.

Mi madre, como buena aragonesa, quería que sus hijos también lo fueran, y cuando le faltaba poco para dar a luz viajaba de Logroño a Zaragoza. En total, hizo ese viaje cinco veces entre 1959 y 1968. A los pocos días regresaba con un nuevo zaragozano entre los brazos. Para ella era, en efecto, un viaje de vuelta. Para nosotros (quiero decir, para mis hermanos y para mí) era el primer viaje, un viaje de ida y, como tal, incompleto: los viajes solo terminan cuando se regresa al punto de partida. El regreso a Zaragoza se produjo en septiembre de 1970. Aquel fue nuestro viaje de vuelta.

Entre tanto, a lo largo de esos casi diez años, había habido, por supuesto, muchos viajes Logroño-Zaragoza-Logroño. En mi memoria todos esos viajes se mezclan y confunden en uno solo. Y, sin embargo, está claro que cada viaje era distinto. Unas veces viajábamos en invierno para las vacaciones navideñas, otras en primavera para la Semana Santa o en verano para el final del curso. Los primeros años lo hacíamos en el Gordini, los últimos en el Morris. Y si un año íbamos cinco, al siguiente íbamos seis, y al final hasta siete: o éramos todos muy menuditos o el Morris era mucho más espacioso de lo que a simple vista aparentaba.

Los 172 kilómetros de aquella carretera daban para muchos diálogos del tipo: «¿Cuánto falta, mamá?», «ya casi estamos», «¿cuánto falta, papá?». Eran 172 kilómetros de los de entonces, con baches como cráteres, caravanas interminables y camiones que no se dejaban adelantar. Para hacer más llevadero el largo viaje, había que segmentarlo en etapas. Las referencias se habían ido fijando de forma natural en viajes anteriores, y al final nos parecía que estaban puestas allí para eso. Cuando atravesábamos no sé qué pueblo riojano, había que localizar en cierta esquina el clásico azulejo de Nitrato de Chile: primera etapa. Cuando llegábamos a determinada recta, buscábamos otro elemento publicitario: un tarro de Danone, igualito a los de cristal de toda la vida, pero gigantesco, de dos o tres metros de alto. Mis hermanos y yo nos relamíamos imaginándolo lleno de yogur: segunda etapa. Más tarde, al salir de una zona de curvas, alguien se apresuraba a decir: «Aquí fue donde una vez se mareó...». No recuerdo quién era el que se había mareado, tal vez yo: tercera etapa.

De repente, como por arte de magia, brotaban amplios arcenes a ambos lados de la carretera, los baches desaparecían y el tráfico discurría con insospechada fluidez. Era que habíamos abandonado la provincia de Logroño para adentrarnos en la de Navarra, y en cada viaje mi padre proclamaba con orgullo pamplonés que allí las carreteras eran mejores porque las construía la propia diputación. No eran muchos kilómetros, pero sí los suficientes para alterar nuestra medida del tiempo. A partir de ahí, las etapas se encabalgaban con rapidez y, casi sin darnos cuenta, llegábamos a la que la tradición familiar había establecido como penúltima etapa, un chalé a la entrada de Casetas que tenía un pequeño estanque con cuatro o cinco patos. «¡Los patos, los patos!», gritábamos, aunque, en realidad, lo que queríamos gritar era: «¡Ya casi estamos! ¡Ya casi hemos llegado a Zaragoza!».

Pero todavía no habíamos llegado. Aún quedaba la entrada en la ciudad, que en mi recuerdo, acaso condicionado por nuestra impaciencia de entonces, se hacía eterna. La sensación de estar de verdad en Zaragoza no la teníamos hasta que, ya de noche, el Gordini o el Morris enfilaba por fin Independencia y aparecían delante de nosotros los anuncios luminosos de la plaza de España: el de la Caja de Ahorros de Zaragoza, Aragón y (precisamente) Rioja, el de Colchones Flex, el de Philips y, destacando entre todos estos, el de la oronda gallina de Avecrem. Ver todas aquellas luces de colores nos transmitía además la sensación de estar en una gran ciudad, porque en Logroño no había anuncios así.

Pero la Zaragoza por la que luego íbamos a movernos era una Zaragoza muy pequeña. Su centro geográfico estaba situado en la casa de mis abuelos, en el Coso, y su área quedaba limitada por la plaza de los Sitios, entonces llamada de José Antonio, en cuyo quiosco de la música jugábamos a las cuatro esquinas, por los cines de Independencia a los que nos llevaba mi abuelo y por la plaza del Pilar, hasta la que alguna vez se alargaban nuestros paseos familiares. Como siempre íbamos para las vacaciones, Zaragoza me parecía una ciudad alegre, festiva, en la que los adultos trabajaban poco o nada y los niños no tenían que ir al colegio.

Mis recuerdos de esas estancias son breves e inconexos, como el último aleteo de un sueño antes de desvanecerse por completo. Un recuerdo: estamos sentados en el viejo suelo de madera, rodeados de nuestras primas rubias, y a alguien se le clava una astilla en el dedo. Otro recuerdo: por primera vez oigo exclamar «*Oh la là!*»; se lo oigo al tío Carlos, el hermano menor de mi madre, que ha estado viajando por Francia. Uno más: alguien en la cocina canta *El toro enamorado de la luna*. El último: mi madre, recién llegada de la calle, pregunta si queremos probar las lenguas de gato y, tras una primera reacción general de repugnancia, descubrimos con alivio que se trata de chocolatinas.

Nuestra primera casa en Zaragoza estaba en el número 11 de Menéndez Pidal, una calle de nueva construcción, con edificios de doce o catorce pisos, lo más parecido a un rascacielos que había en la ciudad. Delante teníamos el Hospital Militar, en el que habíamos nacido los cinco hermanos, y detrás, el colegio de los jesuitas, todavía a medio construir. La proximidad del colegio había sido determinante en la elección de vivienda. Mi madre jamás habría aceptado que fuéramos a otro. En los jesuitas habían estudiado su padre y sus hermanos; en los jesuitas daba clases mi tío Ignacio, sacerdote. Si mis padres eligieron ese barrio, fue sobre todo por la cercanía del colegio. Este se iba inaugurando por fases y todavía algunos cursos, los de los más pequeños, se impartían en el edificio histórico, que estaba en el centro de Zaragoza, al comienzo de lo que ahora es el paseo de Sagasta. Así, se da la paradoja de que los dos hermanos mayores nunca pasamos por las aulas del colegio antiguo (las mismas en las que sesenta años antes había estudiado Luis Buñuel) y en cambio sí lo hizo el siguiente, Diego, tres años más joven que yo, que no empezó a estudiar en el colegio nuevo hasta que estuvo totalmente terminado.

Nos instalamos en Zaragoza a principios de septiembre, justo antes del comienzo del curso, y mi padre murió el 5 de octubre, así que en el piso de Menéndez Pidal apenas si conviví un mes con él. Por mucho que hurgo en mi memoria, solo consigo rescatar tres recuerdos suyos durante ese mes. Lo veo en la pequeña galería acristalada escuchando en su tocadiscos Zenith recién comprado el *Concierto para violín y orquesta* de Chaikovski, su composición favorita. Lo veo en el salón enseñándonos algunos rudimentos de inglés, asignatura a la que ese año íbamos a enfrentarnos por primera vez. Lo veo afeitándose ante el espejo del cuarto de baño y limpiándose la sangre de los pequeños cortes, que yo creía dolorosos y él me aseguró que no lo eran en absoluto. Eso es todo. Por supuesto, no conservo recuerdos de la última vez que lo vi con vida.

Las pocas veces que, muchos años después, hablé con mi madre sobre lo ocurrido entre el 4 y el 5 de octubre, discrepamos sobre la película que esa noche estábamos viendo en televisión. Ella hablaba de una que yo jamás había oído mencionar; yo, del clásico de Robert Mulligan *Matar a un ruiseñor*. Había al menos dos motivos para darle la razón. En primer lugar, ella era entonces una adulta, una mujer de treinta y seis años, y yo, un niño de nueve, más propenso a confundir detalles y mezclar recuerdos. En segundo lugar, el personaje que interpreta Gregory Peck en *Matar a un ruiseñor*, un abogado recto, incorruptible, íntegro, tolerante, profundamente humano, padre amoroso que se esfuerza por proporcionar una infancia feliz a sus dos hijos, huérfanos de madre, se parece mucho al padre ideal que todos los niños querrían tener, así que no podía descartar que lo mío fuera una mistificación o sublimación de la memoria, el falso recuerdo de un hijo huérfano. Y, sin embargo, el que tenía razón era yo. Me ha bastado con acudir a una hemeroteca digital para comprobar que, en efecto, a las 22.10 de esa noche de domingo la primera cadena de Televisión Española emitió la película de Robert Mulligan en el programa *Sesión de noche*.

Matar a un ruiseñor acabó pasada la medianoche. Si alguno de mis hermanos pequeños había empezado a verla (no lo creo), seguro que mis padres lo habían mandado pronto a la cama. Mi hermano Josefo y yo la vimos entera y nos quedamos dormidos nada más acostarnos. Mientras mi madre apagaba luces y se preparaba para ir al dormitorio, oyó en el cuarto de baño el ruido de un cuerpo al desplomarse. Era mi padre, que se había encontrado algo indispuesto a lo largo de la tarde y acababa de sufrir un infarto fulminante. Unos segundos después agonizaba entre sus brazos. Qué instante de terror debió de ser: ella, una mujer joven e inexperta, sosteniendo el cadáver de su marido, tratando de no hacer ruido, reprimiendo incluso el llanto para no despertar a sus cinco hijos. No se me ocurre una soledad mayor, más pavorosa.

El certificado de defunción sitúa la muerte a las dos de la madrugada. Está firmado por Ricardo Peciña Íñigo, un médico que, como muchos en aquella época, vivía de las igualas, unas cuotas que cobraban periódicamente a sus pacientes. Me acuerdo de él porque siguió siendo nuestro médico de cabecera durante muchos años. Cuando alguno de nosotros se ponía malo, mi madre no tardaba en pronunciar la fórmula mágica, de resonancias casi sagradas: «Hay que llamar a Peciña». Este aparecía con su maletín por casa a cualquier hora del día o de la noche y, tras un somero análisis, restaba importancia a nuestra inflamación de amígdalas o nuestros cuarenta grados de fiebre. Según él, estábamos «fuertes como toros». Mi madre, que lo consideraba poco menos que una eminencia de la medicina, acogía sus palabras como un halago personal.

Pero aquella noche Peciña debía de ser todavía un extraño para ella, que, en cuanto tuvo presencia de ánimo suficiente para descolgar el teléfono, pidió ayuda a sus hermanos. Alguno de ellos debió de llamar a Peciña. Antes de que este llegara, había que llevarse de allí a los niños, que seguíamos dormidos, ignorantes de todo. A los tres menores los repartieron por casas de diferentes tíos. De los dos mayores se ocupó mi tío Ignacio, el jesuita, que nos sacó de la cama con el pretexto de que, si nunca habíamos dormido en un castillo encantado, esa misma noche lo podíamos hacer. Una propuesta así, a horas tan intempestivas, tendría que habernos parecido cuando menos estrafalaria, pero no recuerdo que protestáramos ni pidiéramos explicaciones. Confiábamos en los adultos y no teníamos ningún motivo para recelar.

En efecto, la Quinta Julieta, que da título a una de las novelas que componen *Crónica del alba* de Ramón J. Sender, tenía algo de castillo encantado. Propiedad de los jesuitas, que la utilizaban para ejercicios espirituales y competiciones deportivas, y situada al lado del Canal Imperial, era una caprichosa finca de recreo de finales del siglo XIX, con extensos jardines, lagos y cuevas artificiales, un templete con forma de pagoda y un pintoresco palacete del que sobresalía una alta torre de aspecto medievalizante. En el interior de esa torre había una pequeña habitación, que fue donde dormimos mi hermano y yo, desconocedores de lo que estaba ocurriendo. A la mañana siguiente nos dieron de desayunar en la planta baja. Era lunes, día lectivo, pero nadie hablaba de llevarnos al colegio. Supongo que en algún momento empezamos a sospechar algo. Oímos el ruido de un motor, vimos al tío Carlos salir de su coche y en ese mismo instante Josefo y yo nos echamos a llorar. De una extraña manera acabábamos de adivinar que nuestro padre había muerto.

2

Mi madre era una mujer menuda y nerviosa que se despertaba con el alba para trastear en la cocina y comía menos que un gorrión. Había sido una niña rolliza y le daba pánico engordar. De esa infancia conservaba el apodo familiar de Pilón, que se alternaba con el más tardío de Pilita. Fumaba mucho: de joven, Bisonte; más tarde, Ducados. Cuando, ya muy mayor, se decidió a dejar el tabaco, se lamentaba de que por culpa de eso había ganado algunos kilos (dos o tres, no más). Llevaba el pelo bastante corto, a lo chico, un pelo negro, fuerte, brillante, que solo empezó a encanecer en los últimos años. Era muy friolera y alardeaba de ello como si fuera un mérito o una virtud. «¡Calor, calor!», exclamaba, «¡eso es lo que me gusta!, ¡pasar calor!». Vestía pantalones vaqueros y jerséis de vivos colores, y hasta el final de su vida conservó un aire vagamente juvenil que contrastaba con el de la gente de su edad. El viaje de novios lo hicieron mi padre y ella en moto, en la BMW comprada en Ceuta, lo que entonces entre la gente de su clase social se consideraba casi una provocación. No le gustaba que la fotografiaran, y en las películas familiares se la ve haciendo con frecuencia gestos de rechazo. En cambio, le encantaba hablar y lo reconocía con leve jactancia. «A mí es que no hay manera de hacerme callar, yo es que no me callo ni debajo del agua», decía. Soltaba de repente una perorata y, como si ella misma fuera perdiendo interés en lo que contaba, la cerraba con un «por eso te digo que...» que se deshacía en el aire como una pompa de jabón. Contaba las anécdotas de una manera algo teatral que a mí me hacía mucha gracia, y las concluía con una risa sorda que sonaba como un bufido. Para expresar sorpresa exclamaba «¡holaaá!» con fuerte acento aragonés, las anécdotas las remataba diciendo siempre «¿no te encanta?» y, cuando emitía una opinión, reclamaba aquiescencia con un «¿no te parece?» que quedaba por unos instantes suspendido entre el humo azul del Bisonte o el Ducados. En los viajes en coche ponía casetes de Julio Iglesias y María Dolores Pradera, que todos acabábamos aprendiéndonos de memoria. Estaba suscrita al Círculo de Lectores y nunca se acostaba sin leer antes treinta o cuarenta páginas. Dormía como un tronco. Lo único que la despertaba eran los timbrazos de un viejo despertador cuyo estrepitoso tictac rebotaba en todas las paredes de la casa y nos impedía conciliar el sueño a los demás.

Poco más de diez años de matrimonio y casi cincuenta de viudez: ese sería uno de los posibles resúmenes de su vida. Crecida en plena posguerra, mi madre perteneció a la última generación de españolas educadas para consagrarse a la casa, el marido y los hijos. Estudió primero en el Sagrado Corazón de Zaragoza y más tarde en el internado que esa orden tenía en la localidad soriana de Santa María de Huerta. Aunque completó el bachillerato, las monjas no se molestaron en expedirle un título: se daba por supuesto que jamás lo iba a necesitar. Tampoco estaba previsto que una mujer como ella tuviera que aprender a conducir, una actividad que, al igual que trabajar y llevar un sueldo a casa, correspondería a su marido. Con la viudez todo eso le cayó encima de repente: conseguir alguna titulación, buscar un empleo, aprender a conducir. Sin desentenderse de sus responsabilidades de madre, debía habilitarse aceleradamente para ejercer también como padre y sacar adelante a sus cinco hijos sin la ayuda de nadie.

A mí mi madre me parecía una persona segura, fuerte y decidida por la única razón de que era el adulto que tenía más cerca. Carecía yo de ese instinto que dicen que tienen los perros, que huelen el miedo de la gente, y no percibía la nube de miedo que la rodeaba. Era un miedo vasto y difuso: miedo al futuro, a lo desconocido, miedo a la pobreza, miedo a equivocarse, a no estar a la altura, a hacer las cosas mal.

Una noche, en la pequeña cocina de Menéndez Pidal, nos contó a Josefo y a mí una oscura historia que no acabé de entender acerca de una vieja pistola de mi padre. Por la hoja de servicios de este sé que en abril de 1956 le sustrajeron el arma reglamentaria. Ocurrió en el barrio ceutí de Hadú. Situado más allá de las antiguas murallas, el barrio creció en los amplios terrenos cedidos por el sultán de Marruecos en el tratado de Wad-Ras de 1860. En la actualidad es una zona residencial en la que están enclavados el campo de fútbol del equipo local y el cuartel de regulares. Apenas si quedan edificios de la época de mi padre. En un reciente viaje a Ceuta aproveché para pasear por sus calles pero no encontré ningún elemento que me ayudara a evocar su presencia. En todo caso, no queda ni rastro de los numerosos establecimientos de mejor o peor reputación a los que acudían a divertirse los militares. Mi padre había ocultado la pistola debajo de una gamuza y unos guantes en el salpicadero del coche mientras entraba con unos compañeros en una sala de fiestas. La sustracción fue denunciada y el auditor de guerra incoó una investigación que cinco meses después acabaría eximiéndole de cualquier responsabilidad. En la versión de mi madre, mi padre había tratado de solucionar el asunto a la brava, agenciándose una pistola en el mercado negro, y había sido peor el remedio que la enfermedad. Su única irregularidad consistió precisamente en adquirir de forma ilegal un arma, de la que luego no sabía muy bien cómo deshacerse. Al final debió de hacer lo que haríamos todos: lanzarla al mar en una zona de aguas profundas y poco accesibles. Pero, si creyó que de ese modo despachaba para siempre el problema, se equivocaba, o al menos eso es lo que afirmaba mi madre, según la cual el número de serie de un arma de fuego nunca llegaba a borrarse del todo y también las huellas dactilares persistían durante mucho tiempo... Oyéndola hablar, el asunto no ofrecía dudas: en un momento u otro, esa pistola acabaría apareciendo y las autoridades, tirando del hilo, no tendrían dificultades para localizar y castigar a su propietario. La amenaza, aunque latente, vaga, inconcreta, funcionaba como una maldición milenaria porque carecía de fecha de caducidad. Era un fantasma que, venido desde el más allá, nunca cesaría de perseguirnos, un acto de hechicería capaz de viajar entre continentes y entre décadas. Ni siquiera el salto entre generaciones podría neutralizar un maleficio que en el pasado le había robado el sosiego a nuestro padre y debía robárnoslo a nosotros en el futuro, cobrándose una vieja deuda que el destino solo había aplazado. Cuando mi madre nos hablaba de la pistola, lo hacía con el tono tenebroso con que se cuentan las historias de terror en las noches de verano, y creo que en torno a esa pistola se condensaban otros miedos muy variados, todos profundos, todos borrosos. Convertir esos miedos en una narración y compartirlos con nosotros era una manera de someterlos, domesticarlos, hacerlos llevaderos.

Viuda joven y mal preparada para afrontar los retos de la realidad, mi madre se guardaba de exhibir su fragilidad y ni siquiera se permitía quejas sobre el castigo que le había infligido el destino. Los instantes de zozobra, que debían de ser muchos, los vivía en soledad, y ante la gente simulaba una determinación y una entereza que estaba lejos de sentir. Esa mezcla de inseguridad y fingimiento la llevó a desarrollar, como si fuera una coraza natural, un carácter áspero que conservaría ya el resto de su vida. Si en algún momento había sido afectuosa, zalamera o efusiva, dejó de serlo en cuanto enviudó: eran signos de debilidad que no estaba dispuesta a consentirse, y lo más parecido que recuerdo a una caricia era el contacto de su mejilla con mi frente para comprobar si tenía algunas décimas de fiebre. Cuando, muchos años después, nacieron sus primeros nietos, no paraba de besuquearlos y toquetearlos. Solo entonces me di cuenta de lo poco que nos había besado y tocado a nosotros, sus hijos.

La pobre mujer debía de estar desbordada. Al tiempo que se preparaba para sacarse el carné de conducir y obtener el título de bachiller superior, trabajaba como dependienta en Carrusel, una tienda de moda infantil de una antigua compañera de colegio. Los ratos que le quedaban libres nos los dedicaba a nosotros, que a medida que crecíamos nos volvíamos más díscolos y peleones. De vez en cuando, en mitad de alguna pelotera nuestra, le daba uno de sus arranques de mal humor, que solían sustanciarse en un reparto más bien aleatorio de sopapos (mi hermano Diego era el que más se llevaba) y una perturbadora admonición final: «¡Cualquier día me voy de casa y a ver cómo os las arregláis sin mí!». Cuando en la cartilla de notas nos ponían alguna observación por mal comportamiento, empleaba la misma entonación para formular la más temible de las amenazas, que consistía en enviarnos a un internado de la localidad navarra de Lecároz famoso por su disciplina. «¡Ahí sabréis lo que es bueno y os meterán en cintura!», exclamaba con la mirada encendida, cargada de dramatismo.

Su incapacidad para conducir era notable. Le costó Dios y ayuda sacarse el carné y, cuando por fin lo consiguió, tardó mucho en perderle el miedo al coche. Vendió el Morris 1100 con matrícula de Navarra, que tal vez le recordaba demasiado a mi padre, y compró un Simca 1200 de color rojo. Conducía en un estado de extrema tensión, inclinada sobre el volante, consciente de que la catástrofe acechaba en todas las esquinas. Al final se trataba siempre de catástrofes menores: calársele el motor en un semáforo, hacerse un pequeño lío en la maniobra de aparcamiento. El Simca 1200 tenía el clásico cambio de marchas en forma de hache, y para pasar de segunda a tercera había que hacer un doble giro que a mi madre le resultaba dificilísimo. Por lo que fuera, la palanca se le quedaba siempre atascada en mitad del giro y no iba ni para un lado ni para otro, el vehículo avanzando en punto muerto, el motor revolucionado atronándonos a todos. Hicimos no sé si viajes enteros pero sí largos recorridos en segunda marcha porque mi madre no era capaz de cambiar a tercera. «¡Me han vendido un coche con el cambio estropeado!», protestaba, desesperada. Antes de que inauguraran la autopista, los viajes de verano eran toda una ordalía. Cada tramo de carretera que avanzábamos se nos presentaba como una nueva prueba superada: las interminables caravanas de camiones, la frecuente irrupción de tractores, los temerarios adelantamientos de los motoristas... Pero ninguna de esas pruebas igualaba la prueba máxima, la trascendental, que era la ascensión al Coll de Lilla, el único puerto de montaña que nos separaba de la playa. Era en esas cuestas donde más problemas tenía mi madre con el cambio de marchas. La palanca acababa cediendo después de largos minutos de incertidumbre y cuando ya el Simca, exánime, parecía a punto de echar a rodar hacia atrás. En lo alto del Coll de Lilla había un bar de carretera en el que parábamos para celebrar con unas Coca-Colas el triunfo de haber llegado hasta allí. Luego salíamos al aparcamiento y mi madre nos hacía con la Instamatic la clásica foto de comienzo de las vacaciones, escalonados los cinco de mayor a menor, los chicos con el mismo niqui y las mismas bermudas de Carrusel, Natalia con un vestido algo *hippie* también de Carrusel, muy rubios todos, muy rubios Josefo, Borja y Natalia, que siempre lo habían sido, pero también Diego y yo, que solo lo éramos en verano, y todos con la misma expresión de apremio, los ojos entrecerrados, porque siempre nos fotografiábamos donde había más luz, y el sol nos daba en plena cara y acababa cegándonos.

Mi madre era orgullosa. Decía que no necesitaba ninguna ayuda porque no quería deber nada a nadie, y luego, en los momentos de flaqueza, se lamentaba de que nadie la ayudaba. Vendió la BMW, el chalé de Logroño y el propio piso de Menéndez Pidal, tan a desmano, y nos mudamos a un piso grande y bueno en el centro. Ahí no podía decir que estaba sola y no tenía a nadie que le echara una mano. Nuestro piso era el cuarto izquierda. En el segundo izquierda vivían mis abuelos, en el segundo derecha vivía mi tío Juan Luis con mis primas rubias y en el primero derecha estaba el despacho de abogados que compartían mi abuelo y dos de mis tíos: entorno familiar no nos iba a faltar. Mi madre, por miedo a que nos perdiéramos, nos hizo recitar la dirección hasta asegurarse de que la habíamos memorizado: Zurita, 14, 4.º izquierda. Hicimos lo mismo con el número de teléfono, que era el 22 46 96. Medio siglo después, esa dirección y ese número de teléfono vuelven a mí con la cantinela de entonces, no tan distinta de la de los escolares salmodiando las tablas de multiplicar: dos por uno es dos, dos por dos, cuatro...

La calle Zurita, ahora llena de tiendas de diseño y restaurantes modernos, tenía entonces algo de calle de barrio incrustada en una de las zonas señoriales de la ciudad. En nuestra parte había una fábrica de velas, un estanco, una autoescuela, un bar de reputación dudosa (el Fiesta), un colegio de chicas (las Teresianas) y, sobre todo, tiendas de recambios, muchas tiendas de recambios para automóviles. En la otra parte, la más cercana al paseo de la Independencia, estaban la papelería Gambón (allí me guillotinaban las fichas en las que luego mecanografiaba breves reseñas de películas), la salida trasera del cine Coliseo Equitativa y, durante los años en que estuvieron de moda los pantalones acampanados, la tienda La Meca de los Pantalones, de la que eran asiduos Nino Arrúa y Lobo Diarte, las dos estrellas del Zaragoza de los Zaraguayos. Pegada a La Meca de los Pantalones estaba la cafetería La Espiga, famosa porque la había frecuentado el príncipe Juan Carlos de Borbón en su etapa de cadete en la Academia General Militar. De todos modos, el recuerdo más vivo que guardo de esa calle es el de la panadera que, montada en un gran triciclo que llevaba adosado un cajón de madera, repartía barras de pan por el vecindario. Todos los días, a media mañana, teníamos dos barras recién hechas en la bolsa de tela que dejábamos colgada del tirador de la puerta.

Lo de que nadie ayudaba a mi madre no era del todo cierto. En poco tiempo, mis abuelos vendieron la vieja casa del Coso, que era enorme, y la finca que tenían en La Almunia de Doña Godina, y al menos una parte del producto de esas ventas la repartieron entre sus hijos. El problema es que estos eran siete, así que luego, uno a uno, no salían a tanto. La cantidad que correspondió a mi madre, fuera la que fuese, no le dio para muchos lujos. Con cinco cachorros que alimentar y sus modestos ingresos de dependienta de comercio y viuda de militar, el dinero se le escurría entre los dedos. Eran años de inflación desbocada y, aunque de puertas afuera se negaba a hablar de dinero porque lo consideraba de mal gusto, en privado no había día en que no se quejara de las subidas de los precios. En casa todo era hacer economías: aprovechar la lana de los jerséis viejos, heredar la ropa del hermano que te precedía, prolongar la vida útil de cuadernos y libros de texto, no beber refrescos salvo en ocasiones excepcionales. Cuando, muertos de hambre, asaltábamos la cocina para devorar lo que tuviéramos a mano, nos lo recriminaba forzando una mueca de incredulidad. «¿Cómo podéis comer tanto?», protestaba, pero en su tono se percibía cierto orgullo de madre: al fin y al cabo, crecíamos sanos y vigorosos.

En algún momento, no cumplidos aún los cuarenta años, decidió hacer un esfuerzo por mejorar la situación. Su contacto con el mundo del textil a través de su empleo en Carrusel la hizo fantasear con la posibilidad de trabajar como representante de comercio. Según ella, si conseguía que le confiaran alguna marca de ropa juvenil que se pusiera de moda, podía llegar a ganar millones. «¡El representante de Levi's tiene criados con librea!», decía para corroborarlo, y yo abría mucho los ojos aunque no sabía lo que era una librea. Hizo por entonces algunos viajes a Madrid y a Barcelona pero no consiguió la representación de ninguna marca interesante, y las pocas que se le pusieron a tiro empezaron por exigirle un desembolso previo, lo que resultaba bastante sospechoso.

Finalmente se decidió a abrir su propia tienda de ropa infantil. Se llamaba Caramba y estaba en un pequeño local de la calle Escar, junto a la actual plaza de los Sitios. Me acuerdo de la emoción de los preparativos: la elección de la decoración y el mobiliario, el diseño del letrero y las bolsas, que eran negras, con la palabra Caramba en letras doradas, algo torcidas, como en los discos del grupo Chicago, que por entonces estaba de moda. Por primera vez en la vida, mi madre estaba eligiendo su futuro. Educada para que otros decidieran por ella, empezaba a tomar decisiones por sí misma, lo que, al tiempo que la estimulaba, la atemorizaba. La aventura no le fue mal: en aquella España de los carnés de familia numerosa y los premios a la natalidad, los comercios de ropa para niños iban sobrados de clientela. Con los primeros beneficios que le dio Caramba se animó a abrir otra tienda en un pasaje comercial cercano, y a esa, que se llamaba Caramba-2, le siguieron una tienda de lanas en el mismo pasaje y otra de prendas de saldo en el barrio de San José. La cosa era para estar orgullosa: en solo unos años había pasado de desconocer por completo el mundo del trabajo a convertirse en una empresaria con cuatro negocios en marcha.

La militancia carlista de mi familia materna venía de antiguo. Francisco Cavero Álvarez de Toledo, abuelo de mi abuelo, Francisco Cavero Sorogoyen, nació en Pau, donde sus padres se habían exiliado durante la primera guerra carlista. En 1860, con poco más de veinte años, participó en el desembarco de San Carlos de la Rápita, que pretendía provocar un levantamiento militar y destronar a Isabel II. El fracaso de la operación fue estrepitoso. Su superior directo, el general Ortega, fue juzgado sumariamente y fusilado. Mi tatarabuelo, también condenado, esquivó ese destino gracias a la intercesión de su madre y otras damas de la aristocracia, incluida la emperatriz Eugenia de Montijo, pariente suya. Benito Pérez Galdós le concedió una brizna de inmortalidad literaria mencionándolo en uno de sus *Episodios nacionales*, que él no pudo leer porque se publicó justo después de su muerte, en 1905.

Volvió el hombre a las andadas en la tercera guerra carlista, en la que fue ascendiendo por méritos de guerra hasta alcanzar el empleo de general. De los hechos de armas en los que intervino destaca la batalla de Lácar, importante victoria legitimista en la que el propio Alfonso XII, que solo tenía diecisiete años, estuvo a punto de ser apresado. También andaba por aquellas campas navarras de Lácar el pretendiente carlista, Carlos VII, al que mi tatarabuelo salvó la vida. Eso al menos es lo que se contaba en la familia. Mi abuelo nos lo contaba a mis hermanos y a mí junto a las vitrinas del salón de su nuevo piso, el de la calle Zurita, en el que se habían instalado tras la venta de la casa del Coso. Como suele ocurrir tras una mudanza de una vivienda grande a otra más pequeña, el de mis abuelos era un piso con demasiados muebles demasiado grandes. En el salón, que yo recuerdo abarrotado de enseres, lámparas, cuadros y bibelots, se sucedían las vitrinas consagradas a la memoria del ilustre antepasado. En una de ellas, junto a boinas rojas y otras reliquias, había un reloj de leontina que había pertenecido a Carlos VII. Este, supuestamente, se lo había regalado después de que una bala enemiga que volaba directa hacia su corazón se topara de forma providencial con el reloj de mi tatarabuelo y lo destrozara, salvando de ese modo la vida del pretendiente. ¿Cómo se las ingenió esa bala para incrustarse limpiamente en el reloj sin dañar la mano que lo sostenía? En fin, esa es una pregunta que, si se me hubiera llegado a ocurrir en presencia de mi abuelo, difícilmente me habría atrevido a formular. Poner en entredicho el episodio habría sido como discutir su lealtad al carlismo y, por tanto, su vida entera, su pasado, las tradiciones familiares, *nuestra* vieja y noble historia.

Que la anécdota del reloj tenía para mi abuelo algo de mítico y fundacional lo corrobora su propio título de marqués de Lácar. El tatarabuelo, que contribuyó a la causa carlista con sus dotes de mando y su bravura en el campo de batalla pero también con cuantiosas aportaciones económicas, recibió en compensación tres títulos nobiliarios. Eran títulos no reconocidos de forma oficial, que solo tenían validez en el universo paralelo de los carlistas, títulos por tanto de similor, expresión de un desiderátum, promesas para un futuro inconcreto en el que el carlismo impondría sus derechos dinásticos y su proyecto político, profundamente integrista y reaccionario. Ese futuro se hizo en parte realidad con la guerra del 36, que en la interpretación tradicionalista de la historia no fue sino una más de las guerras carlistas, la cuarta y última, la única que ganaron al liberalismo. Entre las concesiones más bien escasas que Franco hizo a los requetés que le habían ayudado a conquistar la victoria estaba el reconocimiento legal de la treintena de títulos nobiliarios carlistas. Mi abuelo y sus dos hermanos, únicos nietos del general, se repartieron los tres títulos otorgados a este por Carlos VII, y a él le correspondió precisamente el marquesado ganado en Lácar a cambio de salvarle la vida. Este título que, tras un paréntesis de siete décadas, un Francisco Cavero heredaba de otro Francisco Cavero hundía sus raíces, como el propio reloj del pretendiente, en el terreno del mito y la leyenda.

Tras un nuevo período de exilio en Francia, mi tatarabuelo regresó a Zaragoza y ejerció de delegado del carlismo a través de su rama política, la Comunión Tradicionalista, que se negaba a definirse como partido por no transigir con el aborrecido sistema parlamentario. Su programa, sintetizado en el lema clásico DIOS - PATRIA - REY, propugnaba el regreso a un orden antiguo, una arcadia preindustrial gobernada por la figura mirífica del monarca con arreglo a los principios y tradiciones de la Santa Madre Iglesia. Ese era el ideario de los carlistas y por tanto el de mi tatarabuelo. Pero, ¡ah!, débil es la carne... Católico, apostólico y romano, eso no le impidió abandonar a su mujer y compartir los últimos años de su vida con una francesa con fama de *demi-mondaine* en el barrio rural de Garrapinillos, a las afueras de Zaragoza, donde se había hecho construir una de esas casas de campo que en Aragón se llaman torres.

En el jardín de esa torre hicieron una foto al viejo general junto a sus tres nietos, Francisco, José María y Antonio. Debieron de hacérsela muy a principios del siglo XX, pasados él los sesenta años, rondando ellos la edad del uso de razón. Una reproducción a gran tamaño de esa fotografía estaba en casa de mis abuelos. Aunque no la he vuelto a ver en más de cuarenta años, creo recordarla bien: él, la cabeza cubierta con una boina, la barba poblada, mirando a la cámara con expresión adusta y las manos cogidas a la espalda; los niños, delante, serios los tres, se diría que sobrecogidos, con los labios apretados y los ojos muy abiertos. No sé cuántas veces habían estado juntos mi abuelo y mi tatarabuelo ni cuántas estarían después, pero intuyo que no demasiadas. Dadas las tiranteces familiares provocadas por los amoríos del viejo general, que murió poco después, no me extrañaría que aquella foto testimoniara el último encuentro entre ambos, del que probablemente mi abuelo guardaba muy pocos recuerdos. Estos recuerdos, como suele ocurrir, irían poco a poco difuminándose hasta quedar reducidos a unas cuantas imágenes, cada vez menos, y finalmente a una sola: la imagen preservada por la fotografía. Sí, esa foto podría haber acabado convirtiéndose en el único *verdadero* recuerdo que mi abuelo conservaba de su propio abuelo: de ahí que encargara una reproducción a gran tamaño y que, tras la mudanza de principios de los setenta, le reservara un espacio en un piso en el que precisamente no sobraba espacio.

La vinculación de mi abuelo con el carlismo le venía también a través de su propio padre, teniente de alcalde del consistorio zaragozano en 1912 y nuevamente concejal durante la dictadura de Primo de Rivera. El anhelo de estar a la altura de su padre y su abuelo le llevaría a él mismo a representar a los carlistas tanto en el ayuntamiento como en la diputación provincial, de la que formó parte hasta 1952. No creo que se dedicara a la política local por ambición o afán de notoriedad sino más bien por sentido del deber. Un concepto digamos caballeresco del honor le había llevado a cumplir con sus obligaciones militares en la guerra de Marruecos (que podía haber esquivado por medio de una redención en metálico, la famosa «cuota») y, cercano ya a los cuarenta años, a apoyar como voluntario la sublevación de 1936, en la que alcanzó el grado de capitán. Su participación en política respondía a un compromiso de naturaleza no muy diferente: el compromiso de contribuir a la causa y el ideario del carlismo, en los que creyó fervientemente hasta el final de su vida.

Desde que murió nuestro padre y, sobre todo, desde que nos mudamos de Menéndez Pidal a Zurita, el abuelo fue nuestro segundo padre. Entrar o salir de su casa era como entrar o salir de la nuestra, dos pisos más arriba, y lo mismo podíamos merendar o hacer los deberes o ver la televisión en una que en otra. La fidelidad de mi abuelo al carlismo, que en esa época era ya un movimiento anacrónico, dividido, residual, la pregonaba el único periódico que, junto al ultracatólico *El Noticiero*, entraba en su casa, *El Pensamiento Navarro*, seguramente el único diario carlista que quedaba en España, con el trasnochado DIOS - PATRIA - REY bien visible bajo la cabecera.

Estoy hablando de los primeros años setenta. Para entonces hacía tiempo que se habían amansado los fervores políticos de mi abuelo, un septuagenario apacible y compasivo que proclamaba con orgullo el número de nietos: a esas alturas éramos dieciséis o diecisiete. Quizás porque siempre había niños a su alrededor, sus historias del pasado, despojadas de gravedad, tendían a la ligereza y el chiste. De sus peripecias en el Rif recordaba la infección que había cogido en un dedo tras utilizar un sello a modo de tirita; de la guerra civil, la ocasión en que, buscando resolver el desabastecimiento de víveres, se había ofrecido a probar carne de rata y no había podido evitar echar las tripas allí mismo... A veces las historias que contaba no eran reales sino inventadas. Estas, disparatadas, a menudo escatológicas, se iniciaban con un «pues, señor» que equivalía al clásico «érase una vez» y estaban protagonizadas por personajes de nombres tan pintorescos como Cacaseno Reculiculancio, Policarpo Cagarroz o Caralampia Remoquete y Pun. Eran historias que llegaban a nosotros a través del tiempo: las había inventado de niño para entretener a sus dos hermanos, luego se las había contado a sus siete hijos y ahora nos las contaba a nosotros, sus dieciséis o diecisiete nietos.

Un inciso. Cuando aludo a los hijos de mis abuelos, hablo de siete, pero en realidad fueron ocho, agrupados en dos series: una serie de cinco hijos antes de la guerra y otra de tres hijos después. Uno de estos tres últimos, lo bastante pequeño con respecto a mi madre para que esta jugara con él como si fuera su muñeco, se llamaba Jaime. A mediados de los años cuarenta, Jaime contrajo meningitis. En aquella época la penicilina llegaba a España en muy pequeñas cantidades y para conseguirla había que recurrir al mercado negro en Madrid, pagando unos precios astronómicos. Mi abuelo no dudó en emprender el viaje y preguntar a unos y a otros hasta conseguir el ansiado frasquito de antibiótico, quién sabe si en una rebotica o en la barra de Chicote. Al día siguiente estaba de vuelta en Zaragoza, pero era demasiado tarde: el pequeño Jaime acababa de morir. Muchos años después, mi madre, siendo ya octogenaria, seguía recordando con tristeza a su querido y desdichado hermano. Para ella, que conservaba pocos recuerdos de la guerra, aquel había sido el verdadero descubrimiento de la muerte. En una de esas ocasiones añadió un detalle que nunca había mencionado. El pequeño Jaime murió en mitad de los llamados «años del hambre». Por entonces la familia pasaba largas temporadas en la torre de Garrapinillos, donde la huerta y el corral les permitían salir adelante sin demasiadas privaciones. En la casa de los torreros o de alguien que trabajaba para los torreros había también un niño gravemente enfermo. Cuando dijeron a mi abuelo que esa dosis de penicilina que no había llegado a tiempo de salvarle la vida a un niño se la podía salvar a otro, no dudó en regalársela. Lo que nadie imaginaba era que la penicilina que le habían vendido de contrabando pudiera estar adulterada. El niño sobrevivió pero con unas secuelas tan severas que lo convirtieron en una piltrafa humana.

Volvamos a los años setenta. Con mi abuelo me ocurre un poco como con mi padre: que al morir antes que Franco (dos semanas antes) ignoro si la política habría llegado a distanciarnos. Por un lado, estoy seguro de que no habría abjurado de sus convicciones aunque eso lo llevara a convertirse en el último carlista del planeta. Por otro, sé que el amor a los suyos y la defensa de la familia estaban por encima de cualquier otra consideración. Recuerdo que, durante un tiempo, mis abuelos acogieron en su casa a mi tío Chito, que era hijo de una hermana de mi abuela pero que por edad estaba más cerca de mi generación que de la de mi madre, su prima. Chito, madrileño, estudiante de Medicina y habitual alborotador antifranquista, fue detenido en una protesta universitaria y, como era frecuente en aquellos años, se le impuso una pena de destierro. Tras pasar un tiempo en Plasencia, se instaló en casa de mis abuelos en Zaragoza y enseguida volvió a ser detenido por participar en una nueva protesta. Mi abuelo, que era o había sido decano del Colegio de Abogados, recurrió a sus contactos para sacarlo del calabozo y evitar que le cayera una condena mayor. Sin embargo, no recuerdo que, una vez lograda su libertad, le hiciera grandes reproches. Para él, la familia estaba por encima de todo, así que tal vez no habría tenido problemas en aceptar que alguno de sus nietos adolescentes se sumara al entusiasmo izquierdista de la transición. En fin, quién sabe.

A su lado y más bien a su sombra, estaba siempre la figura menuda y silenciosa de mi abuela, discreta, casi invisible en su abrigo de astracán. En el recuerdo me veo a mí mismo recorriendo junto a ellos la calle Don Jaime, con paradas en la iglesia de San Gil, en la pastelería La Flor del Almíbar y en algún que otro portal en el que nos deteníamos a entregar correspondencia. Esta era una costumbre que me llamaba la atención: en aquella Zaragoza pequeña y antigua, la clientela del despacho seguía concentrándose, como medio siglo atrás, en torno a esas tres o cuatro calles del centro, así que mi abuelo aprovechaba el paseo vespertino para repartir personalmente el correo y de esa forma ahorraba tiempo y dinero. Me acuerdo de que en las señas, donde debía poner ZARAGOZA, ponía CIUDAD, lo que sugería una relación de sinonimia, como si Zaragoza fuera la única ciudad del mundo y las demás fueran cualquier otra cosa: villas, urbes, metrópolis, pero no ciudades.

A esas alturas mi abuelo frecuentaba ya poco el despacho y solo se ocupaba de los escasos asuntos que habían quedado pendientes. En algún momento se empezó a aludir en voz baja a sus problemas de próstata. Esos problemas resultaron ser el cáncer que se lo llevó a la tumba. Como yo siempre a mis abuelos los había conceptuado como a un solo ente indiferenciado, una unidad casi orgánica que no podía ser concebida por separado, me sorprendió descubrir tras su muerte que esa aparente unanimidad admitía algunos matices. Los periódicos carlistas y ultracatólicos, por ejemplo, dejaron pronto de entrar en la casa y fueron sustituidos por el *Heraldo de Aragón*, lo que indicaba que en el fondo mi abuela no se sentía muy cómoda en ese universo alternativo del pasado y prefería vivir anclada en la realidad. Sin renunciar nunca a los valores de un catolicismo conservador que formaba parte intrínseca de su personalidad (tenía fotos de papas en la mesilla de noche), trató de adaptarse al curso de los nuevos tiempos. Yo solía bajar por las tardes a hacerle compañía mientras jugaba al solitario, y un día, un poco sin venir a cuento, la oí comentar que la república no tenía por fuerza que ser mala y como institución no era inferior a la monarquía. Esa afirmación, pronunciada en el seno de una familia que siempre había identificado república con quema de iglesias y persecución del clero, resultaba casi revolucionaria.

Mis abuelos eran primos entre ellos. El Cavero que él llevaba de primer apellido ella lo llevaba de segundo. Se llamaba Pilar Caro Cavero. Como mi madre se llamaba Pilar Cavero Caro, lo normal era que el cartero le entregara a mi madre la correspondencia de mi abuela, y viceversa. Su padre, mi bisabuelo, había muerto joven, dejando cuatro huérfanas y una viuda, la «abuelitina», que vivió hasta principios de los años sesenta. De ella se decía que, para no tener arrugas, se reía sin alterar las facciones (cuando lo contaban, ponían la boquita como si estuvieran tocando la flauta travesera). Al igual que en las novelas de Jane Austen, la abuelitina se ocupó de que sus hijas recibieran una educación esmerada y tuvieran una buena boda. De las cuatro hermanas solo mi abuela permaneció en Zaragoza. La tía Pepa (la madre de Chito) y la tía Rosa se casaron y se establecieron en Madrid. La cuarta, Juana Luisa, más conocida como Jali, se hizo monja y pasó la mayor parte de su vida en las misiones. Su existencia, difusa, legendaria, presidía muchas de las conversaciones familiares y se materializaba en los sellos que mi abuela me guardaba por su exotismo. Sellos primero del Congo, luego del Congo Kinshasa, más tarde de Zaire: la tía Jali no cambiaba de país pero el país cambiaba de nombre sin parar. Había estudiado una carrera de Ciencias, no recuerdo cuál, y al parecer con buenas calificaciones: su religiosidad no era incompatible con los atisbos de modernidad previos a la guerra civil. Como mi abuela y sus otras hermanas, en la infancia había tenido institutrices que les habían enseñado inglés y francés. En los últimos años, mi abuela se pasaba la mayor parte del tiempo releyendo las viejas novelas en inglés y francés que había leído en su infancia. Sufría un párkinson severo que hacía que las manos se le movieran arriba y abajo. La última imagen que conservo de ella me la muestra sentada a la mesa camilla, leyendo precisamente una de esas novelas antiguas. Seguía el texto apretando el dedo contra la página, y el temblor del párkinson, como buscando una vía de escape, acababa trasladándose al resto del cuerpo, que se agitaba con violencia, descoyuntado.

Curiosamente, gracias al carlismo de mi abuelo aprendí a percibir la literatura como un arte. Los restos de la que había sido su biblioteca de la casa del Coso se habían repartido por distintas habitaciones del piso de Zurita. Los libros de tema carlista habían ido a parar al interior de un viejo armario que estaba en uno de los cuartos del fondo. Había allí libros de Antonio Pirala, el historiador por excelencia de las guerras carlistas, y de Francisco Navarro Villoslada, el novelista que en *Amaya o los vascos en el siglo VIII* inventó, emulando a Walter Scott, buena parte del *kitsch* histórico en el que más tarde se subrogarían los nacionalistas. Entre esos libros estaba también un viejo y gastado volumen con las tres novelas carlistas de Valle-Inclán: *Los cruzados de la causa*, *El resplandor de la hoguera* y *Gerifaltes de antaño*. Su lectura me descubrió que había una emoción que no brotaba del destino de los personajes sino del modo de exponerlo, y que esa emoción era superior a cualquier otra. Como en una revelación, se me hizo evidente que los escritores, seleccionando unas palabras y no otras, combinándolas de una forma y no de otra, podían generar belleza a la manera en que lo hacían los pintores, los escultores o los músicos. Por primera vez, con catorce o quince años, estaba experimentando la sensación de encontrarme ante algo que estaba por encima de las buenas narraciones. Aquello era buena literatura. Arte, en definitiva: algo que en algunos libros estaba y en otros no. A partir de entonces, no podría volver a leer las novelas del mismo modo.

3

Ya he dicho que no llegué a estudiar en el colegio antiguo de los jesuitas, que había sido el de mi abuelo, el de mis tíos y, paradójicamente, el de mi hermano Diego. Este tuvo siempre que hacer largos recorridos para ir a clase: cuando vivíamos junto al colegio nuevo, él estudiaba en el viejo y, cuando nos mudamos cerca de donde había estado el colegio viejo, empezó a estudiar en el nuevo. Me vuelven como fogonazos los recuerdos del tranvía, que en Zaragoza siguió funcionando hasta 1976: el suelo de tablas entre cuyas rendijas se adivinaba la calzada, el cable del que había que tirar para solicitar parada, los gamberretes que viajaban encaramados al tope trasero... Recuerdo también la figura del conductor, siempre de pie, con aire absorto, vestido con un guardapolvo de color indefinido, dando vueltas a una palanca que parecía el mango de un molinillo de café. De vez en cuando se oía un chisporroteo y el tranvía se detenía entre los murmullos de impaciencia de los viajeros. Era que se había soltado el trole, la pértiga del techo que hacía contacto con la catenaria, y el conductor bajaba para volver a engancharlo con una vara que no sé muy bien de dónde sacaba.

José María Conget, nacido doce años antes que yo, también pasó por el colegio antiguo, y a él dedica algunas de las páginas más memorables del ciclo novelístico protagonizado por su *alter ego*, Miguel Zabala. Todo en él parecía estar bajo la advocación de la Virgen: el ángelus que se rezaba los mediodías del mes de mayo («el mes de María»), las excursiones con los Montañeros de Santa María, los ratos perdidos en la Congregación Mariana... A esta, a la Congregación, solo los más piadosos acudían para ensalzar a la madre de Dios con sus oraciones, mientras que la mayoría lo hacía para disfrutar de una mesa de ping-pong y un futbolín que había por allí. En la época de Conget, algo más fervorosa que la mía, las reuniones de los congregantes se cerraban con el himno de la orden, que se llamaba *Fundador* e incluía versos como «Y el santo ejército / sin tregua bátese / y alza sus lábaros / en la batalla campal», después de los cuales los chicos unían sus voces para gritar: «¡A la lid, a la lid!». En mi época las cosas ya no eran así. Yo ni siquiera recuerdo haber escuchado ese himno, y la propia Congregación tenía algo de vestigio de un pasado remoto. De hecho, no tardó en ser sustituida por lo que llamábamos «el Club», un salón recreativo con futbolines y máquinas de millón en el que podíamos entretenernos sin necesidad de exhibir ninguna religiosidad.

Lo anacrónico de algunos rituales y tradiciones debía de resultar más chocante tras el cambio de sede, que en definitiva implicaba cierta voluntad de *aggiornamento*. El nuevo colegio, separado del parque Primo de Rivera por el río Huerva, colindaba con la parte trasera del hospital Miguel Servet, que entonces se llamaba Ciudad Sanitaria José Antonio: los Primo de Rivera, padre e hijo, nos tenían encajonados. El pabellón principal, cuadradote, sin gracia, del color amarillento de los enfermos de ictericia, podría confundirse con una de esas naves industriales de las afueras. Como si fuera un enorme palafito, se sostenía sobre altas pilastras de hormigón armado, que le daban un desangelado aire de aparcamiento. Las escaleras de acceso a las aulas, con un cerramiento solo parcial, parecían meras salidas de incendios y transmitían una sensación de eterna provisionalidad. Más allá, en el lado del río, había grandes explanadas en las que el trazado del campo de fútbol se mezclaba con el de otros deportes y, como todo estaba aún a medio hacer, con no pocos barrizales en los que nos juntábamos a jugar a las canicas porque allí era fácil excavar el gua. En mis recuerdos siempre hacía frío, la nubecilla de vapor pegada a nuestros labios; en mis recuerdos siempre olía a las salchichas de Frankfurt y al puré de patatas de los mediopensionistas.

El edificio era inmenso. Tenía un ala destinada al internado y otra a la residencia de los curas, un teatro tan grande como los más grandes que yo conocía, y una de esas iglesias de la época, brutalista, pretenciosa, con el aire saturado de acordes de órgano y los ladrillos de las paredes puestos con las puntas hacia fuera, como formando crestas, de modo que nos los clavábamos en la espalda cuando hacíamos cola para confesarnos. Los pasillos, demasiado grandes, estaban siempre desiertos. En sus paredes se desplegaba la historia de la institución desde las orlas más recientes, presididas por la efigie del eterno prepósito general de la compañía, el padre Arrupe, hasta las fotos de grupo de un siglo atrás, cuando solo las élites podían permitirse escolarizar a sus retoños y las promociones a duras penas rebasaban la media docena de alumnos. Recorrer esos pasillos era lo mismo que viajar en el tiempo. El viaje desembocaba en lo que llamábamos «el Museo», una gran estancia acristalada en la que se arrumbaban animales disecados, fósiles de todos los tamaños, muestrarios de minerales y mariposas, frascos con las criaturas más diversas conservadas en formol. Todas esas piezas, que ahora se exhiben en el Museo de Ciencias Naturales, pertenecían a la colección que el naturalista Longinos Navás había formado durante las últimas décadas del siglo XIX y primeras del XX y estaban allí manga por hombro, amontonadas, esperando que alguien se decidiera a ordenarlas. En el colegio, como en tantos edificios recién construidos, las cosas parecían desajustadas y fuera de sitio.

En aquellos años finales del franquismo, los viejos curas preconciliares y los profesores falangistas de Formación del Espíritu Nacional convivían con otros jesuitas más modernos que no eran totalmente insensibles al discurso de la teología de la liberación. Eso alentaba un tímido aperturismo que nos permitió tener debates sobre temas tales como la legitimidad moral de la pena de muerte, la conveniencia de las relaciones prematrimoniales o los méritos artísticos de la película *Jesucristo Superstar*, que estaba escandalizando a los sectores más pacatos de la sociedad.

El centro, que siempre había sido de chicos, se convirtió en mixto el año en que me tocó hacer COU. Como la transformación iba a ser progresiva, a razón de un nuevo curso por año empezando desde arriba, mis compañeras de COU, las pioneras, eran las únicas chicas del colegio. Supongo que para ellas, que procedían de colegios de monjas en los que tampoco habían compartido aula con chicos, debió de ser todo un desafío abrirse paso en aquella espesa atmósfera masculina, cargada de deseos reprimidos y hormonas soliviantadas. Éramos unos auténticos zopencos: nos entreteníamos intercambiando eructos y escupitajos, disparándonos perdigones de papel a través de cerbatanas hechas con bolígrafos Bic y llenando los techos de gurruños de papel humedecido, que permanecían ahí colgados hasta el final del curso. Por supuesto, éramos también unos inmaduros, incapaces de tratar con naturalidad a las chicas, que nos fascinaban tanto como nos asustaban.

Por miedo a lo que pudiera pasar, el primer día se nos advirtió que estaba terminantemente prohibido todo contacto físico entre chicos y chicas, hasta el más leve y más casto. La advertencia la hizo el padre prefecto, Ceferino Peralta, y él mismo, para escarmiento y ejemplo de todos, se dio prisa en atrapar a un chico que de manera inocente había tocado el codo de una chica y lo castigó con la expulsión. El padre Peralta, estudioso de Baltasar Gracián, aragonés y jesuita como él mismo, llevaba toda la vida en el colegio e inspiró a Conget el personaje del padre Ortega, cuya semblanza no resulta precisamente favorecedora. Sigiloso, cruel, despótico, «capaz de recorrer en una sola frase vertiginosa la escala que va de la miel al sarcasmo», el temido y solemne padre Peralta era también un hipócrita y un esnob que se deshacía en reverencias y zalemas ante las señoras elegantes de la ciudad.

En general, los profesores eran competentes, salvo en idiomas, lo que reflejaba un desdén muy propio de la época hacia todo lo extranjero. El mismo cura que hasta poco antes había dado las clases de francés, que hablaba solo a medias, se ocupaba ahora de la enseñanza del inglés, que desconocía por completo. Llegaba el hombre con un radiocasete, lo colocaba encima de una silla y nos tenía toda la hora repitiendo en voz alta frases del tipo: *My tailor is rich*, *The rain in Spain*, etc. Cuando se suponía que nos habíamos familiarizado con las nociones básicas del idioma, pasábamos a hacer unas lecturas colectivas cuyo vocabulario debíamos memorizar. Así fue como aprendimos a decir en inglés cosas tales como «acantilados yesosos» *(chalky cliffs)*, «rígidos miriñaques» *(stiff crinolines)* o «diminutos oropeles» *(tiny tinsels)*.

Durante los primeros años, a mis hermanos y a mí se nos conocía en el colegio como «los Caveritos» por ser sobrinos del padre Cavero, uno de los profesores más populares. El tío Ignacio era todo un personaje. Militar de carrera con fama de jaranero y mujeriego en su juventud, una crisis existencial no sé si causada por un desengaño amoroso despertó en él una sincera vocación religiosa. De la noche a la mañana abandonó la milicia, o más bien habría que decir que la sustituyó por otra: el antiguo capitán de artillería se convirtió en soldado de Dios. Por la prensa de la época sé que celebró su primera misa en septiembre de 1963. Debió de empezar a dar clases en el colegio por esas mismas fechas. Se ocupaba de la asignatura de Historia del Arte, que impartía con la ayuda de filminas. El simple hecho de que las clases se dieran a oscuras era por sí mismo una invitación al barullo. Si además en la pantalla aparecía algo que tuviera alguna connotación vagamente sexual, el alboroto estaba asegurado. En una de las primeras clases, dedicada al Paleolítico, mostró varios ejemplares de venus esteatopigias, dotadas de enormes mamas y enormes nalgas como símbolo de la fertilidad, y aquello se convirtió en un ruidoso concurso de gracietas e impertinencias; así de tontos éramos. Mi tío no era alto pero sí guapo, con algo de galán de Hollywood, con unos ojos azules que tenían enamoradas a todas las chicas de COU. Simpático, próximo, tolerante, sabía hacerse respetar sin recurrir a castigos ni amenazas, pero de vez en cuando no le quedaba más remedio que llamarle la atención a alguien. Entonces los demás, solo por enredar, gritábamos al unísono «¡leche, leche!», algo que nunca supe si constituía una incitación a la expulsión («¡le eche, le eche!») o al uso de la violencia (a darle una «leche»).

El padre Cavero, que animaba las excursiones del colegio con su acordeón, que siempre tenía listo un comentario agudo y divertido, que se interesaba por la gente con una curiosidad genuina y sincera, era de esas personas que contagiaban felicidad: eso explica su popularidad. Pero que contagiara felicidad no quiere decir que fuera necesariamente feliz. En alguna etapa de su vida anterior a mi nacimiento tuvo un lado oscuro, tormentoso. Años después de su muerte, me contaron una anécdota de su juventud que refleja esa parte de su personalidad. En esa época, la familia pasaba varios meses al año en la torre de Garrapinillos construida por mi tatarabuelo, el general carlista. Mi tío Ignacio, entonces un joven militar, solía volver a altas horas de la noche tras haberse corrido una juerga con sus amigos. El perro de la casa anunciaba su llegada con fuertes ladridos, cosa que a él le irritaba. Una noche declaró que lo mataría de un disparo si volvía a oírle ladrar, y eso fue lo que hizo en cuanto se repitió el incidente: sacar su arma reglamentaria y descerrajarle un tiro. Esa bravuconería, esa crueldad, esa falta de sentimientos me resultan difíciles de encajar en el recuerdo que conservo de mi tío, siempre cálido, generoso, profundamente humano. Pero ya he dicho que eso sucedió antes de mi nacimiento. ¿Quién sabe cómo era entonces y lo que ocurría en su cabeza y en su corazón? ¿Y quién sabe si esa violencia interior suya no tendría algo que ver con la fulminante conversión que lo llevó a abandonar el ejército y buscar consuelo en la religión?

Mi tío, desprejuiciado, jovial, amigo de media Zaragoza, era el perejil de todas las salsas. De algunas facetas suyas no he tenido noticia hasta hace poco tiempo: en un documental sobre José Antonio Labordeta lo descubrí en una foto de la legendaria tertulia del Niké, sentado junto a Miguel Labordeta, el poeta, y por un reportaje periodístico he sabido que incluso componía letras de jotas, que se cantaban como si fueran saetas en las procesiones de Semana Santa («El ver llorar a una madre / estremece el corazón. / Mírame dentro del pecho / donde va otra procesión»). Otras de sus facetas eran bien conocidas. Dirigía la sección deportiva del colegio, tenía algún cargo en la Federación Aragonesa de Fútbol y durante algún tiempo fue capellán del Sindicato de Espectáculos. Era la época de los sindicatos verticales, y en el de espectáculos estaban encuadrados los músicos, los actores de teatro, los artistas de circo y, bajo algún epígrafe eufemístico, las prostitutas.

En los ambientes un poco golfos de la ciudad mi tío se movía con más soltura de la habitual entre los presbíteros. Uno de los lugares que frecuentaba era un café cantante o sala de fiestas de la calle Francisco de Vitoria en el que actuaba un célebre grupo llamado Gauchos 4. Era un sitio bastante finolis, creo recordar que con las paredes forradas en madera y los sillones tapizados en terciopelo, con ese aire pretendidamente británico que entonces estaba de moda. Ocurría, sin embargo, que por esa zona abundaban los puticlubs y bares de alterne y que las profesionales del amor se dejaban caer por allí con sus clientes antes de rematar la faena. Una noche nos llevó mi tío a mi hermano Josefo y a mí, que tendríamos unos trece o catorce años. Tras repasar su tradicional repertorio de música latinoamericana, uno de los cuatro

Gauchos anunció la que iba a ser la pieza estelar de la velada, una interpretación de *Te recuerdo Amanda* en diferentes registros, incluido un falsete extremado que podía poner en peligro la integridad de sus cuerdas vocales. La gravedad casi litúrgica, sacerdotal, con la que realizó su anuncio nos sobrecogió a todos y nos hizo pensar en un lance definitivo, fatal, irreversible, en el que pondría en juego no solo su voz sino su vida, como el torero que recibe al toro a portagayola o el domador que introduce la cabeza entre las fauces del león. Solo una cosa no encajaba: ¿por qué correr tanto riesgo ese día, un día normal, y ante ese público, un público como cualquier otro, de putas y puteros? La respuesta no se hizo esperar. El cantante nos buscó con la mirada a través de la penumbra del local y declaró que, para ellos, para los miembros del grupo Gauchos 4, aquella era una ocasión muy especial porque les permitía mostrar su cariño a dos chicos muy jóvenes, allí presentes, que habían perdido tempranamente al ser más querido, el autor de sus días, su padre... En esa atmósfera cargada de emoción, las prostitutas de las mesas cercanas se volvieron hacia nosotros y nos observaron conmovidas. En ningunos ojos había visto yo un afecto tan vivo y una compasión tan espontánea como en los de esas mujeres. El solista se arrancó con su versión de la canción de Víctor Jara. Mientras nos aproximábamos al instante del falsete, yo temía que sus cuerdas vocales fueran a saltar por los aires como las de un violín o una guitarra.

Si la España de los sesenta era una España de viudas, la de los setenta siguió siéndolo pero de otro modo. A mi abuela de Logroño y a otras como ella resultaba imposible imaginarlas con un estado civil que no fuera ese: se diría que eran intrínsecamente viudas, que llevaban la viudez encima desde mucho antes de tener marido, como si hubieran nacido para ello. En cambio, para las mujeres como mi madre la viudez era algo contingente, sobrevenido, una circunstancia no prevista en su destino. A mi madre y a sus amigas los maridos se les morían de infarto y en cuestión de minutos: pis pas, ahora estás casada, ahora viuda. Las mejores amigas de mi madre eran, como ella, viudas de treinta y tantos o cuarenta años cargadas de hijos: Pili Mené, farmacéutica, con cinco hijos de edades parecidas a las nuestras; Malén Parra, del Opus Dei, madre no sé si de seis o de siete hijos. Incluso en las vacaciones de verano, que ahora pasábamos en la playa de Comarruga, se juntaba solo con viudas: con la navarra Ana Echávarri, también del Opus Dei y madre de un montón de hijos, o con su prima Rosita Laguna, madrileña, hija de una hermana de mi abuela, que solo tenía tres. El mundo parecía dividido en dos mitades, la de las familias con padre y la de las familias sin padre, y a nosotros nos había tocado vivir en este lado.

En algunas fotos de mediados de los setenta se ve a mi madre más guapa que nunca: estilosa, bien vestida, como recién salida de la peluquería. Me imagino a todas esas viudas fantaseando con una segunda oportunidad, bromeando nerviosas sobre la idoneidad de este o aquel candidato, dándose ánimos entre cuchicheos: arréglate un poco, sácate partido y los hombres caerán rendidos a tus pies. Por supuesto, esas ensoñaciones acababan quedando en nada: ¿quién querría cargar con esos cinco o seis o siete hijos? En el caso de mi madre, la cosa se complicaba aún más porque en el quinto parto, el de Natalia, le habían tenido que extirpar el útero. Ella, católica a machamartillo y que por tanto asociaba matrimonio y procreación, no debió de esforzarse mucho por encontrar novio. Más bien tiendo a creer que desde el principio se conformó con su destino de viuda.

Que mi madre hubiera renunciado tan joven a la intimidad con los hombres convirtió el sexo en algo parecido a un tabú. En casa no existía el sexo. En casa no existía el deseo ni nada que tuviera que ver con él: la seducción, el coqueteo, las conversaciones picantes, los dobles sentidos. Si de vez en cuando alguna imagen o comentario de carácter erótico irrumpía accidentalmente en nuestra vida, teníamos que fingir no enterarnos. La apostura física y la gallardía, por las connotaciones sexuales que acarreaban, eran consideradas banales, y solo de vez en cuando se permitía mi madre la broma de calificar de «atracativo» a un hombre atractivo, lo que era una manera de reconocer una virtud sin reconocerla, convirtiéndola en algo chistoso, irrelevante. De ahí que yo, ante las chicas que me gustaban o me parecían guapas, experimentara por encima de todo una irreprimible sensación de vergüenza, consciente de estar transgrediendo la ley suprema: el sexo no existía. Era una ley nunca formulada, pero que una y otra vez se manifestaba a través de comentarios y gestos sutiles. O no tan sutiles: recuerdo que, viendo en la televisión, con diez u once años, la película *Me siento rejuvenecer*, la aparición de Marilyn Monroe hizo que algo se me rebelara en la entrepierna y, al ir instintivamente a rascarme, mi madre me apartó la mano con brusquedad. Estaba claro: si no existía el sexo, no había motivos para que nos lleváramos la mano a ninguna parte del cuerpo. Si no existía el sexo, tampoco existía la belleza, no al menos esa belleza exuberante, salvaje, poderosa, a lo Marilyn Monroe, que tanto atrae a los adolescentes. Mi madre habría preferido que no creciéramos, que nos mantuviéramos en ese estado de pureza arcangélica previo a la pubertad, y el único ideal de belleza que admitía eran las chicas «monas»: bajitas, modosas, aseadas, de cara redonda y rasgos infantiles. Chicas, en definitiva, reñidas con la más elemental noción de voluptuosidad.

Debía de tener trece o catorce años cuando vi por primera vez una foto de una mujer desnuda. Fue en casa de mis abuelos, en ese cuarto del fondo al que habían ido a parar los libros de tema carlista. Había ahí una mesita en la que, como en las peluquerías, se amontonaban viejas revistas que nadie se decidía a tirar. Yo solía hojear los ejemplares de *Semana* en busca de la viñeta de Kiraz, en la que unas chicas modernas y desinhibidas (las famosas «chicas de Kiraz») se burlaban ingenuamente de sus novios y de los hombres en general. Una tarde agarré una revista francesa, tal vez un *Vogue* o un *Paris Match* que no sé cómo habría llegado hasta allí, y descubrí con sorpresa un anuncio en el que, de rodillas y de medio perfil, aparecía fotografiada una bella mujer completamente desnuda. Aquello me cortó la respiración. Por un lado me parecía lo más hermoso que había visto en mi vida; por otro, me abrumaba una asfixiante sensación de malestar. Podría decir que era la clásica sensación de culpa, pero se trataba de algo más mezquino. En mi jesuítica estrechez de entonces, que retorcía el concepto de pudor hasta extremos enfermizos, el acceso a la desnudez ajena tenía algo de profanación irreparable, pero el pecado no consistía tanto en ver como en dejarse ver. Así pues, lo mío no era culpa sino reproche. ¡Ay, qué contradictorio todo!: no había en el mundo nada más deseable y excitante que el cuerpo de aquella mujer y, sin embargo, la hacía responsable de su propia profanación. La culpa de mi malestar la tenía ella, por dejarse fotografiar así.

Si realmente mi madre se hubiera llegado a plantear la posibilidad de un segundo matrimonio, habría sido tal vez para recuperar el estatus perdido. Pero hablo un poco sin saber: puede ser que esa noción de desclasamiento la tuviera más presente yo que ella misma. Como en los viejos folletines, mi historia familiar estaba decidida desde antes de mi nacimiento. Un antiguo esplendor propio de zares se había desvanecido sin que yo llegara a conocerlo y, algo después, la muerte de mi padre se había ocupado de completar el proceso con nuevas mermas, nuevos quebrantos. Mi madre, en cambio, no parecía verlo así. Para ella, una cosa era tener dinero y otra, tener «clase». Algunos de mis compañeros de colegio eran de familias adineradas, pero eso a ella no la impresionaba en absoluto. Más bien al contrario: en un susurro desdeñoso los calificaba de «nuevos ricos». Nosotros, que no éramos ricos ni viejos ni nuevos, formábamos parte de una categoría superior: nosotros teníamos clase, que era algo que no se compraba con dinero y que, como la hemofilia, se transmitía de generación en generación a través de la sangre. El concepto era lo bastante difuso para que pudiéramos libremente acogernos a él.

Pero eso no significaba que saliera gratis. Si queríamos seguir teniendo clase, debíamos mantener, al menos aparentemente, una posición social. En aquella época y en un colegio como el mío, entre las cosas que determinaban a qué estamento pertenecías estaba la práctica del esquí: llegar a clase los lunes por la mañana con los labios agrietados y el contorno blanco de los ojos destacando en la tez bronceada era un distintivo de clase. Que yo recuerde, a nadie en casa le apasionaba esquiar. A mí me disgustaba particularmente: los atroces madrugones, las colas interminables, las inevitables rozaduras, ese frío que te cuarteaba la piel y te inmovilizaba los dedos de los pies, la escasa recompensa para los muchos esfuerzos y sacrificios... Quien de verdad se empeñaba en hacer de nosotros unos aficionados al esquí era ella, nuestra madre, que no quería que sus hijos fueran menos que nadie. Los problemas llegaban a la hora de afrontar los gastos. El eterno quiero y no puedo: nuestros esquís eran de la marca Sancheski, los más baratos, o en el mejor de los casos, Attenhofer, que a su vez eran más económicos que los Rossignol, que estaban de moda... Con las fijaciones, las botas, la ropa, las gafas, etcétera, ocurría lo mismo: siempre las marcas y los modelos más baratos. Frente al suntuoso equipamiento de algunos compañeros, lo nuestro era pura pobretería.

También los precios de los cursillos hacían que mi madre pusiera el grito en el cielo. Me refiero a los cursillos organizados por los jesuitas en Formigal. Al cabo de un par de inviernos, descubrió que podíamos seguir esquiando sin apenas desembolso gracias a unos cursillos para hijos de militares. Cosas del franquismo: los exiguos sueldos de los oficiales se compensaban con ese tipo de privilegios corporativos. Economatos militares, farmacias que despachaban las aspirinas a granel, derecho de acceso a las piscinas de la Hípica... La gratuidad de la mano de obra (los soldados de reemplazo) facilitaba las cosas. Había oficiales que utilizaban a sus asistentes como si formaran parte de su servicio doméstico, cosa que escandalizaba a mi madre, que tenía a gala no haber pedido a ningún asistente de su marido nada que fuera ajeno a sus obligaciones de soldado. En aquellos cursillos de esquí, quienes cocinaban y servían las mesas eran también soldados, chicos solo un poco mayores que yo a los que les había tocado hacer la mili en ese destino.

Los cursillos los organizaba la Escuela Militar de Montaña en Rioseta, cerca de Candanchú. El lugar, un anfiteatro natural rodeado de altas montañas cortadas a pico, era impresionante. En la explanada, junto a un campito que alguna vez había servido para la instrucción de los reclutas, había dos edificaciones macizas con tejados de pizarra, de cuyos aleros colgaban enormes carámbanos. El conjunto formaba parte de la Línea P, la barrera defensiva construida por Franco en los años cuarenta ante el temor de una posible invasión por los Pirineos. En las cumbres y laderas de alrededor todo eran búnkeres y casamatas. El edificio que nosotros ocupábamos, austero pero cálido y confortable, debía de haber sido algo más que un refugio de montaña: ¿tal vez una residencia de oficiales? En la parte de atrás, en una pequeña pista que se abría camino entre varias hileras de pinos cargados de nieve, había incluso un rudimentario telearrastre. Pero era un telearrastre diseñado para soldados fuertes, corpulentos, no para críos como nosotros, de modo que, si conseguíamos encajarnos en la percha, quedábamos inmediatamente suspendidos en el aire en posiciones poco airosas, la sombra de los esquís trazando raras caligrafías sobre la superficie blanca. Creo que no logré completar la ascensión ni una sola vez.

Que unos soldados de reemplazo fueran empleados como personal al servicio de los hijos de unos militares no me parecía ni bien ni mal. Sencillamente, formaba parte de la normalidad, y nadie (ni siquiera los propios afectados) lo percibía como un abuso. La primera vez que fui vagamente consciente de las injusticias y desigualdades sociales fue cuando acompañé a mis abuelos a la Hermandad del Refugio, una antigua institución benéfica cuya junta había presidido mi propio abuelo. A través de la llamada Gota de Leche, el Refugio repartía alimentos entre familias necesitadas. Lo que yo recuerdo es una estancia grande, luminosa, de techos altos, y una fila de madres muy jóvenes rodeadas de niños oscuros con la cara llena de mocos. A mí me hicieron entregar alguno de los lotes de comida, y las mujeres me lo agradecieron con una sonrisa callada no exenta de ironía. En aquel momento, en lugar de sentirme satisfecho por hacer el bien, experimenté un desasosiego que entonces no habría sabido definir pero que se parecía mucho a la vergüenza: vergüenza por estar entre quienes daban, sin otro mérito que el de haber nacido en una familia y no en otra.

Volví a experimentar algo similar un par de años después. Debía de ser el último o penúltimo verano del franquismo. Estábamos en la playa de Comarruga cuando empecé a sufrir lo que más tarde me diagnosticarían como taquicardias paroxísticas, una aceleración de los latidos del corazón que comenzaba de golpe y, pasados unos minutos, cesaba también de forma repentina. Entre los conocidos de mi madre había un médico que apenas si había ejercido como tal porque se había decantado por la política y había prosperado como gobernador civil de varias provincias. El hombre, con la autoridad propia de un gerifalte del régimen, lo dispuso todo para que un excompañero suyo de carrera nos atendiera esa misma tarde en su consulta de cardiología en Tarragona. El médico me hizo un examen somero para descartar que se tratara de algo grave. Luego me preguntó si practicaba algún deporte, y yo, que no practicaba ninguno con asiduidad, dije tenis, por decir algo. El hombre, sarcástico, comentó: «Claro, tenis. Es más elegante». En ese instante sentí vergüenza y, a diferencia del episodio de la Gota de Leche, fui totalmente consciente de estar sintiéndola. Me acordé de mi tío Chito, el estudiante de Medicina, el alborotador antifranquista, y deduje que a aquel médico, quién sabe si también contrario al régimen, le había molestado la solicitud de su antiguo y muy franquista compañero de facultad. Por un momento me vi a mí mismo como debía de estar viéndome él: como a un cachorro de la casta de los privilegiados, de los que practicaban deportes elegantes y no se mezclaban con la chusma, de los que se comportaban como los dueños de España y estaban acostumbrados a imponer su voluntad, la casta de los que reaparecían desde el pasado con órdenes y exigencias como las de entonces, de los que exhibían su derecho a ser atendidos antes que otros.

El Logroñés era un equipo de tercera y el Zaragoza un equipo de primera, así que yo, mientras vivíamos en Logroño, nunca tuve que elegir entre ellos: en tercera era de un equipo y en primera, del otro. Luego el Logroñés ascendió y el Zaragoza descendió, y lo que no tenía que ocurrir ocurrió: mi equipo de tercera y mi equipo de primera eran ahora dos equipos de segunda. El Logroñés visitó La Romareda un domingo de diciembre. Josefo y yo, asiduos de la grada de infantil, no nos podíamos perder ese partido. Esa tarde teníamos todavía el corazón dividido. Queríamos que ganara el Zaragoza porque esos dos puntos eran imprescindibles para el regreso a primera, pero también queríamos que ganara el Logroñés porque puntuar fuera de casa lo alejaría de los puestos de descenso. El partido era feo, con más patadas a los tobillos que al balón. Hacía mucho frío y decidimos marcharnos unos minutos antes de que el árbitro pitara el final. No había habido goles, por lo que en cierto modo nos íbamos satisfechos y con nuestras lealtades a buen recaudo. Pero fue salir del estadio y oír el clamor del público: «¡Goool!». Y un minuto después, otra vez: «¡Goool!». Los dos goles los marcó Ocampos casi en el tiempo de descuento. A los niños no les gustan los equipos que pierden. Esos dos goles que no vi de Felipe Ocampos me hicieron zaragocista al cien por cien.

Mi destino como zaragocista se reforzaría años más tarde a través del que acabaría siendo mi suegro, Luis Belló, que había entrenado al Zaragoza en la primera de las temporadas gloriosas de los Cinco Magníficos. Como jugador no perteneció a la época de La Romareda sino a la anterior, a la del viejo campo de Torrero. Era un centrocampista con vocación ofensiva, no muy poderoso físicamente pero sí técnico y con olfato de gol. Le distinguía un curioso rasgo de coquetería, que era que llevaba siempre un pañuelo metido en la bocamanga: en las frías tardes invernales, mientras sus compañeros se tapaban una ventana nasal para propulsar ruidosamente los mocos por la otra, él se sonaba discretamente con su pañuelito. Venía de jugar en el Cieza (el equipo de su pueblo) y el Albacete, y terminaría haciéndolo en el Hércules cedido por el Atlético de Madrid. En el Zaragoza era Belló II porque también jugaba su hermano, Belló I. Su breve carrera como director deportivo y entrenador del equipo tuvo ya como escenario La Romareda. El momento de gloria le llegó cuando, en 1964, hubo de hacerse cargo del equipo en sustitución del entrenador titular, Ramallets, mítico exportero del Barcelona. Luis acertó a enderezar la languideciente trayectoria del equipo de Canario, Santos, Marcelino, Villa y Lapetra, y en un vertiginoso tramo final de temporada conquistó los primeros títulos oficiales del club: el 24 de junio el Zaragoza ganó la Copa de Ciudades en Feria y el 5 de julio, la del Generalísimo. Ahí es nada.

Pero, de una retorcida manera, mi vinculación con los Cinco Magníficos se había establecido mucho antes de conocer a Luis. Fue a través de Mateo, un perrillo de dientes montados, mirada asimétrica y ceño fruncido, el pelo hirsuto y carente de brillo, el cuerpo encanijado, y unas patas arqueadas y cortas que le imponían un trotecillo desaliñado y ridículo. Antes de él habíamos tenido otras mascotas: una tortuga que mi padre, creyendo que era una piedra, partió con el cortacésped en el chalé de Logroño; un canario al que atiborrábamos de comida y que a los pocos días reventó de puro gordo; dos patos que se dedicaban a ensuciarlo todo y a los que mi hermana Natalia envenenó al confundir el cubo del detergente en polvo con el del pienso; un hámster que daba vueltas frenéticamente en su pequeña noria y que un día se suicidó metiendo la cabeza entre las rejas de la jaula...

Mateo fue nuestro primer perro, en realidad el único nuestro, el único de todos los hermanos, porque, cuando él murió y llegaron otros perros, algunos ya nos habíamos ido de casa. Mateo: en una casa tan católica como la mía, ¿a quién se le ocurriría ponerle a un animal el nombre de un apóstol? Supongo que nos hicieron gracia sus resonancias campesinas. El hecho de que el perro de mi tío Carlos se llamara Blas (también un nombre rústico) puede que influyera en nuestra decisión. Blas era hijo del mismo padre que Mateo, aunque de distinta madre, y por tanto algo así como su hermanastro. La historia de Mateo y de Blas y de toda su parentela podría ser una parodia de un folletín sobre una familia aristocrática venida a menos, porque el padre de ambos y fundador de la saga era nada menos que Ranger, el yorkshire terrier que Marcelino había regalado a su mujer (cuñada de mi tío Carlos) a la vuelta de un partido del Real Zaragoza en el campo del Glasgow Rangers. Para formarse una idea de la celebridad de Marcelino no está de más recordar que, en junio de 1964, en vísperas de la primera de las dos finales del Zaragoza, un histórico gol suyo había decidido la victoria de la anticomunista España nada menos que contra la Unión Soviética. Según me contaría mi suegro muchos años después, los agasajos de las autoridades fueron tales que se temió que no fuera a llegar al partido. Acabaron localizándolo en compañía del yerno de Franco, el doctor Cristóbal Martínez-Bordiú, que le había invitado a entrar en el quirófano para presenciar una de sus operaciones de corazón: así de famoso era Marcelino. Algo de esa fama se había transmitido a su yorkshire terrier, una raza entonces muy escasa en Zaragoza. Las hembras con las que consiguieron aparear a Ranger era difícil que tuvieran un pedigrí como el suyo: por eso digo lo de la familia venida a menos. De la expresión malhumorada que se hizo habitual en Mateo en cuanto creció deduzco que su madre debió de ser de raza pequinesa. La mezcla, como era de prever, no resultó afortunada. Pero ¿qué culpa tenía él, pobre Mateo, de ser feo y no estar a la altura de su noble estirpe?

El hecho de que en mi casa nunca se hablara de sexo convertía los primeros ardores de la pubertad en un misterio inesperado y carente de explicación. Que esos ardores podían aliviarse en soledad lo descubrí gracias a Mateo, que enseguida se acostumbró a dejar sucios y acartonados los cojines del cuarto de estar. La primera vez que lo sorprendí en plena acción me produjo una repugnancia insuperable: esos ojos saliéndose de sus órbitas, esa lengua fuera, esos jadeos sin compás... ¿Tan feo y asqueroso era el sexo? Luego, verlo así ya no me producía asco sino risa. Mateo se ponía cachondo con facilidad y, cuando lo sacábamos a la plaza, se apresuraba a montarse sobre otros chuchos sin discriminación ninguna por razones de sexo. Mateo, ese perrillo feo, cachondo y bisexual. En aquellos años, las relaciones entre individuos del mismo sexo me parecían algo disparatado, ajeno al orden de las cosas, y me llenaba de zozobra comprobar que Mateo no oponía demasiada resistencia cuando un macho de mayor tamaño lo trepaba por detrás.

La única habilidad verdaderamente llamativa de Mateo era que se lanzaba a emitir unos largos y desafinados lamentos cada vez que alguien tocaba la armónica en casa. Nosotros decíamos que cantaba, y es verdad que lo suyo podría considerarse la versión canina de un cantaor de flamenco. Durante algún tiempo, nuestro piso se hizo popular entre parientes y compañeros de colegio, que nos visitaban con frecuencia para escuchar las melopeas del perro cantante. Luego también eso dejó de tener gracia. Un día, viendo por televisión un programa de José María Íñigo en el que siempre presentaban cosas extravagantes, anunciaron la actuación del «único perro cantante». Aparecieron un perrujo y un hombre y, en cuanto este empezó a tocar la armónica, el perrujo se puso a soltar exactamente los mismos plañidos que soltaba Mateo. Nuestros sentimientos eran contradictorios. Por un lado nos enorgullecíamos de Mateo, que poseía una habilidad digna de ser exhibida en televisión. Por otro, nos sentíamos profundamente decepcionados, porque ¿qué sentido tenía esa habilidad suya si no era única y otro perro se le había adelantado a hacerla pública? ¿Qué debíamos hacer ahora con Mateo? ¿Acudir al programa de Íñigo y presentarlo como «el otro perro cantante»? Ya sé que no es justo, pero aquella gracia de Mateo había quedado devaluada. Después de aquel día nadie volvió a tocar la armónica en su presencia.

El cine, al contrario que la televisión o el teléfono, no me acompaña desde mis primeros recuerdos. No recuerdo haber estado en ningún cine durante mi infancia logroñesa. Sí recuerdo que todas las mañanas, de camino al colegio, me paraba a curiosear los afiches y fotografías que se exhibían en el exterior del cine Astoria. No se me han borrado de la memoria los títulos de dos películas que se anunciaban en su fachada y que nunca llegué a ver: una era *Chitty Chitty Bang Bang* y la otra, *Urtain, el rey de la selva... o así*.

En mi infancia el cine estaba unido a las vacaciones, y las únicas películas que estoy seguro de haber visto en aquellos primeros nueve años de mi vida las vi en Zaragoza durante la Semana Santa o las Navidades. Como si estuviera intrínsecamente asociado a esta ciudad, las tardes de cine se convirtieron en algo habitual al poco de instalarnos en Zaragoza. Es curioso que, si pienso en una película, recuerdo automáticamente en qué sala la vi, mientras que, si pienso en una sala, tardan en venirme a la cabeza los títulos de las películas que vi allí. *Los vikingos*, cuyo épico arranque con las embarcaciones y la música de cuerno tanto me impresionó, la vi en el cine del colegio. *El Ceniciento* de Jerry Lewis la vi en el del Sagrado Corazón, donde por primera vez oí a la impaciente chiquillería cantar aquello de: «Que empiece ya, que el público se va...». *Las cuatro plumas* y *La túnica sagrada*, que se reestrenaban todas las Semanas Santas, las vi en el Mola, *Cuando los dinosaurios dominaban la tierra*, en el Victoria, *La pantera rosa* no sé si la vi en el Avenida o el Dorado, dos cines que estaban muy cerca y que yo siempre confundía...

En aquellos años finales del franquismo, los porteros de los cines ejercían con rigor su pequeña autoridad, y tratar de colarse en una película para mayores era una quimera. La clasificación oficial dividía las películas en cinco grupos. Los dos más altos eran el 3R y el 4, que significaban respectivamente «mayores con reparos» y «peligrosa». ¿En qué consistirían esos reparos morales y esa peligrosidad que tan sugerentes resultaban a la imaginación de un chico de trece o catorce años? Mi relación con esas películas estaba condenada al platonismo: amar aquello que me estaba vedado precisamente porque me estaba vedado, amarlo a través de los carteles, las fotografías, los anuncios de los periódicos.

A esa edad yo quería ser surrealista. Pintor, cineasta, poeta, lo que fuera, pero surrealista. ¿Por qué? Ni yo mismo lo sabía. Seguramente porque eso de surrealismo sonaba a declaración de guerra contra la realidad, y los adolescentes (en especial los adolescentes de mediados de los años setenta) suelen estar en pie de guerra contra la realidad que les rodea. Lo poco que entonces sabía sobre el surrealismo lo había espigado en las revistas de cine que había empezado a coleccionar. En general, me bastaba con saber que ser surrealista equivalía a formar parte de una secta a la que pertenecía mi paisano Luis Buñuel. Acostumbrado a venerar todo aquello que me estaba vedado, admiraba el cine de Buñuel sin haber visto ninguna de sus películas. Admiraba más bien la idea que me había formado sobre su cine, una idea tan vaga que se adaptaba con facilidad a lo ilimitado de mi admiración. Como la gente religiosa con respecto a la figura de Dios, me había creado un Buñuel a la medida de mi voluntad y mi fantasía, a la medida de mi fe. Y, como el propio Dios, ese Buñuel era al mismo tiempo próximo y lejano. Lejano porque no tenía muchas posibilidades de ver sus películas. Y próximo porque, de haber seguido viviendo en Zaragoza, probablemente habría sido mi vecino. Sus hermanas conservaban el piso familiar de la calle Isaac Peral, a apenas dos manzanas de casa, y el letrero de la consulta de radiología de su hermano Leonardo (DOCTOR BUÑUEL - RAYOS X) destacaba en un portal del paseo de la Independencia, también muy cerca de casa. Todas esas señales de su existencia alimentaban mi fe en Buñuel.

Las primeras películas que vi suyas las vi no mucho después en *Revista de cine*, el programa de la segunda cadena que presentaba Alfonso Eduardo. En aquel ciclo pusieron varias películas de la etapa mexicana, como *Los olvidados* o *La vida criminal de Archibaldo de la Cruz*, que respetaban el esquema clásico de planteamiento-nudo-desenlace y se parecían poco a la idea que yo me había hecho del surrealismo. ¿Dónde estaban los sueños tormentosos, las escenas con insectos, las bromas anticlericales?

En mi etapa de admiración ciega por Buñuel todavía iba a misa los domingos. Iba con mi madre, mis hermanos y mi tía María Josefa a misa de doce en Santa Catalina, una pequeña iglesia adosada a un convento. Aunque supongo que a esa misa asistía gente de toda edad y condición, en mi recuerdo el templo se me aparece repleto del mismo tipo de feligreses o, mejor dicho, de feligresas: mujeres más o menos iguales, vestidas siempre de oscuro, oscuras ellas mismas, silenciosas, que mojaban en agua bendita las yemas de los dedos y luego se la pasaban entre ellas. Un domingo, a la salida de misa, mi tía María Josefa me llevó donde una de esas mujeres, amiga suya, y me la presentó diciendo: «¿No admiras tanto a Luis Buñuel? ¡Pues aquí tienes a su hermana!». Yo enrojecí de vergüenza y saludé a aquella señora, que me trató con afabilidad e hizo algún comentario intrascendente sobre su hermano Luisico. Estaba de lo más confundido. Por un lado, a través de aquella señora me sentía cerca, muy cerca de Buñuel, y eso me llenaba de emoción. Por otro, todo aquello me incomodaba. Me imaginaba a mí mismo en un futuro cercano, cuando no fuera ya un adolescente sino un joven o un adulto y no asistiera ya a misa sino a exposiciones de pintores surrealistas, a recitales de poesía surrealista, a sesiones de cine surrealista en cineclubs surrealistas, e intuía que en todos esos sitios ocultaría aquel encuentro con la hermana de Buñuel. ¿Qué pensaría el propio Buñuel si supiera que mi relación más duradera con él y con el surrealismo consistía en haber asistido durante años a la misma misa dominical que su hermana?

Por aquella época empecé a escribir guiones. Eran unos guiones muy breves, de cuatro o cinco páginas. Por supuesto, eran guiones surrealistas, con escenas y diálogos que buscaban deliberadamente sustraerse a la lógica de la realidad: alguien, sin saber muy bien por qué, llegaba a un lugar en el que nadie lo esperaba y hacía o decía algo que carecía por completo de sentido... Pero se trataba solo de un juego, un pasatiempo, la expresión de un sueño infantil: el sueño de convertirme algún día en una persona que escribiría y dirigiría sus propias películas.

También hacía pequeñas reseñas de las películas que veía. Los datos de la película los anotaba en la oscuridad de la sala, tomándolos directamente de los créditos, y luego los pasaba a limpio en las fichas de cartulina que compraba en la papelería Gambón. Uno de mis amigos, tan cinéfilo como yo, era Jorge Parra, que también tomaba notas de las películas. Jorge era de los Parra de la Empresa Parra, dueños de la mitad de los cines de la ciudad. Otro de mis amigos era Toño Barbany, cuya familia era accionista de Zaragoza Urbana, dueños de la otra mitad. Entre uno y otro, solía arreglármelas para ir gratis al cine. Veía dos o tres películas cada fin de semana. Los domingos íbamos a la sesión de las cinco. A la salida, al grito de «¡la hoooja depórtiva, la hoja!», unos chicos ofrecían una cuartilla impresa deprisa y corriendo con los resultados de la jornada futbolística. Costaba un duro. Nosotros esperábamos a que algún adulto la comprara, le preguntábamos los resultados y nos metíamos en otro cine a la sesión de las siete. Para mi disgusto la mayoría de las películas que ponían en esos cines eran de las que, no sin desdén, llamábamos «comerciales». A las otras, las de «arte y ensayo», que eran las que más nos apetecían, pocas veces nos dejaban pasar por ser menores de edad. Las cosas mejoraron cuando, tras la muerte de Franco, se inauguraron unos multicines en la calle Francisco de Vitoria, a los que me hice asiduo desde el primer día. Esos multicines no eran propiedad de ninguna familia de la burguesía local sino de una empresa vinculada al partido comunista. Muchos años después supe que la mujer triste y silenciosa que nos cortaba los tiques en la cola de entrada era la viuda de Julián Grimau, líder comunista fusilado en 1963. Por supuesto, esos multicines se llamaban Buñuel.

Un día, de repente, lo vi por la calle. Sí, un día vi al mismísimo Buñuel. Recuerdo perfectamente el sitio: la esquina de Independencia con la plaza de Santa Engracia, muy cerca del portal con el letrero de DOCTOR BUÑUEL - RAYOS X, muy cerca también de la casa de su familia en Isaac Peral. Recuerdo asimismo su aspecto: era un hombre menudo, incluso bajo, desde luego más bajo que como yo lo imaginaba, un anciano que caminaba despacio, encorvado, con ese aire ensimismado y ausente que siempre atribuimos a los sordos. Lo que no recuerdo es la fecha. Por la ropa y el gris de la mañana debía de ser el invierno del 77, el 78, tal vez el 79... Para entonces yo no iba ya al colegio sino a la universidad, donde había conocido gente más culta que yo, compañeros aficionados a la pintura, a la poesía, al cine, y ninguno de ellos era surrealista. El día en que me encontré a Buñuel en la esquina de Independencia con Santa Engracia, yo había renunciado ya a ser surrealista, y sin embargo mi veneración por él no había decaído. Fui incapaz de decirle nada. Me limité a detenerme y a verle pasar. Cuando al cabo de unos instantes lo perdí de vista entre la gente, fui consciente de que el recuerdo de ese encuentro breve y fortuito me duraría toda la vida.

4

Mi promoción clausuraba un largo ciclo histórico inaugurado con la primera Ley de Instrucción Pública, la de Claudio Moyano. Ese modelo educativo, que con leves retoques se mantenía vigente desde mediados del siglo XIX, fue sustituido por otro en el que las enseñanzas primaria y secundaria pasaban a llamarse EGB (Educación General Básica) y BUP (Bachillerato Unificado Polivalente). Una de las principales novedades era que se añadía un curso más, por lo que, durante toda la carrera, la promoción siguiente a la nuestra iba a ser una promoción fantasma, sin apenas alumnos. Si hasta esa reforma los estudiantes ingresaban en la universidad el año en que cumplían diecisiete, ahora lo harían el año en que cumplieran dieciocho. Yo, nacido muy a finales de 1960, fui de los últimos que entraron con dieciséis.

Me veo a mí mismo en las fotos de la época: un

chico pálido, flaco, desgarbado, a medio hacer, las facciones no del todo definidas, el gesto de enfurruñamiento oculto bajo la sombra del flequillo. Nunca sonreía para las fotos. Yo mismo me lo prohibía, como si tuviera que dejar constancia de mi disgusto, un disgusto metafísico, existencial, que en realidad no obedecía a razones concretas: no recuerdo que tuviera ningún trauma o conflicto especial, más allá de las inseguridades propias de la adolescencia. Probablemente, entre las razones de mi descontento estaba el propio hecho de tener que tomar con tan pocos años decisiones tan trascendentes. No tenía ni la edad para entrar a ver las películas que veían los adultos y ya estaba ahí el futuro, preguntándome qué quería hacer con mi vida, apremiándome a elegir, atosigándome. Estaba hecho un lío. Por un lado, creía atesorar unas «inquietudes» (así se decía) que solo la Facultad de Filosofía y Letras podía satisfacer; por otro, no desdeñaba la posibilidad de estudiar Derecho, una carrera que, según mi madre, «tenía muchas salidas». Al final me matriculé en las dos, lo que, lejos de indicar que empezaba a tener las ideas claras, demostraba que, en efecto, seguía hecho un lío.

Habían pasado dos años desde la muerte de Franco, y los universitarios, que tanto habían contribuido al desgaste de la dictadura, empezaban a desentenderse de la política. Hasta ese verano de 1977 había sido habitual la imagen de los policías armados apostados en la plaza de San Francisco y los alrededores del campus, aguardando a que los estudiantes improvisaran una manifestación al grito de AMNISTÍA Y LIBERTAD. Aprobada finalmente la Ley de Amnistía, las manifestaciones cesaron y los policías se dedicaron a otros quehaceres. De las dos facultades, la de Derecho era la que estaba más politizada, aunque solo fuera porque de vez en cuando aparecían los matones de Fuerza Nueva a asustar a la gente y destrozarlo todo a golpe de cadena. Cuando tal cosa ocurría, unos barbudos interrumpían la clase de Derecho Natural, la única que teníamos en el aula magna, y montaban una asamblea para condenar las agresiones y denunciar la complicidad de las fuerzas del orden. Al cabo de unas semanas, los ultraderechistas protagonizaban un nuevo incidente, y vuelta a empezar. Había en todo ello algo de consabido, de rutinario, como si formara parte de una liturgia o una representación teatral que no alteraba el curso verdadero de la vida.

En aquella época, las copisterías tenían el negocio de los apuntes. Si un día no asistías a clase, ibas a la copistería y comprabas los apuntes correspondientes a esa fecha. No recuerdo quién fue el que me ofreció hacerme cargo de la asignatura de Derecho Romano. La impartía José Luis Murga, un hombre de maneras suaves y voz aflautada que trufaba de sabrosas anécdotas sus explicaciones y sabía hacer interesante una materia particularmente desabrida. Yo tomaba buena nota de sus enseñanzas y al llegar a casa las pasaba a limpio en los clichés, unas hojas de papel cebolla sujetas por el extremo superior a una lámina de cera. Entregaba los clichés los viernes, de forma que el lunes mis apuntes estuvieran a disposición de mis compañeros más perezosos, y a cambio recibía una remuneración bastante generosa. Eso al menos me parecía a mí, que nunca antes había ganado dinero y que, con el ajetreo de las dos carreras, casi no tenía tiempo para gastarlo.

En Filosofía y Letras, pese a tener más fama de progre, había aún menos asambleas que en Derecho. Los estudiantes de Filología éramos un grupo muy numeroso, que desbordaba la capacidad de las aulas. Algunas clases se impartían en el edificio de Interfacultades, más moderno y espacioso. Aun así, no siempre resultaba fácil encontrar un hueco. La inmensa mayoría de estudiantes eran chicas, que se organizaban para guardarse sitio unas a otras repartiendo bolsos, plumieres y chaquetas. El problema de la falta de espacio era tan acuciante que hubo que construir un pabellón nuevo. Se hizo todo deprisa y corriendo, con los materiales más innobles que se pudo encontrar. El edificio, feo, triste, de aire carcelario, con ostentación de carpintería metálica y abuso de ese horrible ladrillo amarillento tan típico de la época, se inauguró cuando yo estaba en tercero o cuarto y aguantó poco más de tres décadas, hasta que algún político sensato dio la orden de demolerlo y reemplazarlo por otro más presentable.

Entonces la carrera duraba cinco años, los tres de «comunes» y los dos de especialidad. Las asignaturas del primer curso, todavía muy genéricas, eran tan poco estimulantes como las de Derecho. Y sin embargo, de un modo paulatino, mis preferencias se iban decantando. Por un lado, sabía que en Filología no tardaría en llegar a las asignaturas específicamente literarias, tan apetecibles, mientras que en la otra facultad lo que me aguardaba eran las muy intimidantes Derecho Civil, Administrativo, Canónico, Procesal... Por otro lado, me sentía más a gusto entre los compañeros de Filología, con los que sintonicé con facilidad. Hacia mediados de curso tenía ya tomada la determinación de abandonar Derecho. Para que mi madre no lo viera como una claudicación decidí examinarme de las cuatro asignaturas. Conseguí aprobarlas todas, eso sí, sin brillantez alguna, salvo Derecho Romano, en la que saqué un notable: de algo me había servido asistir a todas las clases y esmerarme con los apuntes.

Entre las razones para escoger Filología había otra de mucho peso. Era una compañera de curso, se llamaba María José y pocos meses después empezaríamos a salir juntos. Utilizo esa expresión, «salir juntos», porque eso de ser novios nos sonaba a rancio y apolillado. En ella se concentraban la delicadeza, la dulzura, el encanto, la belleza. No digo que *tuviera* todo eso. Digo que ella lo *era*. Que era la quintaesencia de todo eso: cualquier otra mujer del mundo solo poseería delicadeza, dulzura, etcétera, en la medida en que se pareciera a ella. A su lado experimentaba una sensación de plenitud que me resultaba desconocida. A su lado me gustaba más a mí mismo: de ahí que nada me hiciera más dichoso que tenerla cerca. Mi propia felicidad consistía en hacerla feliz, y a ello estaba dispuesto a dedicar todas las horas del día, todos los días de mi vida. Por ella habría renunciado a todas las carreras que fuera necesario y cambiado de facultad cuantas veces hiciera falta.

Estoy hablando de finales de 1978. El referéndum de la Constitución se celebró el miércoles 6 de diciembre. La mayoría de edad acababa de establecerse en dieciocho años precisamente para que los jóvenes pudieran votar en el referéndum. Yo, que no cumplía la edad hasta finales de mes, no tenía derecho a votar la Constitución, cuya aprobación deseaba aunque solo fuera porque consagraba el derecho a la objeción de conciencia: en aquel momento, una de las cosas que más me obsesionaban era librarme del servicio militar. Mi hermano Josefo, a punto de cumplir los diecinueve, sí que pudo votar. Lo hizo en el colegio electoral que nos correspondía, la escuela Gascón y Marín. Luego me dijo que, al ir a identificarse, había visto mi nombre en el listado de electores, que incluía a todos los nacidos hasta el 31 de diciembre de 1960. Por un momento me planteé acudir a depositar mi voto. Al final, temeroso de que comprobaran mi edad en el carné de identidad, no lo hice.

Por aquella época, a raíz de la famosa película de Jaime Chávarri, se empezaba a hablar de la «generación del desencanto», que con la llegada de la democracia habría visto frustrados sus ideales revolucionarios. Pero esa sería, en todo caso, la generación inmediatamente anterior a la mía, la de quienes me llevaban cinco o diez años y habían vivido la agitación política de las postrimerías del franquismo. A nosotros (y, cuando digo «nosotros», me refiero a la primera generación de universitarios de la democracia, a aquellos que estábamos en plena adolescencia el día de la muerte de Franco) la política no nos parecía tan importante. Ajenos a los debates sobre la lucha de clases y el socialismo científico, confundíamos el trotskismo con el maoísmo y desconocíamos la experiencia de la clandestinidad. La epopeya de nuestros primos mayores, con sus carreras delante de los grises, sus encontronazos reales o imaginarios con la Brigada Social y sus «aprobados generales políticos», nos resultaba indiferente. Era el nuestro un izquierdismo algo desmayado. En él no habían influido los ensayos de Marcuse y sí las historietas de Mafalda: un izquierdismo de línea clara.

Vuelvo tres años atrás. En la España de 1975 fueron muchos los hogares que estrenaron su primer televisor en color justo después de la muerte de Franco. Entre esos hogares estaba el mío porque mi madre, monárquica irredimible, creía que la ocasión justificaba el desembolso, por lo demás nada despreciable. Así pues, un día vimos en blanco y negro a un contrito Arias Navarro anunciando entre pucheros la muerte del Generalísimo y, dos días después, vimos en color la solemne proclamación de Juan Carlos de Borbón como rey de España. Éramos conscientes de que aquellas fechas condensaban una extraordinaria trascendencia histórica, y con ese salto del blanco y negro al color tratábamos de ponernos a la altura de los acontecimientos. No era para menos: el larguísimo «día de hoy» consagrado en el último parte de guerra del general Franco («en el día de hoy, cautivo y desarmado el ejército rojo...») daba por fin paso a ese «día de mañana» tantas veces susurrado, tantas veces pospuesto. La gris España de ese caudillo de voz atiplada y barriga de quinielista acababa de ser sustituida por una España polícroma, luminosa, en la que no faltaría ninguno de los colores de los nuevos tiempos.

Doy ahora un salto adelante y me planto en febrero de 1981. Mi generación no empezó a sentir que la política le incumbía hasta que, con el 23-F, estuvieron a punto de regresar los viejos tiempos de los militarotes y el ordeno y mando.

Entonces yo tenía veinte años y cursaba cuarto de carrera. Esa tarde estaba leyendo en la biblioteca del departamento de Literatura. Entre profesores y estudiantes no creo que pasáramos de la docena. En un momento dado, los susurros de unos y otros fueron subiendo de volumen. «Un golpe de Estado», dijo alguien. Salí al pasillo a preguntar. Se había formado un corrillo en torno a uno de los catedráticos, Félix Monge. Este, esforzándose por aparentar serenidad, dijo: «Todos a casa. No va a pasar nada, pero iros todos a casa». Quedé con María José. Fuimos a un bar, que cerró enseguida. Cuando salimos, era ya de noche. Había muy poca gente por la calle y casi todas las tiendas habían cerrado antes de hora. Dimos un paseo por Independencia. Al pasar por delante del edificio de Capitanía vimos entrar a unos militares uniformados. Nos habría gustado saber cómo funcionaban los golpes de Estado para decidir si eso era normal o no. Acompañé a María José al portal y me fui a casa.

Aquella noche me pasé varias horas oyendo la radio junto a mi madre y mis hermanos. Mi madre, nacida en 1934, nunca nos había hablado de la guerra civil. Fue la primera vez que contó algunos de los recuerdos que conservaba. La posibilidad de que se reprodujeran los hechos de julio del 36 no parecía en ese momento descabellada. Josefo y yo, los únicos en edad militar, anunciamos nuestra intención de salir de España si las cosas se torcían definitivamente. No estábamos preparados para una situación así. De repente, el mundo entero daba un bandazo y podía ser que dos jóvenes como nosotros, con nuestros destinos más o menos encarrilados, tuviéramos que dejar atrás nuestras vidas y seguir los pasos de todos esos españoles que cuarenta y tantos años antes se habían visto obligados a marchar. Para nuestra sorpresa, nuestra madre empezó a repasar nombres de parientes y conocidos que residían en el extranjero y podrían acogernos en nuestro eventual destierro. Por muy conservadora y muy viuda de militar que fuera, no quería que sus hijos vivieran una guerra como la de su infancia.

No hace falta que explique cómo acabó aquello. Los días siguientes fueron días de asambleas y manifestaciones. Nada había cambiado pero todo había cambiado. En comparación con la siniestra España cuartelera a la que habíamos estado a punto de regresar, la democracia que entonces teníamos, por muy imperfecta que fuera, se nos presentaba como un bien frágil y valioso que había que proteger. El 23-F extendió el apego a la democracia en toda la sociedad pero particularmente en mi generación, que empezó entonces a interesarse por la política. La victoria electoral de Felipe González un año y medio después no sería, en definitiva, sino la victoria de mi generación: solo el socialismo democrático había acertado a recoger las enseñanzas de ese vaporoso izquierdismo aprendido en los libros de Mafalda.

Ahora que únicamente estudiaba una carrera, tenía tiempo de sobra para leer. Lo hacía hasta altas horas de la noche con la radio encendida. En una ocasión, entre canción y canción, el locutor recitó un poema que empezaba así: «Porque conocía el nombre de los peces, aun de los más raros, y el de los caladeros, y las señas de las lejanas rocas submarinas...». El poema hablaba de un niño al que los pescadores de su pueblo dejaban revolver en sus cestas, lo llevaban con ellos en sus barcos y le contaban historias de «los días confusos, cuando el mar de borrosos contornos es solo como un cascote de vidrio semienterrado en el fango». Tenían esos versos algo hipnótico, irresistible, que te mantenía en suspenso, sin aliento, una musicalidad clásica (cernudiana, diría ahora) que te atrapaba y no te soltaba hasta el final de la composición, y la gratitud de ese niño que se había ganado la confianza de unos adultos despertaba en mi interior alguna emoción olvidada.

El locutor mencionó el nombre del autor, que no me era desconocido. De Carlos Barral yo sabía que, además de editor y poeta, era el propietario de L'Espineta, una taberna mítica de Calafell. Estaba a pie de playa, en una de las pocas casas de pescadores que no habían sucumbido a la especulación inmobiliaria, una edificación sencilla, cuadrada, de dos pisos, con las ventanas de arriba protegidas por persianas alicantinas. Aunque no hacía ni diez años que se había inaugurado, daba la impresión de ser antiquísima, eterna, tal vez porque a su alrededor todo eran edificios modernos surgidos de repente. Las paredes eran blancas, relucientes. Por la noche se asomaban a ellas las salamanquesas, que permanecían al acecho de los insectos junto a la tenue luz amarilla de los fanales. Sobre la entrada había un madero con el nombre del establecimiento, que evocaba al mismo tiempo el viejo instrumento musical y la raspa de un pescado. El interior, con las paredes repletas de fotografías y pinturas de motivos marineros, transmitía una vaga sensación de *horror vacui*. Lo recuerdo siempre en penumbra, con mesas de mármol y sillas de mimbre, con una columna en el centro que dificultaba los movimientos al camarero. Había velas iluminando los rincones. A modo de palmatoria usaban botellas cubiertas de chorretones de cera. En una repisa se apiñaban las más antiguas de ellas, con un revestimiento de cera que duplicaba su tamaño.

Comarruga, donde veraneábamos, estaba a muy pocos kilómetros de allí, y alguna vez, después de un paseo por la playa, me había sentado en la terraza de L'Espineta a tomar algo. A partir de ese verano lo frecuenté más. Barral estaba siempre por ahí, delgado como un rejón, ataviado solo con una camisa de manga corta y un bañador minúsculo, la barbita de chivo refulgiendo sobre el cutis bronceado, la cabeza protegida por una gorra de marinero. Yo lo espiaba desde la distancia, sin atreverme nunca a saludarle ni decirle nada. Podría, por ejemplo, haberle dicho que había leído todos sus libros y que me sabía de memoria algunos de sus poemas. O que ese mismo curso había hecho un trabajo sobre su poesía. O que gracias a él había descubierto a otros poetas de su generación, como Gil de Biedma o Caballero Bonald. Pero no, no le decía nada. La propia admiración que le profesaba me tenía medio paralizado y, como mucho, me atrevía a buscar sitio en una mesa próxima a la suya para escuchar de tapadillo su conversación. Entre los amigos con los que compartía tertulia solían estar Juan Marsé y Ricardo Muñoz Suay. Yo daba por supuesto que hablarían sobre asuntos de alta cultura, como la poesía de Rilke, que el propio Barral había traducido, o la literatura del *boom* latinoamericano, de la que había sido uno de los principales promotores. La primera discusión que conseguí captar giraba, sin embargo, en torno a un tema bien distinto: la distancia que podía llegar a alcanzar la meada de un tigre. «¡Cuatro metros!», decía uno. «¡Ocho metros!», decía otro. «¡Doce metros!», remataba el propio Carlos Barral con esa voz suya, oscura, cavernosa, que parecía brotar de algún órgano situado más allá de la laringe. Huelga decir que la ingesta de alcohol había influido de forma muy determinante en la elección del tema.

En mis recuerdos, Barral se me aparece siempre borracho, lo que no puede sorprender en un poeta de su generación, tan propensa a la dipsomanía. Lo recuerdo borracho en L'Espineta pero también en algún encuentro casual fuera de la temporada veraniega, como una vez que, durante su etapa de senador, coincidimos en la cafetería del talgo de Madrid. Estaba él en un extremo del mostrador, con ese aire algo extravagante que tenía, agarrado a una copa yo diría que de whisky y dirigiéndose en voz demasiado alta a los desconocidos que pasaban por su lado. Quienes no supieran nada de él lo tomarían por el clásico beodo algo latoso que a veces te encuentras en los trenes. Pero quién sabe. También puede ser que mi memoria me engañe y que Barral ni siquiera tuviera una copa en la mano. Mi amigo Malcolm Otero Barral, el niño que por entonces le inspiró los *Poemas para el nieto Malcolm* y que años después continuaría la tradición familiar en el sector editorial, sostiene que en realidad su abuelo bebía muy poco y que, debido a una antigua operación de estómago que explica también su extrema delgadez, un par de vasos de vino bastaban para que se embriagara.

El último recuerdo que conservo de Barral es el de la noche que entró en L'Espineta algo alterado porque había tenido que enfrentarse en la playa a unos tipos que intentaban robar un catamarán. Estaba enfadado. Estaba enfadado con esos tipos pero también consigo mismo, por haberse lanzado a defender una causa que no reconocía como propia. «En el fondo, ¿qué me importa a mí *esa gente*?», refunfuñaba, refiriéndose a los veraneantes, responsables en definitiva de la desaparición de su paraíso de infancia, el viejo Calafell de casitas pequeñas al borde de la playa, el Calafell de los hombres de la mar, de los calafates, de los pescadores que le dejaban revolver entre los pescados, «tocarlos uno a uno, sopesarlos, y comentaban conmigo abiertamente las sutiles cuestiones del oficio». El Barral de mi último recuerdo tenía la estampa soberbia de un marinero de leyenda. Nadie podía imaginar que fuera a morir cuatro meses después, en diciembre, con solo sesenta y un años. Yo, que soñaba con sentarme alguna vez a su mesa de L'Espineta, ya nunca participaría en sus discusiones sobre el alcance de la meada de los animales salvajes.

Entre mis compañeros de facultad había bastantes que sentían inclinación por las asignaturas de lengua, que al lado de las de literatura a mí me parecían áridas e insustanciales. Mi fascinación por la literatura era entonces candorosa e indiscriminada: quería leerlo todo, estudiarlo todo, saberlo todo. Bastaba con que el profesor sintiera algo de aprecio hacia su materia para que me lo contagiara al instante. Me ocurrió con la literatura medieval, que impartía con entusiasmo el matrimonio formado por Juan Manuel Cacho Blecua y María Jesús Lacarra. Estaban hechos el uno para el otro. Miembros los dos de distinguidas sagas universitarias, unidos por su común pasión hacia cualquier texto que tuviera más de quinientos años de antigüedad, los imaginabas en la intimidad hablando de las mismas cosas de las que hablaban en sus clases: de *El conde Lucanor*, de la *Disciplina clericalis*... Hasta físicamente empezaban a parecerse: ni guapos ni feos, algo desaliñados, vestidos con chaquetas de pana de colores pardos como si fueran a salir de cacería, un poco más alta ella, que por eso mismo caminaba algo encorvada. Lacarra estaba especializada en los cuentos tradicionales de origen oriental que, en un largo viaje entre culturas, habían llegado a la Península a través de compilaciones como el *Sendebar* o el *Calila e Dimna*. Producía melancolía pensar que la tradición oral había mantenido vivas esas historias hasta la aparición de la radio y la televisión: miles de años de cultura popular acababan de desvanecerse justo cuando yo empezaba a tener noticia de su existencia.

Cacho, por su parte, despertó en mí la pasión por las novelas de caballería. Cuando solicitó voluntarios para transcribir algunos capítulos de *Clarisel de las Flores*, cuyo manuscrito se custodiaba en la biblioteca de la universidad, me presenté sin dudarlo. Aquello era un bodrio de mucho cuidado, con unas aventuras y unos amoríos de lo más disparatado, pero yo tenía la sensación de estar participando en algo trascendente. Al fin y al cabo, estaba contribuyendo a recuperar para la historia de la literatura una obra de casi cinco siglos de antigüedad, y sentía todo el peso de la responsabilidad cada vez que me enfrentaba a un fragmento de interpretación complicada o dudosa. Curiosamente, mi afición por aquellas novelas del pasado más remoto prolongaba en parte mi querencia por las novelas del *boom* latinoamericano, de tanta actualidad por entonces. Si, por un lado, el precedente de Mario Vargas Llosa y su declarada fascinación por *Tirant lo Blanc* ennoblecía el género, por otro, el universo en el que se movían aquellos personajes de nombre extravagante (Amadís, Gelismundo, Argesilao, Primaleón, Palmerín) era lo más parecido al realismo mágico que podía encontrarse en la tradición literaria española.

Sin saberlo, había seguido los pasos de José María Conget en el colegio y ahora, también sin saberlo, se los seguía en la facultad. En la novela *Gaudeamus* retrató Conget una universidad en la que no existió ningún mayo del 68 y en la que, todavía en plena dictadura, seguían campando a sus anchas el autoritarismo y la mediocridad de la primera posguerra. Doce años después ya no era así. Quedaban pocos profesores de la vieja guardia, y el claustro se había renovado con la irrupción de una generación muy alejada de los modos *ancien régime* de sus predecesores. La mía era, de hecho, una facultad joven, con profesores solo un poco mayores que yo. Algunos catedráticos (o agregados, que eran algo así como catedráticos *in pectore*) tenían treinta y pocos años. Por ejemplo, Aurora Egido, cuyas clases eran un prodigio de erudición: parecía imposible que alguien supiera más que ella sobre el Siglo de Oro. Pelirroja, atractiva, de rasgos armoniosos, tenía algo de actriz francesa, a lo Françoise Dorléac, pero la suya era una belleza exenta de coquetería, casi estatuaria. Cuando hablaba, clavaba la mirada en algún lugar indeterminado por encima de nuestras cabezas, y sus sonrisas, escasísimas, eran festejadas como las de Greta Garbo en *Ninotchka*. Quién sabe si esa seriedad suya, de naturaleza defensiva, obedecía a la necesidad de no dar confianzas a los estudiantes de las primeras filas, a los que tenía embelesados. De todos modos, en aquella época tampoco debía de estar para muchas alegrías: nadie ignoraba que se encontraba en medio de un largo proceso de separación de su marido, Antonio Armisén, también profesor de la facultad. Me imagino que fueron de los primeros en acogerse a la nueva Ley de Divorcio, aprobada en el verano de 1981, pero tampoco puedo asegurarlo. Sí lo hizo Elena Pallarés. Esta, una rubia medio *hippie*, con aparatosas gafas de colores y largos vestidos floreados, el pelo asomando bajo el amplio sombrero de paja, hacía tiempo que era pareja de otro profesor, el polifacético Túa Blesa, un hombre menudo, de carnes magras, el pelo negro e hirsuto anudado en prietos caracolillos, como Ninetto Davoli en *Uccellacci e uccellini*. Para celebrar el divorcio de ella, montaron en el pasillo de la facultad una fiesta con guirnaldas de flores, algo de música y picoteo gratis para los alumnos.

Esto ocurría durante mi último año de carrera. Entre mis profesores de ese curso se encontraba José-Carlos Mainer, que regresaba a Zaragoza tras haber publicado *La Edad de Plata*, una guía fundamental para entender la cultura española de las décadas anteriores a la guerra civil. Si otros profesores habían conseguido transmitirme su entusiasmo por la literatura del pasado, ¿qué decir de esa otra literatura, que estaba todavía viva, rabiosamente viva, y podía ser interpretada con las mismas herramientas que servían para entender la creación estrictamente contemporánea? Cierta tradición cultural que la guerra civil había extirpado de cuajo estaba por entonces recuperándose, y los jóvenes de principios de los ochenta, dando un salto por encima del largo paréntesis de la dictadura, volvíamos los ojos hacia la época en que nuestros abuelos habían sido jóvenes: a los años de esplendor de las vanguardias, al florecimiento cultural que acompañó al advenimiento de la Segunda República, a la más cumplida tentativa de normalización democrática que ofrecía la historia de España. En realidad, el tema de las clases de Mainer no era tanto la literatura como la cultura. Por encima de todo, transmitía una idea de la cultura como un tejido en el que todo está relacionado y en el que ninguna obra puede ser cabalmente entendida sin atender a lo que la rodea. Sus clases no eran clases sino auténticas lecciones magistrales. Cada una de ellas parecía una conferencia en cuya preparación hubiera tenido que invertir varios meses de estudio, y en su discurso la literatura se mezclaba con el cine, la arquitectura, la música, la pintura. Nada, en definitiva, quedaba fuera del territorio de su curiosidad, y yo lo recuerdo distinguidamente abstraído, atento solo al hilo de su propio pensamiento y a las múltiples ramificaciones del tema en cuestión, que tan pronto lo llevaban a hablar de un cuadro de Maruja Mallo como de las Misiones Pedagógicas, el cine de Buster Keaton o la arquitectura racionalista.

Si algunos escriben como hablan, otros hablan como escriben. Mainer formaba parte de este último grupo. La suya era la oratoria de un estilista que, más que pronunciar las frases, las dejaba escritas en el aire, perfectas en su elaboración, se diría que listas para un análisis sintáctico. Períodos largos, subordinadas bien delimitadas, paréntesis que se abrían y cerraban para regresar ordenadamente a la oración principal sin dejar nunca huérfano un verbo o un sustantivo, sin caer en reiteraciones o redundancias, sin incurrir jamás en la vulgaridad de una mala concordancia o la ordinariez de un anacoluto... Su riqueza léxica, por otro lado, resultaba apabullante, y de vez en cuando una voz en las filas del fondo susurraba una pregunta: «¿Alguien sabe lo que significa *ancilar*?». Y un rato después: «¿Y qué demonios querrá decir *similor*?».

Entonces todavía se fumaba en las aulas. Como no había ceniceros, el suelo estaba lleno de colillas pisoteadas y restos de ceniza. Mainer fumaba con delectación y casi sin parar. Las caladas al cigarrillo escandían el ritmo de sus frases y decidían el hueco de las pausas. Una clase le duraba entre cuatro y cinco cigarrillos, y al final de cada uno había un instante en el que Mainer hacía un punto y aparte, se concentraba en algo finalmente ajeno al discurso y arrojaba con determinación la colilla hacia la esquina más cercana a la puerta, donde se había formado ya un pequeño montón con los restos de los cigarrillos de las clases anteriores. En ese momento los estudiantes dejábamos de tomar apuntes y nuestra atención se concentraba en el vuelo de la colilla, que cruzaba el aula a la velocidad de un dardo y con un discreto ¡plop! caía en el rincón habilitado como cenicero. Concluida la operación, Mainer reanudaba donde lo había dejado el discurso sobre *Troteras y danza-*

deras o sobre la deshumanización del arte, y nosotros volvíamos a tomar apuntes frenéticamente.

Seguramente, el hecho de que sus clases no fueran clases sino una suerte de lecciones magistrales establecía entre Mainer y los estudiantes una barrera invisible que no siempre resultaba fácil de superar. De Mainer se decía que era un magnífico profesor pero algo distante en el trato personal, y es posible que también yo pensara lo mismo durante aquel último año de carrera. Tuve ocasión de rectificar cuando el curso acabó y hube de plantearme qué iba a hacer con mi título de licenciado y, sobre todo, con mi vida. Una posibilidad era preparar el doctorado, para lo que primero tenía que redactar una tesina. Por supuesto, mi director no podía ser otro que José-Carlos Mainer. Cuando me presenté en su despacho para exponerle mi idea, me recibió con una afabilidad que echaba por tierra cualquier prejuicio anterior. Tras un par de reuniones, acordamos cuál iba a ser el tema: la narrativa de la guerra del Rif. Es decir, Ramón J. Sender, Arturo Barea, José Díaz Fernández, pero también Luys Santa Marina, Ernesto Giménez Caballero, Tomás Borrás... Oír hablar a Mainer, que en unas pocas reuniones de quince o veinte minutos era capaz de sugerir la infinidad de caminos inexplorados que confluían en esos autores y esos libros, hacía más apasionante un tema que ya lo era por sí mismo. Al final, por supuesto, todo quedó en nada. La vida me tenía reservado otro destino, y ese proyecto de tesina salió despedido hacia un limbo del que ya nunca regresaría.

En aquella época no era habitual que los novelistas mantuvieran encuentros con los estudiantes universitarios. Durante mis cinco años de carrera en la facultad zaragozana solo hubo dos visitas de escritores: una, de Alain Robbe-Grillet; la otra, de Juan Goytisolo. A la conferencia del primero no asistió casi nadie. El segundo, en cambio, llenó el aula magna para hablar de su recién publicada *Makbara*. Recuerdo la congoja de un librero de la calle Zurita que, con ocasión de ese viaje de Goytisolo, lo había sorprendido entre las estanterías de su librería dándose morreos con un fornido marroquí. Para mí los escritores eran todavía figuras lejanas, borrosas, más bien solemnes, que, como los invitados del programa *La clave*, se pasaban el día discurseando entre nubes de humo de tabaco. En todo caso, eran gente mayor, gente *hecha*, que parecían saber de todo y tenían respuestas para todo: no como yo, que era todavía una personilla a medio hacer y tenía muchas más preguntas que respuestas. Aquellos señores eran tan distintos de mí que la simple idea de llegar a convertirme en uno de ellos me parecía inconcebible. Me inspiraban, sí, admiración, pero sobre todo me inspiraban curiosidad: ¿cómo era su vida cotidiana?, ¿qué hacían los escritores cuando no *hacían* de escritores?, ¿de qué hablaban cuando no hablaban de literatura? Me habría gustado poder espiarlos a todos en sus momentos de ocio como espiaba a Carlos Barral en Calafell.

Para ver escritores de cerca había que asistir a los coloquios que Luis Horno Liria, eterno crítico literario del *Heraldo de Aragón*, organizaba en el salón de actos de la Caja de Ahorros de la Inmaculada. Los invitados eran siempre escritores viejos como Juan Gil-Albert o Francisco Ayala, que se acercaban a los ochenta años, o como Ernesto Giménez Caballero, que los había sobrepasado. El más joven al que recuerdo haber escuchado en esos ciclos fue José Manuel Caballero Bonald, que andaba por los cincuenta y tantos: la literatura parecía ser cosa de gente mayor. De Caballero Bonald me sorprendió que, cuando fue preguntado acerca de un libro que le hubiera impresionado en su juventud, mencionó *La vida nueva de Pedrito de Andía*, una novela que yo había despreciado por la significación política de su autor, el falangista y exministro de Franco Rafael Sánchez Mazas. Los elogios de alguien como Caballero Bonald, poco sospechoso de simpatías por el franquismo, hicieron que me apresurara a leer el libro, que habla del primer amor y del acceso a la edad adulta. Eso equilibraba un poco las cosas: los escritores podían ser viejos pero los temas de sus novelas no tenían por qué serlo.

La costumbre era ir luego a tomar una caña con limón en Espumosos, que estaba en la misma acera de Independencia. Fue Espumosos el último de los cafés clásicos de Zaragoza. Ya por entonces transmitía una sensación de abandono irreversible: el tapizado de los asientos estaba lleno de rasgones y por la cafetera correteaban unos bichos que parecían tijeretas. Conservaba algo así como una mugre de posguerra, de cuando no había calefacción en las casas y la gente se pasaba horas y horas en torno a un café con leche. A mí me encantaba Espumosos porque eso de los cafés me parecía algo muy propio de los escritores y allí me resultaba más fácil imaginarme convertido en uno de ellos. Otro clásico, el Café de Levante, había tenido que cambiar de ubicación algunos años atrás. Pese a que conservaba el mobiliario original, el nuevo local había perdido el sabor de época. También las cristaleras modernistas eran las originales. A través de ellas solía ver paseando de la mano de su mujer a Jorge Valdano, que jugó cinco temporadas en el Zaragoza. De andares lentos, enfundado en un abrigo loden, su figura alargada tenía algo de espectral en la neblina invernal de la calle Almagro.

Por un reportaje posterior de Miguel Mena supe que un capricho del destino había salvado al futbolista argentino de morir en el incendio del hotel Corona de Aragón. En julio de 1979, él y José Ramón Badiola, jugadores del Deportivo Alavés, se disponían a fichar por el Zaragoza. Las desavenencias de Valdano con algún directivo vitoriano le llevaron a retrasar el viaje hasta la mañana misma de la firma del contrato. De haber llegado cuando estaba previsto, se habría alojado en el Corona de Aragón, donde tenía reservada habitación, y quién sabe si no habría sido una más de las ochenta y tantas personas muertas en el incendio o si se habría quebrado gravemente, como el propio Badiola, que saltó a la calle desde un segundo piso y nunca terminó de recuperarse de las heridas. De esa mañana de julio recuerdo el sonido de los helicópteros sobrevolando la ciudad. Mi hermano Josefo, que hacía la mili en unas oficinas situadas frente al hotel, vio a varios huéspedes lanzarse al vacío, desesperados ante la proximidad de las llamas.

En esa época todos queríamos ser poetas. Las conversaciones con José Luis Melero y Gerardo Alquézar, ambos algo mayores que yo y con bastantes más lecturas, me descubrían autores que yo desconocía y me ayudaban a desarrollar mi propio criterio. Los había conocido en la facultad, en las clases de italiano de Luisa Capecchi. Para mí estar con ellos era estar con gente que pertenecía al mundo de la literatura, no como yo. José Luis había fundado la revista de cultura aragonesa *Rolde*, que pronto cumplirá medio siglo de historia. Gerardo, por su parte, tenía un libro publicado en una colección de la diputación provincial. A mis ojos, eso los acreditaba como miembros de pleno derecho de la república de las letras. Para empezar también yo a formar parte de ella tenía que publicar algo. En cuanto tuve emborronados un par de folios, se los ofrecí a José Luis, que, caritativo, accedió a publicarlos en *Rolde*: un paso insignificante para la humanidad pero gigantesco para mí. Creo recordar que en otra revista de la época publiqué otro poema, también infecto, junto a mi amigo Antonio Pérez Lasheras, el alumno más brillante de mi promoción. Ahí acabó mi breve y no muy gloriosa carrera como poeta.

Con Antonio, José Luis, Gerardo y algún otro empecé a frecuentar El Ángel Azul, que estaba en la calle Blancas. Era un café recién inaugurado pero de aire retro, con una decoración digamos *belle époque*, todo un poco de cartón piedra. Qué contradicción: cerraban los cafés antiguos y abrían cafés nuevos que fingían ser antiguos. Si me concentro un poco y trato de evocar el ambiente de El Ángel Azul, me vuelve a los oídos la canción *Aline*, de Christophe, que sonaba una y otra vez por los altavoces: *Et j'ai crié, crié, Aline, pour qu'elle revienne, et j'ai pleuré, pleuré...* Pero nunca ponían la música demasiado alta. Espacioso, agradable, El Ángel Azul era el lugar ideal para que unos jóvenes letraheridos se reunieran a hablar de literatura. La clientela era variada. Según la fecha y la hora, podías encontrarte con un grupo de nazarenos escapados del local de abajo, alquilado a no sé qué cofradía, o con unos actores que acudían a tomarse una copa después de la función en el Teatro Principal. Entre la fauna habitual había algunos personajes pintorescos: un matrimonio de pordioseros que se pasaban horas odiándose en silencio (creo que ella acabó matándolo a él); un hombre que recogía caracoles en las orillas del Ebro y que, con sus sacos repletos, hacía tiempo en la barra hasta que abría algún mercado; un poeta callejero que se peinaba a lo Gustavo Adolfo Bécquer e intentaba colocarnos unas cuartillas mal grapadas... Durante el día, el poeta callejero solía ponerse delante de la Librería General, en Independencia, y asaltaba a los viandantes a la voz de «¿le gusta la poesía?». Yo, que había publicado un par de poemas en revistas y que aún no sabía que nunca volvería a escribir poesía, lo miraba con cierto desdén.

A punto de acabar la carrera, mis compañeros hablaban ya del futuro inmediato, que no ofrecía mucho donde elegir: preparar oposiciones para enseñanzas medias, buscar trabajo en algún colegio privado, solicitar quizás un lectorado en el extranjero o una beca de formación del profesorado... Yo estaba otra vez hecho un lío. Sabía que mi vida iba a estar siempre vinculada a la literatura, pero no sabía cómo. Tampoco sabía si los relatos que escribía eran buenos o malos ni si algún día sería capaz de escribir una novela. Necesitaba algo de tiempo para averiguarlo. Dos años, los dos años que duraba una especialidad de la carrera, serían suficientes. Durante los dos años siguientes tenía que demostrarme a mí mismo que podía llegar a convertirme en escritor.

5

Me instalé en Barcelona a principios de septiembre de 1982. Llegué en autobús, en uno de esos autobuses que paraban en la plaza Universitat. Alguien me había recomendado para los primeros días una casa de huéspedes que estaba por encima de la plaza Bonanova. Yo, sin darle muchas vueltas, monté en los Ferrocarrils Catalans y me dirigí a la estación de Bonanova. Jamás habría imaginado que entre una plaza y una estación que se llamaban igual hubiera un kilómetro y medio. Recorrer esa distancia a pie fue agotador: era todo cuesta arriba, hacía un calor de mil demonios y mi maleta, con la máquina de escribir Olivetti y un par de diccionarios, pesaba un quintal. La pensión, medio clandestina y más bien zarrapastrosa, era propiedad de un matrimonio mayor que había pasado toda su vida en Australia. En una mezcla de inglés, castellano y catalán me hicieron saber que se les acababa de quedar libre una habitación. El problema era que el último huésped se había ido sin pagar y se había llevado la llave pero no la maleta. Los pocos días que pasé en la pensión los pasé pendiente del momento en que ese hombre, quienquiera que fuese, irrumpiría en la habitación para recuperar sus pertenencias.

En el tablón de anuncios de la facultad había varias ofertas de pisos para compartir. Acabé decidiéndome por uno que estaba en la parte de la Gran Vía más cercana a Hospitalet. La casa era una de esas construcciones de finales de los sesenta que abundan en la periferia de Barcelona, todas feas, impersonales, todas con toldos verdes y bombonas de butano en los balcones. Me correspondió la peor habitación, estrecha, oscura, pegada a la caja del ascensor, pero no me importó. Había escapado del cascarón zaragozano para tratar de vivir mi propia vida, lejos de la protección familiar. Las comodidades y los lujos me parecían innecesarios. El cuarto no tenía más mobiliario que una cama, un armario y una mesa con una silla, pero para mi propósito de demostrarme a mí mismo que podía llegar a convertirme en escritor tampoco necesitaba mucho más.

De los compañeros de piso, el único con el que llegué a entablar amistad era vitoriano y se llamaba Txetxu Zarantón. Estudiaba Ciencias Químicas con la intención de acabar colocándose en la azucarera de su ciudad. Tenía una gran peca oscura en una aleta de la nariz y todos sus rasgos parecían orbitar en torno a ella: los ojos achinados, los mofletes tiernos, la barba rala acabada en punta. Le gustaba jugar a la garrafina y adoptaba un tono casi paternal para explicar las jugadas buenas y las malas. Utilizaba ese mismo tono para aleccionar acerca de cómo había que cortar las patatas (primero clavar, luego arrancar) o limpiar las pescadillas (alineadas en el grifo del fregadero, el tubo atravesándoles las agallas). Las tardes de frío se ponía una chapela para salir a la calle y le hervía la sangre si alguien le sugería que los alaveses eran menos vascos que los guipuzcoanos o los vizcaínos. Seguimos siendo amigos cuando dejamos de compartir piso e incluso cuando terminó la carrera y abandonó Barcelona. Los veranos, María José y yo viajábamos a Vitoria para asistir a algún concierto del festival de jazz y nos alojábamos en el pisito de Yolanda, su novia, que siempre tenía el detalle de comprarnos un estuche de vasquitos y nesquitas en alguna confitería de la calle Eduardo Dato. Perdí el contacto con Txetxu a principios de los noventa. Al evocar para este libro esa vieja amistad he querido saber de él y, con gran tristeza, he descubierto que murió durante la pandemia del coronavirus y que, apenas dos meses después, murió también Yolanda. Tenían poco más de sesenta años y mucha vida por vivir. Según las esquelas, tenían asimismo un hijo en común, que no debía de llegar a los treinta años, dado que en su momento no tuve noticia de su nacimiento. En esas tres décadas no había vuelto a saber de ellos y sin embargo su muerte me dolió como la de alguien próximo, familiar. Supongo que en ese dolor, como en todo lamento por el tiempo ido, hay un reproche egoísta y pueril: ¿cómo se os ocurre moriros, si para mí seguíais siendo una ventana abierta hacia lo mejor de mí mismo y de mi juventud?

En fin, si con los otros compañeros de piso tenía poco trato, con Txetxu solía compartir unas cañas en alguno de los bares de enfrente: el recién inaugurado Los Mundiales (se habían jugado en España ese verano, con victoria italiana) y el Recasens, donde tenían como mascota un loro que era idéntico al señor Recasens, dueño del establecimiento. También, de vez en cuando, comíamos en un restaurante barato cerca de la carretera de la Bordeta en el que servían cabezas de cabrito asadas, que a mí me daban mucho asco pero los clientes devoraban con delectación, demorándose en la minuciosa absorción de los globos oculares. De postre tenían siempre flan de la casa, que el camarero despegaba del molde introduciendo el pulgar hasta dentro. Todo era un poco así en esa zona de la ciudad, que, aunque estaba a un paso de la plaza de España y del Ensanche, seguía siendo una barriada popular, de trabajadores. Residían por ahí muchos empleados de la SEAT. El propietario de nuestro piso lo era. Él y su mujer vivían en un piso contiguo al nuestro pero en el inmueble de al lado, con acceso por otro portal. La mujer se negaba a tener lavadora porque se aburría y de ese modo tenía algo en lo que ocupar el tiempo. Por un pequeño suplemento nos hacía la colada, siempre a mano. Para pasar de un piso a otro la cesta de la ropa habían ideado un sistema de poleas entre ambos balcones. Cuando la ropa ya estaba lista, nos avisaba con unos golpes en la pared. Más de una vez, volviendo de Los Mundiales o del Recasens, vimos Txetxu y yo la cesta pasando de un balcón a otro, en plena Gran Vía.

Como estudiante universitario apenas si tenía obligaciones. La especialidad de Filología Italiana carecía de salidas profesionales, y los pocos que la cursaban eran profesores deseosos de aprovechar su tiempo libre para ampliar conocimientos. A las clases, que no se impartían en aulas sino en despachos, nunca asistía más de media docena de alumnos. Dirigía el departamento David Romano, bajito, cheposo, con pinta de dispéptico, que soltaba perdigones al hablar. Era un hombre tan sabio como amargado y, por pocos que fuéramos los estudiantes, jamás se permitía un gesto que invitara a la llaneza o la confianza. De origen sefardí, se decía de él que había tenido que conformarse con esa cátedra porque la que de verdad ambicionaba, la de Filología Semítica, estaba ya ocupada: eso ayudaría a explicar su resentimiento y su hosquedad. Del resto del profesorado guardo mejor recuerdo: la proximidad entre profesores y alumnos facilitaba el trato relajado y personal, y con frecuencia las clases se convertían en agradables tertulias.

También guardo buen recuerdo de los largos ratos pasados en el patio (el famoso Patio de Letras de *Nada*, la novela de Carmen Laforet) y el bar de la facultad. En este, que estaba en un sótano sin ventanas al exterior, era fácil coincidir con dos intelectuales ilustres con los que acabaría entablando amistad, los dos brillantes, dueños ambos de una cultura vasta y cosmopolita: Jordi Llovet y Jaume Vallcorba. Llovet, medio sordo, jovial, jacarandoso, anunciaba desde las escaleras su llegada con unas sonoras risotadas parecidas a las de Papá Noel, ¡jo, jo, jo, jo!, y, siempre dispuesto a burlarse de sí mismo, no hacía falta insistirle demasiado para que se arrancara con un aria de Puccini o de Verdi. Por su parte, Vallcorba, que debía de estar apurando su etapa de profesor universitario antes de dedicarse de lleno a la edición, llamaba la atención por su enorme cabeza de frente cuadrada y poderosa mandíbula, una cabeza que merecía un sostén más sólido que el que tenía. Era como si en su anatomía se hubieran mezclado dos tallas diferentes, la de la cabeza, superior a la normal, y la del cuerpo, bastante inferior. Cuando, ya en la década de los noventa, empecé a tratarlo con alguna asiduidad, su organismo había alcanzado un feliz acuerdo consigo mismo, y ni su cabeza parecía tan grande ni su cuerpo tan pequeño. Lo recuerdo fumando unos puritos especiales que se hacía traer de no sé dónde y, en contradicción con la fama de tacaño que le precedía, desplegando una erudición nada impostada sobre vinos franceses, postres centroeuropeos, restaurantes famosos, hoteles legendarios. Era lo que suele decirse un *bon vivant*. Por su parte, Llovet, tan expansivo en la facultad, se convertía en una persona retraída y frugal en cuanto salía de ella. A la hora de comer solía vérsele en la horchatería La Valenciana de la esquina de la calle Aribau masticando filosóficamente el pequeño *croissant* que constituía todo su almuerzo.

María José venía a verme algunos fines de semana. Como mi habitación resultaba incómoda para dos personas, algunas veces nos escapábamos al apartamento de mi madre en la playa. Por entonces Comarruga se quedaba completamente vacía en temporada baja y daba gusto pasear por la orilla sin más ruido que el de las olas y la brisa del mar. Una de las veces hubo un corte de electricidad y toda la zona se quedó sin luz. Era demasiado tarde para coger el último tren de vuelta, así que tuvimos que pasar la noche a oscuras, envueltos en mantas. Cuando María José subió la persiana por la mañana y dijo «¡está nevando!», pensé que bromeaba porque en esa zona nunca nieva. Ese día sí. Alrededor del edificio, una gruesa capa blanca lo cubría todo. Seguramente el paseo que luego dimos por la playa desierta recién nevada es el más bonito que hemos dado nunca.

Traté de alegrar las paredes de mi cuchitril con algunos carteles de exposiciones (Kurt Schwitters, Pierre Bonnard) y me agencié una pequeña radio para que me hiciera compañía en los largos ratos de soledad. En alguna emisora retransmitían por las noches los conciertos de jazz que se celebraban en el colegio mayor San Juan Evangelista de Madrid. Con el sonido de fondo de las bandas de Dizzy Gillespie o Chet Baker escribía en mi máquina Olivetti hasta bien entrada la madrugada. Tenía veintipocos años y un considerable empacho de lecturas, entre las que predominaban las de los autores del *boom* latinoamericano. Sin duda fueron estos los que más contribuyeron a formar mi gusto literario. En aquel momento, un joven aprendiz de escritor como yo ni quería ni podía sustraerse a la influencia de unos narradores que no solo escribían la mejor literatura de la época sino que además lo hacían en mi propia lengua. A lo largo de ese primer curso en Barcelona terminé los que serían mis dos primeros libros, una colección de relatos de inspiración digamos cortazariana y una novela corta que reproducía algo del ritmo y de la atmósfera de la novela de Alfredo Bryce Echenique *Un mundo para Julius*, que había leído el año anterior y me había fascinado. Por supuesto, lo que escribía lo escribía sin saber muy bien qué hacer después con todo eso. La idea de publicar algún libro e iniciar una carrera de escritor era todavía una hipótesis imprecisa y remota. Había conseguido prolongar dos años mi feliz vida estudiantil y puede decirse que, iniciada la cuenta atrás para mi ingreso en el mundo real del trabajo y las responsabilidades de los adultos, seguía dedicándome a jugar. Estaba jugando a ser escritor.

Entre las razones de mi mudanza se encontraba también el deseo de vivir en una ciudad en la que *pasaban* cosas. El problema es que esa Barcelona de primeros de los ochenta empezaba a decaer como centro irradiador de cultura. ¿Cuál había sido su edad de oro? ¿Los años sesenta, con la Escola de Barcelona, la *gauche divine* y el «contra Franco vivíamos mejor»? ¿O los setenta, con Mario Vargas Llosa y Gabriel García Márquez cenando en la tortillería Flash Flash y con la revista *Ajoblanco* aglutinando la vigorosa creatividad de la contracultura? Sí, Barcelona seguía siendo la capital de la industria editorial en español (lo que no era irrelevante para alguien que aspiraba a ser escritor), pero algunas de las cosas que yo creía que *pasaban* en Barcelona ya *habían pasado*. Donde de verdad empezaban a ocurrir cosas era en Madrid, en la que ya daba señales de vida lo que pronto se conocería como la Movida. Si hasta poco antes la tendencia la había marcado *Ajoblanco*, ahora lo haría *La Luna de Madrid*, y de golpe se esfumaría esa hegemonía cultural que Barcelona había ostentado durante más de una década.

Pero eso no le restaba interés a la ciudad, y en mis habituales callejeos cartografiaba una Barcelona que iba a mantenerse intacta hasta que los Juegos Olímpicos lo alteraran todo. Eran los años ochenta, la época del *walkman*, los cigarrillos Ducados y el radiocasete extraíble. Aquella Barcelona era una ciudad sucia y destartalada, con ratones correteando por los andenes del metro y bolsas de basura amontonadas en las aceras, pero también una ciudad en la que no resultaba difícil ser feliz como solo se es feliz cuando se tienen veintitantos años y unas ganas tremendas de devorar la vida. Mi Barcelona eran rincones anacrónicos, como la retrofuturista Avenida de la Luz, que ofrecía una versión de la modernidad tal como la imaginaban en los años cuarenta, o como el Salón Ibérico, un lóbrego club de billar de la Gran Vía digno de Piranesi, o como la Bodega Bohemia, un tugurio de artistas decrépitos cuyos años de esplendor hacía mucho tiempo que habían quedado atrás. Mi Barcelona eran cines en versión original como el Casablanca o el Arkadin, tan pequeños que no tenían vestíbulo y se hacía la cola en la calle, o como el CAPSA, con una columna en el centro que te obligaba a torcer el cuello y te destrozaba las cervicales. Mi Barcelona eran bares de copas como el Raval, donde se juntaba la gente del mundillo teatral, o como el Gimlet de la calle Rec, que todavía sobrevive, aunque con otro nombre. Mi Barcelona eran también locales nocturnos como el Zeleste, en el que vi actuar a los Jazz Messengers de Art Blakey con un jovencísimo Terence Blanchard a la trompeta, o como el Bikini, la vieja discoteca de los años cincuenta en la que la noche concluía y te mandaba de vuelta a casa.

Aquella Barcelona empezó a desvanecerse con el *Barcelona, posa't guapa* del alcalde Pasqual Maragall, que le cambió la cara a la ciudad, y sobre todo con la designación como sede de los Juegos Olímpicos de 1992, que vendrían acompañados de una modernidad algo aparatosa y homologarían los precios de la vivienda con los de las otras capitales europeas. Yo, que por aquella época era bastante ramblero, notaba cómo la presencia de visitantes extranjeros se multiplicaba año tras año: las viejas Ramblas de las tiendas de pájaros y las sillas de alquiler perdían su añejo encanto provinciano ante la imparable invasión de los turistas. Elevada a la categoría de destino de primer orden, Barcelona se iba a convertir en un escaparate de sí misma. Pero para eso aún faltaban unos años.

María José, que había estudiado Filología Inglesa, aprobó ese verano las oposiciones para profesores de secundaria. El momento de irnos a vivir juntos había llegado. Por supuesto, sin casarnos. Éramos jóvenes, nos queríamos y no veíamos la necesidad de que un contrato o un sacramento certificara nuestro amor. Nuestras respectivas familias no compartían nuestro punto de vista. Mi madre se negaba a aceptar que un hijo suyo pudiera vivir en pecado e insistía en organizarnos una boda pequeña, discreta, oficiada por mi tío Ignacio. El padre de María José, hombre chapado a la antigua, se lo tomó como una afrenta personal y apenas si me dirigió la palabra hasta que nos casamos seis años después, cuando nuestro hijo Eduardo estaba a punto de nacer. Por mucho que gobernaran los socialistas, la sociedad española seguía siendo pacata y conservadora. El matrimonio se consideraba uno de los pilares principales de la salud moral del país, y muy pocas parejas se habían atrevido a acogerse a la Ley de Divorcio, aprobada recientemente entre enconados debates. Años después, Pedro Zarraluki me contaría que había sido de los primeros en acudir a un juzgado para divorciarse. Se había casado muy joven y la relación se había roto enseguida. La disolución de su matrimonio no podía ser menos problemática: después de un período de separación, de mutuo acuerdo, sin hijos ni bienes en común. Sin embargo, el juez que les tocó en suerte se negó a concedérsela con el argumento de que debían darse «otra oportunidad». Así eran las cosas entonces: la sacrosanta institución del matrimonio estaba por encima de la felicidad y la libertad de las personas.

Tras la aprobación de las oposiciones, los nuevos docentes no obtenían de forma automática una plaza en propiedad sino que durante un año debían trabajar como «profesores en prácticas». Esas prácticas podían llevarlos a cualquier instituto de Cataluña en el que hubiera que cubrir una vacante de última hora, lo que quería decir que hasta el inicio mismo del curso no se les asignaba destino. A María José le correspondió Santa Coloma de Gramenet. En cuanto se lo notificaron, nos apresuramos a buscar vivienda. A esas alturas de septiembre no había en Barcelona mucho donde elegir y acabamos metiéndonos en un piso verdaderamente deprimente de la calle Floridablanca. Era un entresuelo al que la luz solar no llegaba ni de rebote. En las ventanas que daban a la calle lo impedía un voladizo, y las que daban al patio estaban clausuradas por la acumulación de trastos inútiles y porquería. La oscuridad era por tanto su estado natural. Cuando encendías la luz, notabas que de un modo inexplicable esa oscuridad permanecía. La intuías adherida a un empapelado que no se había cambiado en décadas, agazapada detrás de esos muebles desportillados y viejos, muebles de muerto, confundida con los bodegones y paisajes de calendario que colgaban de las paredes. La cocina y el cuarto de baño eran pura cochambre, y a través del tabique nos llegaba hasta altas horas de la noche un ruido mecánico, como el de una imprentilla o un telar, cuyo origen nunca conseguimos averiguar.

Por si esto fuera poco, nuestra llegada no fue precisamente venturosa. Dedicamos la primera tarde a hacer una limpieza rápida y con el producto de ese zafarrancho llenamos un par de bolsas de basura, que sacamos al descansillo, donde ya algunos vecinos habían depositado las suyas. Al cabo de un rato, la portera, una andaluza gruñona y rechoncha con cara de perro pequinés, apareció para abroncarnos por haber sacado esas bolsas de basura: ¡ella no tenía *derecho* a bajar la basura!, ¡si queríamos que la bajara, tendríamos que pagarle un extra, como hacían otros vecinos! Pedimos disculpas y nos guardamos nuestra basura. María José, que al día siguiente se estrenaba como profesora y se sentía insegura, no pudo aguantarse más y se echó a llorar. Eran demasiadas tensiones y demasiados sinsabores en muy poco tiempo.

Ya que no estaba dispuesto a cumplir su exigencia de casarme por la Iglesia, informé a mi madre de mi decisión de renunciar a su ayuda económica. No me sentía legitimado para seguir dependiendo de su dinero. A partir de entonces no volví a recibir de ella una mensualidad fija, aunque de vez en cuando, con cualquier pretexto ilusorio, se las arreglaba para darme una propina extra que sabía que sería bien acogida. Mi economía era entonces más que precaria, pero no recuerdo que eso me agobiara demasiado, sin duda porque María José, con su sueldo todavía exiguo de profesora en prácticas, cubría los gastos elementales y garantizaba nuestro día a día. En uno de mis viajes a Zaragoza quedé con Josefo para vender nuestra colección de sellos. Esta había ido creciendo a lo largo del tiempo sin que nosotros nos tomáramos más molestias que mantenernos al corriente en el pago de una suscripción en el estanco de enfrente de casa, donde nos guardaban ejemplares de las nuevas emisiones. El negocio de filatelia estaba en la calle Isaac Peral, justo al lado de Carrusel, la primera tienda de ropa infantil en la que había trabajado nuestra madre. Fuimos con nuestros álbumes. Eran sellos recientes, de los últimos ocho o diez años. El hombre iba pasando las páginas con indolencia. De vez en cuando soltaba algo parecido a un bufido. Su actitud daba a entender que podía darnos por ellos lo que nos habían costado, pero que más nos valía que los usáramos para franquear las cartas que enviáramos a nuestras novias. Cuando llegó a la página de los sellos andorranos emitidos por la Fábrica Nacional de Moneda y Timbre, se detuvo a observar uno y sus ojos se iluminaron. No recuerdo cuál era su valor facial, seguramente unas pocas pesetas. Lo que sí recuerdo es que el dinero que me correspondió por ese sello me dio para mis gastos de varias semanas. Para alguien como yo, que vivía al día, no estaba nada mal.

Más o menos por entonces murieron mis dos abuelas. De la herencia de mi abuela de Logroño me correspondía una parte. Como mi abuela había tenido siete hijos y mi padre cinco, se trataba de una parte pequeña, que a pesar de todo bastaría para solucionarme la vida durante los años siguientes. El patrimonio de mi abuela era mayor de lo que yo imaginaba. Se vendía un piso o un campo o un paquete de acciones, pero siempre quedaba otro piso u otro campo u otro paquete de acciones por vender. Cada vez que se realizaba una venta, yo recibía una quinta parte de una séptima parte del total. Casi nunca eran grandes cantidades pero, al igual que me había ocurrido con el sello de Andorra, me permitían despreocuparme del dinero durante una temporada.

Aquel iba a ser mi último año de estudiante universitario. El tiempo que me dejaban libre las clases lo dedicaba a recorrer las librerías de viejo en busca de obras sobre la guerra de África y a corregir los relatos que había terminado de escribir en el piso de la Gran Vía. La novelita la había enviado a un premio literario, del que nunca tuve ninguna noticia. Algo desanimado, volví a fotocopiarla y la envié a otro premio. Pero cada vez estaba más convencido de que mi destino era dar clases de lengua y literatura. A ese convencimiento contribuía el hecho de que, exceptuando a los pocos amigos del veraneo, me relacionaba casi exclusivamente con profesores, muchos de ellos de origen aragonés porque en aquella época en Zaragoza sobraban licenciados y en Barcelona lo que sobraban eran plazas.

Un día llamaron por teléfono para anunciarme que había ganado el concurso de novela al que me había presentado. Yo ya casi me había olvidado de ese premio, el Casino de Mieres. Si por un lado la noticia me halagó, por otro me agobiaba la carga abrumadora de la responsabilidad. ¡Había ganado un premio literario! ¿Y ahora qué? ¿Qué era lo siguiente? ¿En qué medida eso cambiaba mi vida? Me pasé el resto de la tarde respondiendo a breves entrevistas de emisoras de radio y periódicos asturianos. Las preguntas no podían ser más tópicas: ¿por qué escribía?, ¿cómo y en qué momento había descubierto mi vocación?, ¿cuáles eran mis principales influencias?, ¿qué novedades ofrecían las jóvenes generaciones de escritores? Por vulgares y previsibles que fueran, era la primera vez que me enfrentaba a esas preguntas, y el tener que improvisar unas respuestas que habrían requerido una reflexión previa me ponía una y otra vez al borde del bloqueo mental. Cuando volvieron a llamarme de la organización para preguntarme si tenía previsto asistir a la ceremonia de entrega, me apresuré a decir que me resultaría imposible, dados mis numerosos compromisos (¡ejem!). Me asustaba la idea de enfrentarme nuevamente a situaciones para las que no me sentía preparado.

Algún tiempo después conocí a Juan Cueto, hombre brillante y cordial, miembro del equipo fundador de *El País*, acaso el más influyente de los columnistas de aquellos años. Cueto formaba parte del jurado del Premio Casino de Mieres, creo que en calidad de presidente. Sin embargo, el verdadero factótum era otro escritor asturiano, Víctor Alperi, al que nunca llegué a conocer en persona pero con el que mantuve correspondencia durante el proceso de preparación del libro. Me escribía siempre por correo certificado. En el sobre, justo detrás de mi nombre, añadía en letras mayúsculas: ESCRITOR. Mi cartero de entonces era un campeón del retintín, y cada vez que me entregaba una de esas cartas recitaba mi nombre y mi profesión como quien da tratamiento de excelentísimo a un cordero lechal. Yo, que solía abrirle la puerta recién despierto y en pijama, me esforzaba por mostrarme imperturbable, y en mi fuero interno le respondía: «Sí, escritor, ¿qué pasa?». Estaba impaciente por tener en las manos un ejemplar de mi novela. Solo entonces terminaría de creerme que, en efecto, me había convertido en un escritor.

Las cartas de Alperi, deferentes, afectuosas, estaban felizmente libres de toda condescendencia. En ellas, sin embargo, empecé a vislumbrar las pequeñeces de la vida del novelista: los lamentos por la escasa difusión de algún libro, el recurso a las amistades para conseguir una reseña, el irreprimible envanecimiento por el «éxito fulminante» de su última novela... Esa novela, que él mismo me envió dedicada, se titulaba *Flores para los muertos* y estaba ambientada en la Asturias de octubre del 34. Por sorprendente que parezca, dados algunos de los libros que luego he escrito, yo entonces sentía poca curiosidad por el pasado, particularmente por el pasado español. Apenas salidos de la grisura franquista, ese pasado se me presentaba como algo mugriento, sin desbastar, carente de atractivo. Si me interesaba la guerra del Rif era por lo que tenía de ajena, de estilizada, de excéntrica, uno de los episodios menos españoles de la reciente historia de España. En las cartas que conservo de Alperi hay una en la que agradece mis elogios hacia su novela sobre la Revolución de Asturias. Tiendo a creer que leí *Flores para los muertos* con cierta desgana y que a través de esos elogios trataba más bien de expresarle gratitud por haberse prestado generosamente a ser mi interlocutor, mi primer interlocutor del mundo de la literatura.

No mucho después murió el tío José Ramón Pazos, jacetano, notario, casado con la tía María Josefa, la hermana a la que mi madre siempre se había sentido más unida. Formaban una pareja peculiar: mi tío, muy corpulento, altísimo, de casi dos metros, mi tía, menuda, con unos piececitos pequeños como los de una geisha; él, lacónico, ella, parlanchina; él, depresivo y taciturno, ella, alegre y dicharachera. Cuando pienso en ellos, vuelven a mí el sonido de la risa de mi tía, que era como un trino o un gorjeo, y el de la voz cavernosa y grave de mi tío cantando *Noche de paz* en alemán, única canción que conocía, y que solo se decidía a entonar si ella le insistía lo suficiente: «¡Ay, José Ramón, no seas tan soso!». Se habían casado en 1956 al poco tiempo de que él aprobara las oposiciones. Su primer destino fue Espejo, en la provincia de Córdoba, donde vivían de pensión y ni siquiera tenían un restaurante en el que darse de vez en cuando una alegría. Desde entonces su vida consistió en un largo peregrinar con el propósito de ir acercándose a Zaragoza en los sucesivos concursos de traslados. En el invierno de 1963 estaban ya en Calamocha. Ese fue el año en el que el pueblo batió el récord de temperatura y los termómetros alcanzaron los treinta grados bajo cero. De su paso por Calamocha se le quedó grabada a mi tía una fórmula humorística de despedida que luego repetiría con frecuencia: «Si no nos vemos más, ya nos hemos visto bastante».

La tía María Josefa, que siempre había tenido una salud algo endeble, se enorgullecía de la multitud de veces que había pasado por el quirófano. Como consecuencia de no sé qué enfermedad, le habían tenido que vaciar un oído, y al otro no sé qué le pasaba que solo oía a medias. Ella, por coquetería, fingía enterarse de todo, y era verdad que se enteraba pero no porque oyera bien sino porque a lo largo de los años, sin darse cuenta, había aprendido a leer los labios. Cuando a finales de los años noventa murió atropellada en el paseo marítimo de Comarruga, seguramente algo de culpa la tuvo esa deficiencia auditiva, que no la alertó de la llegada de un coche a una velocidad muy superior a la permitida. En su profuso historial médico constaba también un embarazo extrauterino que a punto estuvo de acabar con su vida y la dejó estéril. Ella no podía tener hijos y nosotros, los hijos de su hermana favorita, no teníamos padre: era inevitable que nos considerara un poco sus hijos.

Si, tras la muerte de nuestro padre, el abuelo se convirtió en nuestra referencia masculina más cercana, tras la muerte del abuelo ese hueco pasó a ocuparlo el tío José Ramón. De él se contaba que en cierta época se había encaprichado de un coche deportivo, un biplaza. Acudió a probarlo a un concesionario y, al ir a salir, se quedó encajado debido a su enorme tamaño y tuvieron que desmontar una puerta para rescatarlo. Supongo que la anécdota original fue algo menos ridícula y que, convenientemente reelaborada, se incorporó al repertorio de historias jocosas con el que mi madre y mi tía, viudas ya las dos, inseparables, acabarían evocando ese pasado luminoso, fresco, feliz. Si de verdad mi tío quiso alguna vez tener un coche así, debió de ser cuando se resignó a no tener descendencia. En todo caso, el coche que yo le recuerdo es un Dodge Dart, el más grande que entonces podía comprarse en España, el único proporcional a su tamaño. Con el Dodge venían a recogernos en verano al campamento del colegio en Canal Roya, junto a la estación de Canfranc, y nos llevaban a comer al Gran Hotel de Jaca, donde, por nadie sabe qué antiguo equívoco, nos servían enormes fuentes de calamares a la romana, que nosotros comíamos disciplinadamente para no desmerecer una inexplicable reputación de devoradores de calamares a la romana. Por aquella época no sé si tenía la notaría en Sariñena o en Alcañiz, sus últimos destinos antes de conseguir plaza en Lérida, un destino ya de primera categoría, antesala del ansiado traslado a Zaragoza. Sé con seguridad que estaba en Lérida en 1979 porque ese verano, el de mi mayoría de edad, tuve que recurrir a él debido a un incidente con un coche. Me había sacado el carné nada más cumplir los dieciocho años y no se me ocurrió nada mejor que juntar mis ahorros y comprarme un Volkswagen Escarabajo de sexta o séptima mano. En uno de mis primeros viajes, el motor explotó de repente. Viajábamos cuatro chicos. Uno de los que iban detrás se dio tanta prisa en escapar que aún me pregunto cómo lo hizo, dado que no había puerta trasera y mi ventanilla solo estaba abierta a medias: ¿por dónde demonios salió? Estábamos, en fin, muy cerca de Lérida y mis tíos se ocuparon de nosotros: nos recogieron, nos invitaron a comer, nos llevaron a la estación de autobuses.

Calladamente, el tío José Ramón había asumido la misión de protegernos. Su siguiente traslado lo llevó por fin a Zaragoza. La notaría estaba muy cerca de casa, en la esquina del paseo de la Independencia con nuestra propia calle. A mi madre las tiendas de ropa infantil no le iban ya tan bien como al principio y mi tío la convenció para que las cerrara y se fuera a trabajar con él. El puesto tenía unas atribuciones más bien vagas, a medio camino entre las relaciones públicas y la secretaria de confianza, pero por lo demás todo eran ventajas: un buen sueldo garantizado, una posición que la colocaba por encima de los otros empleados, adiós para siempre a las servidumbres y los sobresaltos del pequeño comercio. Por si eso fuera poco, mi madre no tardó en descubrir que se le daba muy bien su nueva ocupación, que consistía en organizar la agenda, recibir a los clientes, actuar de maestra de ceremonias, dar conversación a unos y a otros, etcétera. Empezaba una buena etapa para ella, tal vez la mejor desde su viudez. Por desgracia, esa etapa no iba a durar demasiado. De nuevo la culpa la tuvo un infarto. Desconozco los detalles porque por entonces yo estaba ya en Barcelona, pero creo recordar que al tío José Ramón lo internaron por un problema coronario. Tenía que permanecer un tiempo bajo vigilancia médica dado que el episodio, como la réplica de un terremoto, podía reproducirse en los días siguientes. Fue exactamente eso lo que ocurrió, solo que ese segundo infarto lo fulminó sin que los médicos pudieran hacer nada por salvarle la vida. Me imagino a mi madre tratando de consolar a su hermana y esforzándose al mismo tiempo por ocultar su propio desconsuelo. Con la muerte del tío José Ramón perdió de golpe la jerarquía y la estabilidad que acababa de conquistar. Demasiado tarde para recuperar su existencia anterior, su existencia futura se le acababa de escurrir entre las manos. Nuevamente el destino se empeñaba en poner a prueba su resistencia y tirar de ella hacia abajo. Durante algo más de diez años había tenido las riendas de su propia vida; ahora, reducida a la condición de simple secretaria, sentía que ya nunca volvería a tenerlas.

Tuvimos que aguantar en el lúgubre entresuelo de la calle Floridablanca hasta estar seguros de que el siguiente curso no enviarían a María José a ningún lugar alejado de Barcelona. En cuanto le notificaron su nuevo destino, un instituto de Poblenou, muy cerca de la cárcel de Wad-Ras, nos pusimos a buscar. No queríamos cambiar de barrio. El piso que encontramos, en la calle Borrell, era solo medio piso porque los propietarios habían dividido la vivienda original en dos partes, de unos setenta metros cada una. La nuestra era la mitad noble, la que daba a la calle y no al patio interior, y tenía dos salones desproporcionadamente grandes con respecto al resto de la casa y un suelo de teselas de mosaico que transmitía una sensación de elegancia y buen gusto. El edificio había sido construido a finales del siglo XIX, cuando la mano de obra valía muy poco y un obrero podía pasarse semanas juntando cientos de pequeñas piezas de cerámica para crear variadas composiciones calidoscópicas.

Sin ser un piso lujoso, tenía todo el encanto del viejo modernismo barcelonés. Y pagábamos poco, muy poco, de alquiler. Pagábamos muy poco y, a pesar de eso, debíamos de ser los vecinos que más pagábamos, porque los otros se beneficiaban de contratos de renta antigua que habían quedado congelados en la noche de los tiempos.

El edificio no tenía ascensor. En nuestro rellano vivía un matrimonio más viejo que la propia casa. La mujer era tan vieja que, veintitantos años antes, había salido en un anuncio de sopas Gallina Blanca y ya entonces hacía de anciana. Todos los días, con cualquier excusa, bajaban varias veces los siete pisos que los separaban de la calle. Ellos mismos atribuían su buena salud al hecho de llevar toda la vida subiendo y bajando escaleras. Solían hacer un alto a mitad de camino y, sentados en la banqueta del descansillo, saludaban a los vecinos con una fórmula que seguramente habían repetido miles de veces: «La cuesta cuesta».

No eran los únicos vecinos cuya vida estaba orientada hacia la escalera. En uno de los pisos bajos vivía medio encerrado un chico deficiente cuyo cuarto comunicaba con la escalera a través de un ventanuco. Desde allí, aferrado a las rejas, emitía unos gritos desgarradores, horrísonos, que espantaban a los extraños. También nuestra vecina de enfrente, la de la otra mitad de nuestro piso, vivía medio encerrada. Al menos, nosotros nunca nos la encontramos por la calle. Se llamaba Rosaura y había dejado muy joven su aldea gallega para casarse con su pretendiente, también gallego, y recluirse para siempre en ese piso de Barcelona. El hombre salía temprano de casa y no volvía hasta la noche. Nosotros hablábamos de vez en cuando con Rosaura porque, harta de la soledad, cualquier movimiento en el rellano bastaba para que se asomara a curiosear. En una ocasión en que estábamos de viaje, el cartero le dejó una carta para nosotros. Días después, el marido nos la entregó diciendo que ellos no tenían por qué hacerse responsables de las cartas o paquetes de ningún vecino, lo que yo interpreté como una advertencia del tipo: ¡ya está bien de dar conversación a mi mujer cuando no estoy yo! Al hombre, bajito, oscuro, con un lejano parecido con José Luis López Vázquez, sí que lo veíamos por la calle. Lo veíamos casi siempre en compañía de otra mujer, también bajita, también oscura. Formaban una pareja desoladora, siniestra: él, torvo, displicente, acelerado; ella, silenciosa, sumisa, siempre un paso por detrás, esforzándose por ponerse a su altura. Era como si el hombre hubiera dividido el mundo en dos compartimentos estancos: el piso, para Rosaura; todo lo demás, para la otra. Si alguna vez la existencia de esta llegara a oídos de aquella, solo podría ser a través de algún vecino: de ahí los recelos. En fin, aparte de los secreteos propios de cualquier adulterio, la historia resultaba fea y vulgar, y ni los dos amantes clandestinos ni la propia

Rosaura tenían ninguna peculiaridad que hiciera el caso más atractivo. A la vuelta de unas vacaciones supimos que Rosaura, de no más de cincuenta años y sin enfermedades conocidas, había muerto de repente y que el marido no había tardado ni una semana en instalar a la otra en el piso. Era todo bastante sospechoso. Si, en vez de intentar ser el escritor que entonces aspiraba a ser, me hubiera inclinado por el género policiaco, habría tenido ahí un posible tema para un libro. Pienso en lo que podría haber hecho con una historia así y se me ocurre que seguramente habría acabado saliendo una mezcla de *El pisito* y *Crimen perfecto*.

La compañía telefónica tardó mucho en instalarnos la línea, que habíamos solicitado nada más mudarnos. Al comienzo del curso me inscribí en las listas de sustituciones de secundaria y la respuesta, muy rápida, me llegó vía telegrama: *PERSONEU-VOS IMMEDIATAMENT A LA DELEGACIÓ D'ENSENYAMENT*. Tenía que cubrir una baja en el instituto Verdaguer. Este estaba enclavado en el interior del parque de la Ciutadella, en un edificio histórico que durante el siglo XVIII había sido el palacio del gobernador y durante la Segunda República un instituto-escuela inspirado en los principios modernizadores de la Institución Libre de Enseñanza. A mí entonces el abolengo del edificio me importaba más bien poco. Lo que me importaba era que, en cuanto impartiera mi primera clase, se operaría en mí la transformación que me convertiría en profesor. Si aquella sustitución fue solo de dos semanas, la siguiente tendría ya carácter indefinido. Candorosamente, había confiado en no verme obligado a ejercer la docencia sino de modo ocasional. Ahora sabía que la cosa no tenía vuelta de hoja. Mi futuro consistiría en ir encadenando sustituciones e interinidades hasta el día en que acabara obteniendo una plaza en propiedad. Yo, que hasta ese momento había podido definirme como escritor por el simple hecho de haber ganado un premio literario, a partir de entonces tendría que verme a mí mismo como profesor, algo que seguía resultándome ajeno y extemporáneo.

Mi nuevo instituto era el Antoni Cumella, de Granollers. A diferencia de Barcelona, donde la lengua de comunicación habitual era el castellano, allí el uso del catalán era mayoritario. Mi desconocimiento de la fonética catalana me jugó alguna mala pasada. En Granollers abundaba el apellido Barbany, que yo pronunciaba a la española, Barbani, tal como se lo había oído a mi amigo zaragozano Toño Barbany. Cuando pasé lista por primera vez, cada uno de mis Barbanis levantó una oleada de cuchicheos y risitas. Fueron los propios estudiantes los que me enseñaron a pronunciar el dígrafo *ny* como una eñe. En fin, mi autoridad académica estuvo en entredicho desde el primer día: ¿cómo no iba a estarlo si desconocía cosas elementales que allí hasta los niños sabían? Aun así, conseguí llevarme bien con los alumnos, que tenían solo unos pocos años menos que yo y me veían como alguien próximo a ellos. El problema principal lo tenía conmigo mismo, dada mi escasa vocación docente. Tal vez si me hubiera tocado enseñar menos lengua y más literatura, mi experiencia habría sido más gratificante. Impartía, eso sí, comentario de textos. Lo recuerdo porque uno de los cuentos que trabajábamos era *La migala* de Juan José Arreola, en el que un hombre se encierra en una habitación con una araña monstruosa de mortal picadura. Muchos años después, mi hijo Diego coincidió con un exalumno de Granollers que se acordaba de mí y le reveló el mote por el que me conocían los estudiantes: el Migala, naturalmente.

Jorge Herralde ya contó en *Opiniones mohicanas* mi primer contacto con Anagrama, su editorial. Herralde me definía allí como «un desconocido con un manuscrito»; yo me definiría más bien como un indocumentado con unos cuentos. Una tarde de finales de otoño, monté en un autobús de la línea 64 para dejar fotocopias de mis relatos en las editoriales Tusquets y Anagrama, que eran casi vecinas. La primera estaba en la calle Iradier; la segunda, en Pedró de la Creu. Publicar en cualquiera de ellas era un sueño para todo aspirante a escritor: despedían un aroma moderno y cosmopolita del que todos queríamos impregnarnos. Ahora pienso: qué ingenuidad la mía, presentándome allí con mis veintitrés añitos y mi puñado de cuentos recién escritos... ¿De verdad creía que era todo así de fácil: entregar un libro y a los pocos meses verlo publicado en mi colección preferida? Cualquiera que esté familiarizado con el sector editorial sabe que pocos editores considerarían siquiera la posibilidad de publicarle un libro de cuentos a un jovencillo completamente desconocido. Por suerte, Jorge Herralde y Beatriz de Moura estaban entre esos pocos. Sus eventuales respuestas solo podían llegarme por carta porque seguíamos sin tener teléfono. Al cabo de una semana me llegó la de Anagrama; al cabo de dos o tres, la de Tusquets. No me lo podía creer: mi libro de cuentos había gustado en las dos editoriales, mis dos editoriales favoritas, y ambas querían incorporarlo a su catálogo. Como ya me había comprometido con Anagrama, escribí a Beatriz de Moura para agradecerle su interés y, con la osadía que da la inexperiencia, sugerirle la posibilidad de publicar con ella alguno de mis libros futuros. La respuesta me llegó a vuelta de correo. En la carta me decía Beatriz de Moura que, cuando un editor como Herralde apostaba por un autor joven y desconocido, lo menos que este podía hacer era serle leal y no ir ofreciéndose a otros editores: una más que merecida lección de humildad para atemperar mi envanecimiento.

A la firma del contrato recibí, para mi sorpresa, un anticipo. Era poco dinero, en todo caso mucho menos de lo que cobraba cada mes por dar clases en el instituto. Bien mirado, renunciar a las ventajas que mi empleo llevaba aparejadas era un auténtico disparate. Pero el dinero me importaba muy poco. Un día de mediados de diciembre me presenté en el despacho del director y le dije que fuera buscando otro profesor (el sustituto del sustituto). Había tomado la decisión de unir mi destino al de mis libros y jugármelo todo a la carta de la literatura.

6

La Anagrama de aquellos años cabía en una caja de cerillas. A la espera de trasladarse a un espacioso entresuelo en el número 58 de la calle Pedró de la Creu, tenía la sede en un apartamentito del 44 de esa misma calle. En ese pequeño espacio saturado de cajas de libros y humo de cigarrillos se desenvolvían como podían los siete u ocho empleados de la editorial. Entre ellos estaban María Cortés, histórica secretaria que Herralde había heredado de su padre, una mujer menuda, risueña, un poco sargenta, la única que se atrevía a llevarle la contraria, y Enrique Murillo, traductor y escritor que iniciaba por entonces una prolongada carrera de editor. Murillo había sido el primero en leer mis cuentos y el que había apadrinado su publicación. Estuvo presente en mi primer encuentro con Herralde, que tuvo algo de examen de reválida. Cuando Herralde, enterado de mi reciente licenciatura, quiso que le informara sobre la actualidad literaria italiana, quedó claro que su información era mejor y más fresca que la mía: suspendido. Cuando me preguntó por otros escritos míos y le hablé de una novela premiada en Asturias de la que pronto tendría ejemplares, su gesto se dulcificó: aprobado. En mi siguiente visita ya todo estaba decidido: en septiembre publicaría los cuentos y en diciembre la novela, había hablado con Juan Cueto para la cuestión de la autorización, solo faltaba decidir las ilustraciones de cubierta... Yo, que ni siquiera me había planteado la posibilidad de reeditar *La ternura del dragón*, comprendí que Herralde era de esas personas que, una vez tomada una decisión, jamás la modificaban.

Su ironía era legendaria. A los libros mal escritos les atribuía una «prosa pedregosa», a la gente patosa le diagnosticaba «comicidad involuntaria», los aburridos eran para él «la alegría de la huerta». Intercalaba con naturalidad expresiones catalanas *(carcúndia, la Patum)* y sobre todo francesas *(nonchalante, comme d'habitude, au-dessus de la mêlée)*. Algunos años después, cuando le presenté a David Trueba, que tantas satisfacciones iba a dar a la editorial, empezó a referirse a él como *ton protegé*. Conmigo nunca hubo afrancesamiento alguno. Hace cuatro décadas yo era para él «el joven Pisón» y a estas alturas de la vida sigo siéndolo. Cuando le oigo llamarme así, me parece estar oyendo al

Herralde de entonces y vuelve a mí la primera imagen que tuve de él: una gran cabeza como esculpida en bronce, la cabellera abundante y con tendencia a erizarse, la camisa a medio abrochar, la americana con coderas, un desaliño calculado y estiloso, el cigarrillo siempre entre los dedos.

Anterior a la época en la que los agentes literarios tomaron el control de la industria, pertenece Herralde a la última generación de editores estrella, que no tenían que rendir cuentas más que a sí mismos. Como Carlos Barral, poseía una autoridad intelectual incontestable y una buena agenda de contactos internacionales. A diferencia de Barral, poseía además un fino olfato empresarial. Por eso uno duró poco al frente de su editorial y al otro solo lo ha retirado el paso del tiempo. Herralde detectó oportunamente el cansancio de los lectores con respecto al ensayo político y pasó a centrarse en la narrativa. Cuando yo aparecí por Anagrama, hacía poco más de un año que se había inaugurado Narrativas Hispánicas. En tan poco tiempo esa colección se había convertido en una de las más atrayentes para los jóvenes novelistas. No es de extrañar que Herralde empezara a sentirse el rey de los *happy few*: lo suyo era siempre lo mejor, fuera de sus dominios solo existía la nada, el vacío.

Que Jorge Herralde o Beatriz de Moura se dieran tanta prisa en ofrecerse a publicar los cuentos de un jovenzuelo desconocido quiere decir algo:

quiere decir que el mundo editorial estaba más deseoso que nunca de descubrir nuevas voces. Había pasado un decenio desde la muerte de Franco y se estaba a la espera de la aparición de nuevos nombres, nuevos temas, nuevas tendencias que reflejaran los enormes cambios habidos en la sociedad española. La pugna intergeneracional, que siempre ha existido en el mundo del arte o la literatura, se saldó entonces con una victoria contundente por incomparecencia del adversario. Si mi generación no fue particularmente combativa con la anterior, fue porque las circunstancias históricas ya se habían encargado de hacer *tabula rasa*. El tufo rancio, apolillado, del franquismo se había adherido a la literatura producida bajo la dictadura, y de un plumazo habían quedado relegados al olvido un montón de escritores malos y peores (pero también bastantes escritores buenos y mejores que, injustamente preteridos, tardaría en descubrir). Éramos muchos, éramos jóvenes, representábamos un tiempo más libre y más hermoso, y junto a nosotros se abría paso una generación de lectores que también eran muchos y querían ver representado ese tiempo más libre y más hermoso.

Me pregunto quién fue el que acuñó la etiqueta de Nueva Narrativa Española que justo por esas fechas se puso en circulación: ¿algún crítico literario?, ¿algún editor?, ¿el propio Herralde? Reconozcamos que esa etiqueta nos abrió algunas puertas a los que entonces debutábamos. Incluso llamó la atención de algunos periódicos extranjeros: las reediciones de mis primeros libros exhibieron durante mucho tiempo una faja con un comentario elogioso publicado en *Il Mattino* de Nápoles por Bruno Arpaia, que más tarde se convertiría en mi traductor al italiano y uno de mis mejores amigos. Pero entonces todo era casero y rudimentario, empezando por el propio *marketing*. Casi ningún medio de comunicación te llamaba para hacerte una entrevista, y en las editoriales tampoco insistían demasiado. La primera (y, durante mucho tiempo, única) vez que visité una emisora de radio fue para intervenir en un programa de Radio Hospitalet que nadie escuchaba. Por no ir, no íbamos ni a firmar en Sant Jordi. Mi primer Sant Jordi no llegó hasta casi una década después, en 1994. Me tocó firmar junto a Manuel Vázquez Montalbán en la librería Crisol, en la calle Consell de Cent. Estábamos en el interior, sentados detrás de un pequeño mostrador. De vez en cuando alguien se acercaba a pedirle una dedicatoria y, acogiéndose a una familiaridad imaginaria, le llamaba Manolo. Al cabo de un rato pasó María José con nuestro hijo Eduardo, que acababa de cumplir cuatro años. Yo había comprado la *Autobiografía del general Franco* y pedí a Vázquez Montalbán que se la dedicara al niño. Él se resistía, pesaroso: ¿cómo le iba a dedicar un libro así a un niño?, ¡no quería sentirse responsable de haberle amargado la infancia! Finalmente accedió a dedicárselo y nos despedimos. Unos días después nos llegó a casa un paquete de la librería Cinc d'Oros con varios libros para mi hijo: cuentos infantiles, desplegables de castillos encantados, cosas así. Era su manera de compensar al niño por haber incorporado a un dictador como Franco a su pequeña biblioteca.

No nos llamaban para entrevistarnos ni para firmar en Sant Jordi pero sí recibíamos la atención de los medios especializados, lo que no dejaba de ser sorprendente. En una carta de mayo de 1986, Antonio Muñoz Molina me decía que no acababa de entender el «súbito interés de las jerarquías críticas por los novelistas jóvenes». Tampoco yo lo acababa de entender, pero lo cierto es que ese interés bastaba para que nuestros libros se vendieran y se reeditaran. En aquellos años la crítica literaria tenía todavía mucha influencia. Una reseña favorable en el suplemento cultural de *El País* podía bastar para encumbrar a un joven escritor. El gran santón entonces era Rafael Conte, un hombre de gustos algo erráticos que, consciente de su poder, jugaba con autores y editores a la manera en que juegan los gatos con los ratones. Coincidí bastante con él algún tiempo después, cuando su influencia empezaba a declinar. Lo recuerdo con un puro chuperreteado entre los labios y una vocecilla afilada que se deshinchaba como el fuelle de un acordeón. Quizás por considerarme un aragonés con algo de navarro (él, que era un navarro con algo de aragonés), me trató siempre con simpatía. Dejó escrito un volumen autobiográfico, *El pasado imperfecto*, que, libre de reproches y ajustes de cuentas, es todo un canto a las viejas amistades. Yo diría que ese era el Conte auténtico, y no el que para ocultar una bonhomía natural adoptaba la pose de cínico y descreído. Los otros suplementos influyentes eran el de *Diario 16* y el de *ABC*. Este era el único que se leía en mi familia. Cuando aparecía algún artículo sobre mis libros (recuerdo algunos muy generosos de Luis Mateo Díez y Leopoldo Azancot), mis familiares de Logroño y Zaragoza se apresuraban a llamar a mi madre para felicitarla. Ella no parecía muy impresionada y agradecía las felicitaciones con indiferencia. Después de su muerte en 2018, mi hermana Natalia se ocupó de poner orden en sus papeles y encontró una carpeta llena de recortes de periódico con críticas y entrevistas mías. Estaba orgullosa de su hijo novelista pero no estaba orgullosa de estar orgullosa.

Entre los autores de mi generación estaban Julio Llamazares y Alejandro Gándara, que acababan de publicar respectivamente *Luna de lobos* y *La media distancia*. Los conocí en el primer programa de televisión al que fui invitado. Se llamaba *Tiempos modernos* y los dos colaboraban en él. Pese al título, el programa tenía poco de moderno. Su idea de modernidad se había detenido en Mondrian, Faulkner y Elvis, cuyos retratos ilustraban créditos y cortinillas. En realidad, también nosotros éramos un poco así: jóvenes pero no modernos. Ese día acabamos unos cuantos cenando gallinejas o algo peor en Casa Ciriaco, una vieja casa de comidas que ahora frecuentaban las estrellas de la Movida. Las cosas no podían estar más mezcladas: para ser moderno había que ser castizo, lo que para mí no era sino la antítesis de la modernidad. Hasta los toros, que siempre había identificado con la España más atrasada, volvían a estar de moda, y el propio Pedro Almodóvar estaba a punto de estrenar *Matador*. ¿Qué demonios de modernidad era esa, que parecía empeñada en resucitar lo más anticuado del casticismo español? Acabábamos de ingresar en la Comunidad Económica Europea, lo que nos había convertido en europeos sin necesidad de movernos de casa, y tal vez ese nuevo casticismo expresara la resistencia inconsciente de una sociedad que se aferraba a sus viejos símbolos y formas de vida. Al lado de todo eso, y por muy desactualizados que estuvieran Mondrian, Faulkner o Elvis, había que dar por bueno el voluntarioso cosmopolitismo de *Tiempos modernos*.

La Nueva Narrativa Española era un cajón de sastre en el que cabían por igual novelistas que acababan de publicar su primer libro y novelistas que habían debutado algunos años atrás. Entre los primeros estaban Muñoz Molina, Javier García

Sánchez o Adelaida García Morales; entre los segundos, Javier Marías, Enrique Vila-Matas, Cristina Fernández Cubas o Soledad Puértolas. Varios de estos escritores acabarían ganando o siendo finalistas del Premio Herralde, que en aquella época se entregaba en una *soirée* en el hotel Colón, enfrente de la catedral. Yo no faltaba ningún año, entre otras cosas porque era el único cóctel literario al que me invitaban. Álvaro Pombo, que había ganado el premio en su primera convocatoria, hacía de maestro de ceremonias, «muy reina madre con mi bata de cola y mis collares de esmeraldas de dos vueltas», como él mismo dejó escrito en un artículo del libro *Alrededores*. En ese artículo me retrata diciendo que, «abstracción hecha de su poderosa nariz, parece un chico dulce y dócil, con un aire delgadito y rubio de bachillerato antiguo», y cuenta que en nuestro primer encuentro le critiqué un relato que había publicado ese verano en *El País*, «horripilante, vulgar, indigno del periódico e indigno de mí, un churro». No lo recuerdo bien, pero seguro que fue así. De algún modo tenía que darme a conocer a los escritores a los que admiraba: mejor quedar ante ellos como un insolente que pasar inadvertido.

A mí Pombo me parecía un hombre viejísimo pero entonces tenía cuarenta y pocos años. Tras media vida como oscuro empleado de banca y genio semisecreto de la poesía, se estaba construyendo un personaje y daba la sensación de estar interpretando un papel en una obra de teatro. Histriónico unas veces, apayasado otras, brillante siempre, aliñaba con largos silencios y gesticulaciones excesivas una conversación que oscilaba entre la banalidad y la metafísica. Su poderosa presencia, con esa extraña barba sin bigote, ese porte estrafalario, rozagante, y esas patillas centroeuropeas de bebedor de cerveza, cambiaba de año en año. El gordo sin complejos que reía sin parar y contenía su enorme barriga dentro de un chaleco reventón se convirtió al año siguiente en un sombrío existencialista con aspecto de pastor luterano y al siguiente en un culturista de músculos tensos y tez aceitada. Esto último no lo digo por decir. En uno de esos encuentros en el hotel Colón, tras decirme que se había instalado un pequeño gimnasio en su casa y todos los días dedicaba varias horas a hacer calistenia y levantamiento de pesas, quiso que le diera un puñetazo en el abdomen para comprobar su firmeza. Me negué a hacerlo y fue él quien me dio el puñetazo a mí y me dejó medio doblado. En fin, lo importante era que no me guardaba rencor: «me trata un poco ya como se trata a una vieja tía soltera y aparece de un brinco ante mí, como en el patio del colegio».

También con Enrique Vila-Matas utilicé la misma estrategia de aproximación. En ese caso la utilicé de forma involuntaria. Un par de años antes había leído sus relatos de *Nunca voy al cine*, entre los cuales había dos que me habían parecido magníficos. Cuando me lo presentaron en el hotel Colón, fue lo bastante gentil para decirme que le habían hablado muy bien de mis libros. Yo, por corresponderle, le elogié esos dos relatos suyos y él se lo tomó con suspicacia: «O sea que los otros doce no te han gustado...». Aclarar las cosas era demasiado complicado, así que, fingiendo pesadumbre, preferí dar por bueno el malentendido. Fue el vacilante comienzo de una amistad que no iba a tardar en afianzarse. Empezamos a vernos con regularidad. Su base de operaciones estaba entonces en la cafetería del cine Astoria, de luces tenues y colores rojizos, con las mesas alineadas como compartimentos de tren y, al igual que en los cuadros de Hopper, una larga barra para los bebedores solitarios. Se había inaugurado en los años treinta como salón de té. La escritora Elena Fortún, que pasó una temporada en Barcelona durante la guerra civil, lo visitaba con asiduidad y le dedicó algunos párrafos de *Celia en la revolución*. Para ella era lo más chic de la ciudad, «un verdadero rincón parisién» frecuentado por artistas extravagantes y muchachas con el cabello teñido de azul. Casi medio siglo después, cuando yo lo conocí, seguía siendo cuartel general de artistas y escritores, así que las cosas no habían cambiado tanto.

Quien mejor ha descrito el ambiente del Astoria ha sido Ramón de España, que en *Barcelona fantasma*, inmejorable vademécum sobre la Barcelona de aquellos años, habla de las conversaciones ruidosas y las risotadas con que diversos grupos de borrachines ilustrados acabaron expulsando a los pacíficos clientes del establecimiento. En una mesa solían ponerse Llàtzer Moix, Sergio Vila-Sanjuán, Ignacio Vidal-Folch y el propio Ramón; en otra, Vila-Matas, Paula de Parma, Gonzalo Herralde, Carlos Trías, Cristina Fernández Cubas... En *Memorias de una mujer libre*, Nuria Amat, que cuando acudía al Astoria dosificaba su cubalibre durante horas y debía de ser la única que se mantenía sobria, da fe de los excesos etílicos de la clientela. Yo estuve poco por allí porque el negocio estaba a punto de ser traspasado debido a la separación de sus dueños, Aurelio y Adelina, que se pasaban el día discutiendo, y una parte de esa tribu se mudó a la nueva cafetería del marido.

Se llamaba El Séptimo Arte, aunque todos la conocíamos como «el Aurelio». Estaba en una esquina de General Mitre, muy cerca de la vivienda de Jordi Pujol, al que por las noches veíamos dar paseos alrededor de la manzana discretamente vigilado por dos guardaespaldas, mientras reflexionaba sobre el destino de la milenaria nación catalana (según sus propias cuentas, esos mil años se cumplían en 1988). En una época en la que los bares barceloneses competían en diseño y modernidad, El Séptimo Arte permanecía estancado en la moda de diez o quince años atrás, cuando el buen gusto consistía en abusar de alfombras y moquetas, revestir de madera las paredes y colgar aquí y allá espejos ahumados y fotografías de estrellas de Hollywood. Su especialidad, además de las bebidas espirituosas, eran unos sándwiches de jamón y queso a los que añadían un huevo frito cuya yema asomaba por una ventanita circular practicada en el centro exacto de la rebanada superior: una auténtica obra de orfebrería. Era lo que Enrique y yo solíamos cenar cuando quedábamos. Formábamos una pareja extraña, yo con el pelo de punta y esas cazadoras de cuero que se llevaban entonces, él mejor peinado y sobre todo mejor vestido, siempre con elegantes americanas de Antonio Miró. Enrique practicaba el dandismo de una manera espontánea, natural, como si no fuera consciente de vivir en un mundo más bien aplebeyado. Sostenía siempre un vaso de whisky a medio consumir y fumaba mucho pero sin ganas, por el puro afán de sujetar el cigarrillo entre los dedos índice y corazón, la barbilla apuntando hacia el cielo. Al igual que le ocurría a Paula de Parma, su novia eterna y su musa, la ceniza le acababa ensuciando los hombros y las solapas. Lo que dice Ramón de España de que vivía de una asignación paterna que recibía a fin de mes se ajusta bastante a la verdad. El padre de Enrique estaba orgulloso de tener un hijo escritor pero lo consideraba poco menos que un inútil para las cosas prácticas, incapaz de ganarse la vida por sí mismo, condenado sin su protección a acabar debajo de un puente: algo así como ese «idiota de la familia» que era Flaubert para Sartre. En evitación de males mayores, el buen señor, hombre hecho a sí mismo, próspero constructor, concejal democristiano en el Ayuntamiento barcelonés, persona de orden, en definitiva, le había asignado una mensualidad y cedido un apartamento en la Travessera de Dalt. Su diagnóstico se mantuvo inalterable incluso cuando, pocos años después, los libros de Enrique, gracias sobre todo a las traducciones, empezaron a reportar dinero. Para él, su hijo seguía siendo un artista, lo que implicaba vida desordenada y, a la larga, miseria. La simple idea de que su primogénito acabara convertido en un goliardo debía de horrorizarle.

Enrique venía de una genealogía literaria muy diferente de la mía, lo que, lejos de levantar una barrera entre nosotros, me lo hacía más interesante: era mucho lo que podía aprender de él. Ese mismo año acababa de publicar su *Historia abreviada de la literatura portátil*, libro fundacional en el que inventaba una sociedad secreta cuyos miembros tenían que compartir los siguientes rasgos: «sexualidad extrema, espíritu innovador, ausencia de grandes propósitos, insolencia, tensa convivencia con el doble, simpatía por la negritud y nomadismo infatigable». Hay en esta lista algo mágico, una cadencia, un sonsonete, que, como las canciones del pasado, me devuelve a aquella época y a la mezcla de deslumbramiento y extrañeza que el libro me provocó. La *Historia abreviada* me fascinó como nos fascinan las grandes creaciones de las culturas remotas: como algo ajeno e inesperado, en cierto modo inconcebible. A mí jamás se me habría ocurrido combinar de esa forma la familiaridad con las vanguardias, el desprecio de las convenciones y la afición a los juegos literarios, incluida la invención de citas apócrifas, que, reproducidas luego por otros escritores, acababan regresando a él como auténticas. En el libro mencionaba Enrique a algunos integrantes de esa genealogía suya, como Alberto Savinio o Witold Gombrowicz, que yo había leído poco o nada. A esos nombres se fueron añadiendo bastantes más en nuestras conversaciones: Georges Perec, Raymond Roussel, Robert Walser... Compartían todos la misma vocación de raros que tenía el propio Enrique. O, más que de raros, de excéntricos. De excéntricos en el sentido literal: alejados del centro. Otro de esos autores era Aleister Crowley, el pintoresco escritor conocido como The Great Beast, que a Enrique le interesaba por lo maléfico. También él, a su manera, aspiraba a ser maléfico. Un día descubrió que su nombre, vuelto del revés, era algo así como «Satán vivo» en inglés, SATAM ALIVE. Otro día decidió rebautizar su propia calle, la Travessera de Dalt, que pasó a ser la Travesía del Mal. La generosa ingesta de alcohol hacía que, al final de la noche, también yo acabara sintiéndome un poco diabólico. Pero era todo bastante venial. Lo más grave que Enrique llegó a hacer fue, una mañana de resaca, lanzar tomates al patio del colegio contiguo a su casa, lleno de niños gritones que le impedían descansar. Algún tomatazo debió de darle a algún niño y lo llamaron del juzgado para tomarle declaración. Siguiendo las instrucciones del abogado Juan Merelo, Enrique se hizo el ofendido: «¡Pero qué absurdo! ¿Cómo puede alguien creerme capaz de semejante disparate?».

Merelo se había estrenado como abogado de oficio defendiendo a José Luis Cerveto, el asesino de Pedralbes, lo que más tarde lo llevó a participar en el sobrecogedor documental que le dedicó Gonzalo Herralde, hermano menor de Jorge. Tanto Merelo como Gonzalo eran asiduos del Séptimo Arte. Viejo amigo de Enrique, a Gonzalo ni lo veías llegar ni lo veías marcharse. Tan pronto estaba como no estaba, sin salutaciones ni despedidas. Lo recuerdo siempre sentado, estatuario, compacto, con las piernas cruzadas y el fular al cuello, ocupado en procurar que sus novias y exnovias se llevaran bien entre ellas. Por entonces, recién estrenada *Últimas tardes con Teresa*, una buena película que no había gustado a Marsé, se estaba especializando en adaptaciones literarias. No mucho después, Cerveto salió de la prisión y trató de extorsionar a quienes él pensaba que se habían beneficiado de su historia: a la editorial

Tusquets, que había publicado un librito sobre el caso, y creo recordar que también al propio Gonzalo. En *El asesino de Pedralbes* hay un momento en el que Cerveto reproduce de forma muy plástica las salvajes puñaladas que asestó a sus víctimas, un matrimonio para el que trabajaba como mayordomo: si alguien capaz de tal ensañamiento me reclamara dinero a mí, no vacilaría en dárselo. De esa película, que no he vuelto a ver en muchos años, se me quedó también grabada la escena en la que el hombre hablaba con emoción de la inmensa ternura que le inspiraban los niños. Cerveto, al que sus señores habían despedido tras descubrir su pedofilia, se había vengado de ellos matándolos. Trato de averiguar en internet qué fue de él y veo que se dio prisa en volver a las andadas, ya que al poco de la excarcelación fue detenido por abusar de sendos niños de once y trece años.

Entre los que en un momento u otro fueron habituales del Séptimo Arte recuerdo a la pareja formada por los editores Claudio López de Lamadrid y Miriam Tey, que hasta poco antes habían trabajado en Tusquets (ella fue la que me atendió cuando llevé mis cuentos); al poeta canario José Carlos Cataño, que estaba siempre separándose de su mujer, por la que se había convertido al judaísmo, y agarraba unas melopeas tristes y lloronas; al novelista colombiano Óscar Collazos, llegado a Barcelona tras la estela del *boom* latinoamericano;

al poeta peruano Vladimir Herrera, mujeriego, revolucionario, algo pendenciero, con el que corrías el riesgo de terminar la noche a guitarrazos; a Pepe Ribas y Jordi Esteva, entregados a la misión de relanzar la vieja *Ajoblanco*; a Mercedes Monmany, crítica literaria, que acababa de sufrir un grave accidente de tráfico y tuvo que pasar un montón de veces por el quirófano; por supuesto, a Paula de Parma, que entonces era profesora en un instituto lejos de Barcelona, en Gironella, y presidía el sector mallorquín, del que formaban parte David Fernández Miró, el nieto favorito de Joan Miró, un hombre culto y bueno pero autodestructivo, al que las drogas no tardarían en matar; la exmujer de otro nieto de Miró, Jimena, feminista cuando casi nadie lo era; el hermano de la propia Paula, Pepe Massot, recién mudado a Barcelona para trabajar en la sección de cultura de *La Vanguardia*; Emilio Manzano, también periodista cultural, que años después triunfaría en televisión con una tertulia literaria llamada *Saló de lectura*...

Mención aparte merece Cristina Fernández Cubas, que había publicado ya sus primeros dos libros de cuentos, verdaderos clásicos de la literatura fantástica. A Cristina la conocí en el aeropuerto cuando nos disponíamos a viajar a un encuentro o simposio o congreso literario en la localidad asturiana de Llanes. Entonces esos encuentros escaseaban y no resultaba sencillo conocer a otros escritores. Aquellas jornadas, que tuvieron lugar en la llamada Casona de Verines, buscaban precisamente establecer complicidades entre escritores de las diferentes lenguas oficiales. Estaba organizado por no sé qué departamento ministerial en el que andaba metido José María Merino, pero quien de verdad tenía mando en plaza era Víctor García de la Concha, catedrático de Salamanca, a cuya universidad pertenecía la Casona. García de la Concha, que había sido cura durante muchos años, conservaba unos modales muy sacerdotales, con remilgos de sacristía y campechanía de colegio mayor. El propio simposio tenía algo de ejercicios espirituales. Todavía ahora, tantos años después, Cristina y yo nos reímos recordando cómo por las mañanas iba García de la Concha habitación por habitación, llamando a las puertas para despertar a los rezagados. «¡Vaaamos, vaaamos! ¡Arriiiba, arriiiba! ¡Que llegamos taaarde!», decía, con un retintín no muy distinto del de López Vázquez.

Los escritores en gallego solían congregarse en torno a Carlos Casares, gran narrador oral. Entre los catalanes hice buenas migas con Julià Guillamon, el único de los asistentes más joven que yo, y con Montserrat Roig, la simpatía en estado puro. En una ocasión me tocó compartir mesa con Baltasar Porcel, que se pasó toda la cena hablando de sus constantes viajes internacionales. Lo hacía con languidez y coquetería, dando a entender que la fastuosa vida que llevaba le aburría sobremanera.

Me pareció un hombre necesitado en todo momento de impresionar a su público. Con los que más me relacioné fue con los vascos Bernardo Atxaga y Joxemari Iturralde, buenos amigos desde entonces. También andaban por allí Javier Marías, Juan Cruz, Juan José Millás, Soledad Puértolas, Miguel Sánchez-Ostiz, Manuel Vázquez Montalbán, Javier Reverte y varios más, todos requeridos una y otra vez por García de la Concha para que entráramos en el salón de actos, acudiéramos al comedor o montáramos en el autobús: «¡Vaaamos, vaaamos!». Recuerdo las curvas de la carretera por la que llegamos al santuario de Covadonga, donde la escolanía aguardaba para obsequiarnos con el inevitable recital, y la aguda voz de Juan Cruz haciendo comentarios chistosos desde los asientos de atrás mientras Soledad Puértolas exclamaba con fingida resignación: «¡Qué Cruz! ¡Qué Cruz!». En sus memorias póstumas, tituladas *Queridos camaradas*, Javier Reverte ha recordado aquellas jornadas como unas largas sesiones de mañana y tarde en las que un crítico explicaba a los escritores lo que era la literatura. «O sea: era como si un artesano dedicado a fabricar marcos de cuadros le explicara a Velázquez qué es la pintura.» Al segundo día, tras nuevas conferencias y nuevas excursiones en autobús, Reverte ya no aguantaba más. Como dice él mismo, «estaba hasta el pelo», y en un coloquio protestó porque personas que nunca habían escrito una novela dieran lecciones a novelistas sobre cómo escribir novelas. Temerosos, según él, de las posibles represalias de los críticos, «todos los escritores callaron, a excepción de Ignacio Martínez de Pisón». ¿Yo, un ejemplo de coraje y honestidad intelectual? No recuerdo haberme atrevido a tanto. Lo poco que dije, coincidente con lo que él mismo decía, llegó a oídos de un periodista que no sabía cómo completar su crónica y me dedicó uno de los titulares. Salió publicado a la mañana siguiente, y eso me granjeó la ojeriza de los críticos y el afecto del bueno de Javier Reverte, hombre divertido y entrañable, gran escritor viajero.

Cristina Fernández Cubas y su marido, Carlos Trías, llevaban juntos desde la adolescencia o poco menos. Carlos, un hombre alto, flaco, de aspecto juvenil, con la cabeza algo cuadrada y los ojos caedizos, tenía una voz característica que compartía con su hermano Jorge, abogado y poeta. Era una voz poderosa, resonante aunque no engolada, la voz de alguien que está acostumbrado a la disertación. Lo recuerdo improvisando elaboradas teorías sobre las cualidades futbolísticas de Thomas N'Kono, el portero del Español. Aunque había empezado como narrador, Carlos acabó decantándose por el ensayo filosófico y el estudio de los clásicos. A su manera, Cristina y él se habían repartido el mundo equitativamente: el pensamiento abstracto para él, que andaba siempre metido en sesudos seminarios de filosofía; la fantasía para ella, que frecuentaba más a narradores, como Enrique y yo mismo. A diferencia de la voz de Carlos, uniforme, monocorde, homogénea, la de Cristina era capaz de recorrer en un segundo una amplia gama de modulaciones, desde el murmullo y el bisbiseo hasta el bufido y la risa, pasando por un gruñido muy suyo de falsa sorpresa. La de él era una voz hecha para el foro, el teatro, el aula; la de ella, para espacios pequeños, como el propio Séptimo Arte. Vuelve a mis oídos la manera en que por aquella época empezó a llamarme Paison, pronunciado así, a la inglesa, con un deje rebuscado y burlón que establecía de inmediato un código de complicidad y confianza. Aún hoy, para ella, sigo siendo Paison.

En algún momento, la tribu del Séptimo Arte se desplazaba en bloque al Bikini. Si eras un escritor joven y vivías en la Barcelona de los ochenta, no podías terminar la noche en otro sitio. Inaugurado como sala de baile en los años cincuenta, cuando el presidente Eisenhower se disponía a dar su bendición al régimen de Franco, el Bikini tomaba el nombre del atolón del Pacífico en el que Estados Unidos realizaba sus pruebas nucleares. Todo en él era muy norteamericano: la marquesina de la entrada con su característico neón, las paredes de mampostería y madera, una terraza como diseñada por Frank Lloyd Wright, el minigolf entre los sauces y los pinos. Faltaba poco para que cayera el Muro de Berlín pero aquello seguía instalado en los inicios de la Guerra Fría: un anacronismo del que no éramos muy conscientes. Para los que tenían ganas de beber y bailar había dos zonas de baile (una de música moderna en la que nunca entré, la otra de salsa). Para los que teníamos ganas de beber y hablar estaba la barra exterior, en la que era habitual encontrarse con gente del cine, el periodismo, la literatura (allí conocí a Quim Monzó y Sergi Pàmies). Digamos que entonces las noches consistían en: a) beber y hablar en El Séptimo Arte; y b) seguir bebiendo y hablando en el Bikini. De todos los sitios de la ciudad que, algunos años después, fueron sacrificados en el altar del olimpismo, ese fue el que más pena me dio. No sé si antes había tenido Barcelona un lugar de encuentro similar. Lo que sé es que luego no lo ha vuelto a tener. Cuando lo derribaron para hacer sitio a un centro comercial que debía ser uno de los emblemas de la nueva Barcelona, prometieron reabrirlo poco después en una ubicación cercana, pero la sala que se acabó inaugurando no tenía ya nada que ver. La desaparición del Bikini sería una de las primeras señales que anunciarían a mi generación el final de la juventud.

A Javier Marías, como a otros escritores de Verines, llevaba leyéndolo desde el principio. Había empezado con *El monarca del tiempo* y seguido con *El siglo*, y luego, gracias a las infatigables búsquedas bibliófilas de José Luis Melero, había recuperado sus dos primeros libros, los muy precoces *Los dominios del lobo* y *Travesía del horizonte*, descatalogados varios años atrás. Su siguiente novela, *El hombre sentimental*, que estaba a punto de ser publicada por Anagrama y nos convertiría en compañeros de colección, tenía intención de leerla en cuanto hubiera ejemplares disponibles. Entre los asistentes a aquel encuentro de Verines de 1986 no creo que la obra de Marías, entonces un escritor muy minoritario, tuviera un lector tan fiel y tenaz. Eso favoreció que se iniciara nuestra amistad, que iba a durar diez años.

Está claro que esa amistad tenía mucho de relación maestro-discípulo. No podía ser de otro modo, dada la diferencia de edad que nos separaba. Nueve años, a esas edades, eran muchos años, y no cabía duda de que Marías había sabido sacarles partido: siendo todavía un joven escritor, había tenido tiempo de publicar en editoriales tan prestigiosas como Seix Barral y Alfaguara, de impartir clases en universidades británicas y norteamericanas y de traducir media docena de clásicos de la literatura universal, por uno de los cuales, el *Tristram Shandy*, le habían dado el Premio Nacional. Marías me tenía por discípulo suyo a la manera en la que él se consideraba discípulo de Juan Benet. No había en ello ningún desdoro, y casi diría que esa visión jerárquica, tan semejante a la del mundo académico al que pertenecía por familia, se le presentaba como el único orden razonable. De trato educado y amistoso pero no particularmente cálido, demasiado centrado en su propia persona aunque no necesariamente vanidoso, ya entonces Marías se veía a sí mismo como el futuro escritor de éxito que acabaría siendo. La suya era la magnanimidad de los grandes maestros cuando todavía no lo era. Lo que daba lo daba a cambio de muy poco: admiración, nada más. Y no daba pocas cosas. Aquí va un ejemplo de su generosidad. Algunos meses después de conocernos, me llamó a casa para ofrecerme una plaza de profesor en Oxford que por tradición se reservaba a escritores españoles. Por allí habían pasado Vicente Molina Foix, Félix de Azúa y él mismo. Obsérvese que lo que me ofrecía no era un puesto de trabajo. Lo que me ofrecía era empezar a formar parte de su pequeño Olimpo, seguir su trayectoria, ser como él, en definitiva. Para alguien como Marías, que acabaría repartiendo títulos y honores desde su imaginario Reino de Redonda, aquello equivalía a admitirme oficialmente en su isla. Por desgracia, no pudo ser. María José y yo habíamos hablado varias veces de la conveniencia de vivir una temporada fuera de España y aquella ocasión se presentaba como inmejorable, pero mi nivel de inglés no me alcanzaba todavía para impartir *lectures* en una universidad como esa, así que tuve que declinar el ofrecimiento.

Recuerdo a Marías en Verines hablándome muy elogiosamente de Thomas Bernhard. Él mismo había insistido al editor de Alfaguara para que recuperara *Trastorno*, que se había publicado unos años antes con muy escasa repercusión. Su intuición no le engañaba: le había llegado el momento a la literatura de Bernhard, que se convirtió rápidamente en un fenómeno. Yo empecé a leerlo por inducción suya y acabé algo empachado de toda esa rabia y ese resentimiento, tan impostados. Pero seguramente Marías hacía bien en recomendarme lecturas tan alejadas de mi propia literatura: solo de ese modo podía confiar en ampliar mis propios horizontes.

En la correspondencia que mantuvimos durante esos diez años abundan las pruebas de su fino olfato literario. Cuando me escribió que había «un capítulo de *La infancia recuperada* que es el índice del mundo de tu novela», no pude sino darle la razón: el ensayo de Fernando Savater había sido, en efecto, una fuente de inspiración para *La ternura del dragón*. Era Marías un lector atento, minucioso, capaz de descender al detalle para indicarme que en tal página había utilizado el verbo *resaltar* «como lo hacen los periodistas, es decir, como transitivo», y que en tal otra me había hecho «un lío tremendo con los sujetos de cada verbo». En una ocasión me afeó que hubiera hablado de *ojos marrones*: «Que yo sepa, ese color no existe para los ojos, que siempre son castaños».

Y en otra, tras aconsejarme un mayor uso de comparaciones y metáforas, comparó una frase mía («los muebles tienen una apariencia fantasmal») con otra de Faulkner («una apariencia fantasmal, como mamuts»), para acabar concluyendo que «ese símil es el que hace su descripción memorable».

He dicho antes que no era poco lo que daba Javier Marías. Que se tomara tantas molestias en leer mis escritos y que adoptara ese tono casi didáctico me parecen señales inequívocas de generosidad: el suyo era un deseo sincero de encontrar al mejor escritor que había en mí. Releyendo esas cartas y esas postales, compruebo que era más afectuoso por escrito que en persona. Su afecto mezclaba las expresiones de amistad con las alusiones a mi corta edad y a lo «enormemente prometedor» de mis inicios literarios. Había en su actitud cierta condescendencia, pero era una condescendencia que a mí no me molestaba y de la que él mismo era consciente, pues no en vano algunos de los comentarios decía hacerlos «a riesgo de parecer (o ser) paternalista». Por supuesto, la nuestra era una amistad eminentemente literaria, pero es que para él existían muy pocas cosas importantes fuera del territorio de la literatura. Hacer comentarios sobre mis libros o responder a mis comentarios sobre sus libros era una forma muy suya de hablar de la vida.

Nuestra relación epistolar concluye el 8 de

abril de 1996. De esa fecha es la última misiva que conservo suya, una postal en la que agradece mis palabras sobre sus relatos de *Cuando fui mortal*, me dice que está metido en un nuevo libro «que me obliga a muchas lecturas» *(Negra espalda del tiempo)* y se disculpa por tener que dejar para el verano la lectura de mi novela *Carreteras secundarias*. Ambos libros habían salido casi a la vez, el suyo ya no con Anagrama sino con Alfaguara. Había estallado su guerra con Jorge Herralde, al que acusaba de falsear las liquidaciones de *Mañana en la batalla piensa en mí*. En esa postal, de caligrafía menuda y líneas apretadas que apuraban los márgenes, dice alegrarse de ver que sigo en Anagrama, «con más suerte que yo». Y añade: «Como sabrás, me fue imposible continuar pese a mis numerosos esfuerzos por quedarme. Me ha dado pena pero tal vez no haya sido para mal: desde que me fui me han caído un par de premios y, por lo que veo —ahora que tengo algún término de comparación—, en Anagrama los libros funcionaban solo al 50 % de sus posibilidades, y lo dice alguien que ahí ha vendido 90.000 ejemplares de un título y 60.000 de otro». Su despedida no es muy efusiva: «Quizás hablemos un día. Un abrazo fuerte». ¿Me estaba tanteando? ¿Me estaba pidiendo que tomara posición en un conflicto que se había convertido en la comidilla del mundo literario? No recuerdo si le contesté (diría que no). Desde luego, él no me escribió para comentarme

Carreteras secundarias, que probablemente nunca llegó a leer.

A mí su denuncia sobre el amaño en las liquidaciones de *Mañana en la batalla piensa en mí* siempre me pareció inverosímil. En una época de anticipos modestos, el que él había cobrado por esa novela, que multiplicaba por cincuenta (y hasta por cien) el de la mayoría de los compañeros de colección, era fabuloso. Y, por supuesto, muy difícil de amortizar. En tal caso, ¿qué sentido tendría que el editor se molestara en manipular las cifras de ventas? Yo diría que esa denuncia no era tanto el motivo como la excusa para la ruptura. Después de eso, no cabía ya ninguna posibilidad de volver atrás y reconciliarse, que era lo que a toda costa Marías quería evitar. En cuanto a la verdadera razón, seguramente tenía que ver con la relación personal entre ambos, una amistad que se había deteriorado con rapidez. ¿Quién sabe? Un comentario displicente, una ironía mal interpretada, una carta o una llamada no correspondidas... Cuando las suspicacias se instalan en una relación, la chispa puede surgir en cualquier lado.

Lo de que probablemente Marías nunca llegó a leer *Carreteras secundarias* lo digo porque a esas alturas su aversión hacia Anagrama era notoria y él mismo pregonaba sin empacho su determinación de no volver a leer ningún libro de su catálogo. Lo más normal era que me identificara en gran medida con su rival, dado que, en efecto, cierta endogamia anagramática presidía mi vida de entonces. No solo había publicado todos mis libros en Anagrama sino que durante un tiempo había trabajado como traductor de literatura italiana para la editorial. Entre mis mejores amigos había bastantes escritores que publicaban en la misma colección que yo, como Pedro Zarraluki, Marcos Giralt, David Trueba, Antonio Soler, Ismael Grasa o el propio Vila-Matas, así como algunos empleados de Anagrama, como Albert Mauri o Mònica Martín, que años después se convertiría en mi agente literaria. Por si eso fuera poco, en aquella época mi relación con Jorge Herralde y su mujer, Lali Gubern, era más estrecha que nunca. Cenábamos juntos con frecuencia, como ha recordado el propio Herralde en *Opiniones mohicanas* y *Por orden alfabético*. Lo hacíamos casi siempre en Can Massana, en la plaza Camp, cerca del antiguo Bocaccio, un viejo restaurante que habían frecuentado Barral y Gil de Biedma y al que la editorial Destino solía llevar a Bohumil Hrabal cuando estaba de paso por Barcelona. «La comida es regular y la relación calidad-precio podría aspirar a un *ranking* mejor, pero la paciencia del personal es mucha. Siempre, absolutamente, somos la última mesa en abandonar el local», escribe Herralde. Acabada la larga cena, montábamos en el Alfa Romeo de los Herralde y, con Lali al volante, nos encaminábamos al Giardinetto, en cuya barra prolongábamos la noche entre copas. Según Herralde, mi «sensatez directísima» ayudaba a reconducir a Enrique cuando este empezaba a «derrapar», lo que supongo que quiere decir *discutir*. Eran, en todo caso, discusiones amistosas, indoloras, algo teatrales, levantadas sobre una relación ya antigua de complicidad y confianza. Marías, que sabía de esa complicidad y esa confianza, debía de imaginarnos compadreando en torno a los nuevos y cada vez más estrepitosos episodios de su contencioso con Herralde. No era así, ya que hablábamos de muchos asuntos pero solo de vez en cuando de él. Daba lo mismo. En algún momento, Marías consideró que me había alineado con el bando enemigo, y eso significó la automática expulsión de su mundo.

No volví a verlo hasta quince o veinte años después. Coincidimos en un acto que la editorial Random House celebraba en la Feria del Libro de Madrid. Salimos los dos a fumar a un jardín en el que unos pavos reales soltaban unos chillidos inquietantes, casi humanos. Para entonces hacía años que también yo había dejado de publicar en Anagrama, así que todos los agravios, reales o imaginarios, habían prescrito. Pero es cierto que en todo ese tiempo yo no había hecho ninguna tentativa de acercamiento a mi antiguo mentor. Hablamos solo unos minutos. Recuerdo que le felicité por su trayectoria y que él, intentando no parecer dadivoso, se interesó por mis proyectos. Nos tratamos con una cortesía más bien cautelosa, como estableciendo unos límites que ninguno de los dos quería sobrepasar. Cuando nos despedimos, hicimos votos de volver a vernos en el futuro, cosa que, por supuesto, no ocurrió. De la antigua amistad quedaban solo unos rescoldos.

7

Me pregunto ahora a quién, aparte de mí y de mis allegados, pueden interesar estas páginas, que cuentan una vida en la que no han pasado demasiadas cosas. Digamos que, en comparación con otras, la mía ha sido una vida pequeña. Pero, en fin, no solo a los pomelos y a las naranjas se les puede sacar el jugo: también a las mandarinas. He gozado siempre de buena salud, he vivido rodeado de afecto y me he podido dedicar profesionalmente a lo que siempre ha sido mi pasión, la literatura. Supongo que no hace falta mucho más para sentirse un privilegiado. A lo mejor este libro es solo un testimonio de emoción y gratitud hacia la gente que ha hecho que me sienta así, la gente que ha sido importante para mí. Un posible resumen del libro sería: niño en el Logroño de los años sesenta, muchacho en la Zaragoza de los setenta, aprendiz de novelista en la Barcelona de los ochenta. Un resumen aún más escueto diría que este es el relato de la formación de un escritor, porque uno es escritor desde mucho antes de escribir sus primeras líneas: en esa niñez y en esa juventud está la sustancia de la que luego se va a nutrir su mundo literario.

Empieza uno tratando de averiguar el escritor que *quiere* ser y acaba descubriendo el escritor que *puede* ser. A mí, con dos libros publicados cuando no había cumplido los veinticinco años, me faltaba aún bastante tiempo para descubrirlo. Estaba hecho un auténtico lío. Por un lado, me sentía pletórico de talento y energía, capaz de sacar adelante cualquier proyecto. Por otro, no encontraba ninguna idea que estuviera a la altura de mis expectativas. Recuerdo haber dejado a medias al menos dos novelas, las dos muy alejadas del realismo que terminaría cultivando. Una trataba de un hombre que, debido a una errata en su documentación, se veía abocado a una situación de inexistencia administrativa. En la otra jugaba con la trama de *El increíble hombre menguante*, una película de serie B que me había encantado. Como suele ocurrir con el género fantástico (pero yo entonces no lo sabía), ninguna de las dos ideas daba para mucho más que para un cuento breve, y acabé abandonándolas las dos.

La segunda idea me sirvió al menos para conocer a Luis Alegre, que no tardaría en convertirse en una especie de hermano para mí. En mis viajes a Zaragoza seguía reuniéndome en El Ángel Azul con mis amigos de siempre, a los que de vez en cuando se unían otros jóvenes letraheridos, como Manuel Vilas, prometedor poeta que había terminado la carrera un par de años después de mí; los hermanos Ramón y José Luis Acín; el historiador Vicente Pinilla; un jovencísimo Félix Romeo, que ejercía de crítico literario en *El Día de Aragón*; Cristina Grande, más tarde pareja del propio Félix... José Luis Melero, que estaba al tanto de mis atascos e incertidumbres, convocó un día al muy cinéfilo Luis Alegre pidiéndole que me trajera algunos libros sobre *El increíble hombre menguante*, por si me podían proporcionar alguna inspiración. Así fue como lo conocí. Nacido en Lechago, un pueblecito de Teruel, Luis estudió en la Universidad Laboral de Cheste, cuyo cineclub dirigía con solo trece años. A tan tierna edad apareció en el programa de televisión *Revista de cine* disertando acerca de su predilección por las películas de Hitchcock. En aquella época estaba Luis prendado de Ingrid Bergman, a la que había descubierto en *Encadenados*. Llegó a escribirle una carta para declararle su amor. La carta, remitida a INGRID BERGMAN - HOLLYWOOD, nunca obtuvo respuesta. Salta a la vista lo arraigado de su pasión por el cine. Luis, profesor de economía en la universidad, ha cumplido su sueño de mantenerse vinculado a esa pasión: escribe libros de cine, organiza festivales y hasta ha hecho sus pinitos como realizador, codirigiendo con David Trueba un documental sobre Fernando Fernán Gómez. Si algún día escribiera sus memorias, tendría que explicar, entre muchas otras cosas, cómo se las arregló para pasar un jamón de Teruel por el control de aduanas estadounidense cuando viajó a Los Ángeles con la *troupe* de *Belle Époque* para asistir a la ceremonia de los Óscar. En consonancia con su apellido, a Luis Alegre lo convierte en excepcional su facilidad para repartir alegría, cosa que hace a manos llenas y sin desmayo: por eso son tantos los que quieren tenerlo a su lado. Gran cultivador de la amistad, a algunos de mis amigos más queridos (y no solo del mundillo del cine) los conocí gracias a él. Entre ellos destaca José Antonio Labordeta.

A lo largo de su vida, Labordeta fue muchas cosas: poeta precoz, cantante tardío, compositor siempre, político a ratos, novelista de vanguardia, embajador de lo aragonés, andarín impenitente, personaje de televisión, cronista de su tiempo... Cuando Luis me lo presentó, hacía poco tiempo que, con el propósito de vivir de la canción, había pedido la excedencia como profesor de instituto. No dejaba de ser una decisión temeraria: la rabiosa modernidad de los ochenta había arrasado cualquier cosa que oliera a canción de autor, y el propio concepto de cantautor parecía formar parte del pasado. Algunas de sus composiciones de esa época, líricas, algo tristes, con gotas de Jacques Brel y César Vallejo, están entre mis favoritas, pero seguramente son más recordadas las que lo habían dado a conocer en los setenta. Tenía Labordeta un talento especial para la creación de himnos. El *Canto a la libertad* es quizás el más popular: emocionante, enardecedor, un himno de esperanza y solidaridad que se clava como una flecha en el corazón y que, cincuenta años después, se mantiene tan vivo como cuando fue compuesto.

Los Labordeta vivían a escasos metros del portal de mi madre. En mis viajes a Zaragoza, me acostumbré a recogerlo en su casa para irnos a dar un paseo, tomar un café en algún bar cercano o acudir a la tertulia de El Ángel Azul. En aquellos años, aunque no dejaba de componer ni de grabar discos, lo llamaban de muy pocos sitios para contratarlo, y a punto estuvo de solicitar la reincorporación a su plaza de profesor. Las cosas cambiaron gracias a la televisión, y particularmente al programa *Un país en la mochila*, que le proporcionó una inesperada celebridad. Si ibas con él por cualquier calle de cualquier ciudad, sabías que no tardaría en pararle un desconocido para invitarle a probar el queso o el vino de su pueblo. Rocero sin campechanía, cordial sin condescendencia, recio sin tosquedad, su bonhomía y su llaneza naturales inspiraban la inmediata confianza de la gente, que lo sentía cálido y cercano. Tal vez sin ser totalmente consciente de ello, representaba ya lo que luego se llamaría la España vacía. Su fórmula era tan sencilla como infalible: amor por lo propio y respeto y curiosidad por lo ajeno. Gracias a *Un país en la mochila* volvieron a llamarlo de muchos sitios. Le ofrecían casi siempre recitales pequeños, con pocos músicos, y él se las arreglaba para colocar a su buen amigo Imanol Larzabal, que no pasaba por sus mejores momentos. La historia de Imanol es conocida: pionero de la canción de autor en euskera, primero tuvo que esconderse de la policía franquista y luego de la banda terrorista ETA, cuya violencia denunciaba. Mientras en el País Vasco se le hacía el vacío, en el resto de España seguían viéndolo con recelo por su anterior relación con el mundo *abertzale* y solo lo contrataban si Labordeta o alguien así insistía en llevarlo como artista invitado. Hasta la muerte de Imanol en 2004 los vi varias veces actuar juntos. Su versión a dúo de *La albada* pone los pelos de punta.

En sus viajes a Barcelona, Labordeta se alojaba en el hotel Suizo, en Vía Layetana, donde lo conocían y se sentía como en casa. De ese mundo de fidelidades barcelonesas formaban también parte las Cotxeres de Sants, en las que actuaba con cierta regularidad, y los dos lugares en los que solía presentar sus libros: el Centro Aragonés de la calle Joaquín Costa y la librería Taifa de la calle Verdi. El propietario de Taifa era Pepe Batlló, viejo amigo suyo y editor de la mítica colección de poesía El Bardo, que en sus años dorados les había publicado libros a él y a su hermano Miguel. Batlló era todo un personaje. Exaltado, iracundo, sombrío, malcarado, bilioso, recobraba mágicamente la afabilidad y la alegría en cuanto veía llegar a Labordeta, cuya sola presencia le evocaba lo mejor de su juventud. Siempre que íbamos a ver a Batlló, acababa de ocurrirle alguna desgracia. Una de esas veces, había sido detenido por los *Mossos d'Esquadra*, que al verle subir la persiana de la librería lo habían tomado por un ladrón. Creo recordar que acabó durmiendo en el calabozo, acusado de atentado contra la autoridad. El último libro de Labordeta que presentamos en Taifa fue uno de sus celebrados volúmenes autobiográficos, *Memorias de un beduino en el Congreso de los Diputados*, de 2008. El siguiente, *Regular, gracias a Dios*, de 2010, apareció cuando por desgracia su salud no llegaba ya ni a regular: murió en septiembre de ese mismo año.

Labordeta, que decía ser fundador, dirigente y militante único de la IDA, la Izquierda Depresiva Aragonesa, fue diputado durante la última legislatura de José María Aznar y la primera de José Luis Rodríguez Zapatero. Eran todavía años de bipartidismo y grandes mayorías, y ninguno de los dos necesitaba su solitario voto. Su relación con ambos presidentes fue muy diferente: cálida y respetuosa con Zapatero, inexistente con Aznar, que siempre buscó hacerle patente su desdén. Varias generaciones de españoles lo recordarán por su intervención contra la guerra de Irak, en la que leyó unos versos de su hermano Miguel («Mataos, pero dejad tranquilo a ese niño que duerme en la cuna»), o por el famoso «¡a la mierda!» que dedicó a los energúmenos del PP que saboteaban con sus rechiflas los discursos de los rivales parlamentarios. Ajeno a las malas artes de la politiquería, representaba la honestidad y la nobleza de los buenos políticos, que son los que creen en la política como una herramienta para mejorar la vida de los ciudadanos. Conservó el sentido del humor incluso cuando ya la enfermedad estaba devorándolo por dentro: bromeaba diciendo que a él, que tras la muerte de Franco había ayudado a fundar el PSA (Partido Socialista de Aragón), precisamente lo iba a matar el PSA, principal marcador del cáncer de próstata. Cuando murió, las manifestaciones de dolor fueron desbordantes y decenas de miles de aragoneses acudimos a darle el último adiós en la capilla ardiente instalada en el palacio de la Aljafería. Entre ellos seguramente había muchos que nunca le habrían votado y que sin embargo se sentían representados por él.

Durante más de tres décadas jugué al billar francés a razón de una o dos veces por semana. Mi contrincante habitual era Carlos Sanz, abogado de Tarrasa, viejo amigo de los veraneos en Comarruga. Si ya no jugamos es porque el *pool* ha acabado desplazando al billar de toda la vida y, a estas alturas del siglo XXI, resulta muy difícil encontrar una mesa donde intentar unas carambolas. A mediados de los años ochenta, en cambio, abundaban en Barcelona las mesas de billar francés. Jugábamos entonces en el Salón Ibérico, que tendría no menos de quince. En mi tercer libro, *Antofagasta*, describí el sitio evocando «el destartalado suelo de madera, las paredes despintadas y llenas de grietas, el aire denso y como polvoriento, aquellos conos de luz colgando de una noche sin techo, la exacta simetría de los rectángulos de paño verde». Estaba claro que el Ibérico, vestigio de otro tiempo, no podía durar demasiado. Derribaron el edificio para construir uno nuevo y nos mudamos con nuestros tacos al bar Velódromo, en la calle Muntaner, que por suerte se mantiene más o menos como cuando se fundó en los años treinta del siglo XX. Nunca he pasado de ser un jugador voluntarioso y tirando a mediocre. Ganar o perder siempre me ha traído sin cuidado. Lo que buscaba en el billar era crear de vez en cuando esa «efímera belleza sin objeto» de la que hablaba en el libro o, lo que es lo mismo, acertar a hacer una jugada memorable, «las bolas describiendo hermosas geometrías sobre el tapete, un destino superior reuniéndolas en la inminencia del choque fatal, la esencia instantánea de cada carambola, su rápida incorporación al olvido».

Recuerdo que por aquella época Carlos y yo nos aficionamos a los palíndromos, que, quizás porque eran también una cuestión de simetrías, nos venían con facilidad a la cabeza mientras jugábamos al billar. Cualquier palabra oída o leída era inmediatamente vuelta del revés y combinada con otras en busca del pequeño milagro verbal. ¿Se hablaba de fútbol y alguien mencionaba el equipo de mi infancia, que había ascendido a la primera división? Ya lo teníamos: «Logroñés, señor gol». ¿Estábamos en fechas cercanas a la Epifanía y nos acordábamos de los Reyes Magos? «Arrímala a la mirra.» ¿Hablaba alguien de regalarle un juguete a un bebé? «Oreja no, sonajero.» Y así indefinidamente. Era un entretenimiento adictivo, como el juego del ajedrez, que, diseñado para representar la realidad, acaba generando una realidad autónoma, independiente. El de los palíndromos es un universo dotado de sus propias reglas, ordenado, coherente, capaz también de sustituir el universo real. Por un lado, los palíndromos comparten con las matemáticas un afán de precisión. Por otro, pertenecen al ámbito de la magia, que recurre al azar para sacar a la superficie los significados más oscuros y escondidos. El mundo de los palíndromos es como esos laberintos de espejos que multiplican tu imagen. Nada más sencillo que quedar atrapado en un mundo así, en el que las palabras se reflejan unas en otras y te impiden encontrar la salida.

El primer palíndromo de mi vida, el clásico «Dábale arroz a la zorra el abad», se lo oí a mi abuelo en uno de nuestros paseos vespertinos por la zaragozana calle Alfonso. Otros, menos conocidos, me salieron al paso desde las páginas de algunos de mis escritores favoritos. Por ejemplo, Julio Cortázar o Augusto Monterroso. El primero, si no creó, dio al menos difusión a palíndromos tan elaborados como «Átale, demoníaco Caín, o me delata», «Salta Lenin el Atlas» o «Adán y raza, azar y nada», alguno de los cuales podría ser producto de la inventiva de otro escritor, Juan Filloy, que se consideraba a sí mismo el «*recordman* mundial de la palindromía». De Monterroso, tan aficionado a los juegos literarios, me había fascinado un relato en el que la obsesión de un hombre por los palíndromos lo llevaba accidentalmente a desenmascarar a un tal Onís como autor de un asesinato: «Onís es asesino». (A Augusto *Tito* Monterroso lo conocí en el café Gijón de Madrid no mucho tiempo después. Recuerdo que cogió un papel cualquiera y me anotó su palíndromo particular: «Acá solo Tito lo saca».) Los palíndromos tenían un indudable pedigrí literario, de naturaleza digamos lúdica, *oulipiana*, y para un escritor joven y algo desorientado eran un territorio digno de ser explorado.

Coleccioné palíndromos durante años. Un día de principios de la década siguiente escogí unos cuantos y los incluí en un artículo de los que por entonces publicaba en el dominical de *El Periódico*. Al cabo de una semana me escribieron de una (creo recordar) Sociedad Palindrómica Internacional, con sede en un pueblo de Tarragona. Mi corresponsal me decía que esa institución era la responsable del registro universal de palíndromos y que, sintiéndolo mucho, debía denegarme la autoría de varios que en mi artículo me había adjudicado como propios. La buena noticia era que junto a ellos había uno que no constaba en su listado y que, por tanto, se disponía a registrar a mi nombre. El palíndromo en cuestión decía: «Orujo, lo juro». No era uno de los más brillantes, lo reconozco. Escribí y le pedí que lo inscribiera a nombre de mi compañero de billar, cosa que el buen señor hizo de inmediato. Y, como esos que pagan por poner su nombre a una estrella de una galaxia remota, supongo que ahí seguirá, a nombre de Carlos Sanz, en el universo paralelo de los palindromistas...

Mantuve con el señor de Tarragona una breve correspondencia, que por desgracia no conservo. Recuerdo haber leído sus boletines con mucho interés. Por uno de ellos supe que entre los dirigentes de la sociedad había una tal Irene Neri, lo que proporciona un argumento más que convincente para creer en la predestinación. Corría el año 1991. No era un año cualquiera. Era un año capicúa. Eso constituía todo un motivo de celebración para los miembros de la asociación, que estaban especialmente de enhorabuena porque a la vuelta de la esquina les esperaba otro año así, el 2002. Tal circunstancia, la de poder vivir en poco tiempo dos años capicúas, se había verificado por última vez un milenio atrás y pasaría otro milenio antes de que volviera a producirse. Eran muy pocas las generaciones que tenían el privilegio de disfrutar de algo semejante.

La acogida de mi tercer libro no fue tan buena como la de los dos primeros. Hubo varias reseñas favorables, alguna más bien tibia y al menos una decididamente reticente. Visto con la perspectiva de los años, esas reticencias están más que justificadas. De hecho, en cuanto recuperé los derechos, me negué a reeditar el libro, que sigue descatalogado. Javier Marías acertaba de lleno en una carta que me escribió por entonces. «Todo escritor precisa de avances, o de ir agrandando sus ambiciones literarias», me decía, y era verdad que ese tercer libro no demostraba ni un ápice más de ambición que los dos anteriores. «Tendría mucha curiosidad por leer algo tuyo más "intencionado", más arriesgado si quieres», añadía. En otra carta de dos años después, me decía con sincera preocupación que últimamente había oído a algunas personas «desestimar» mi obra y le chocaba la ausencia de mi nombre en las «típicas listas» de los mejores libros del año: «Quizás es una impresión falsa (ojalá)... Pero tengo la sensación de que se está llevando a cabo contigo el proceso habitual que se sigue con todo y con todos en este país. Primero se premia (y aun se exagera en ello, no lo digo por ti), y luego se castiga sin piedad». En sus comentarios vuelvo a percibir un cariño que el distanciamiento de los años posteriores enterraría bajo gruesas capas de olvido: «Quiero decirte que, si te afectan estas cosas (y lo normal me parecería que así fuera, algo), aguantes lo más impertérrito que puedas, sin soberbia y sin abatimiento. Si te sirve de algo, yo creo que tienes mucho talento y que en principio no tiene por qué estropearse si no te dejas amilanar».

Se imponía una seria reflexión sobre mi futuro: una reflexión que acabaría durando cinco años, hasta la publicación de mi siguiente libro. De una manera imprecisa percibía que la literatura no iba a seguir dándome oportunidades si yo mismo no me esforzaba por buscar al mejor de los escritores posibles que había dentro de mí. Habría podido seguir como hasta entonces, escribiendo de vez en cuando una novelita o una colección de relatos, y seguramente Anagrama me habría seguido publicando. Pero eso ya no era suficiente. Tenía que prepararme para retos mayores (para «agrandar mis ambiciones literarias», en palabras de Marías). Tenía que desarrollar un espíritu crítico que me protegiera contra el riesgo más extendido entre los novelistas, que es el de la autocomplacencia, el creer que las cosas que uno escribe son buenas solo porque uno las escribe. Yo no quería ser de esos escritores que no sabían cuándo acertaban y cuándo fallaban. Por el contrario, quería ser capaz de discernir si lo que hacía estaba bien o estaba mal y, en su caso, pagar el precio de sacrificar borradores y renunciar al esfuerzo de varios meses. Ahora sé que a escribir nunca se termina de aprender, como dicen que les ocurre a los chinos con su idioma, del que siguen estudiando nuevos ideogramas hasta el final. Entonces, al menos, tenía la humildad suficiente para aceptar mi condición de aprendiz. Había muchos secretos del oficio que debía desentrañar, muchas técnicas con las que tenía que familiarizarme.

La práctica de la traducción, que en principio solo me había interesado como fuente de ingresos, se me presentaba ahora como una de las vías de acceso a los entresijos del arte de escribir. En aquella época traduje varias novelas de italianos como Daniele Del Giudice, Marco Lodoli y Guido Morselli. Algunas me gustaron mucho, otras no tanto, pero en todos los casos intenté ponerme en el lugar del autor y ver el mundo a través de sus ojos, lo que me servía para ampliar mi propia perspectiva. Además, precisamente porque lo que estaba en juego era el trabajo de otro escritor, me sentía obligado a elevar el nivel de exigencia, buscando siempre las palabras justas, esforzándome por preservar hasta el matiz más modesto, tratando de trasladar a mi idioma toda la capacidad de evocación del original. Pocas lecturas son tan escrupulosas como la del traductor, que realiza un verdadero ejercicio de inmersión, accediendo al sentido profundo del texto para sacar a la superficie connotaciones de las que el propio autor no siempre es totalmente consciente. Convertirme por un tiempo en otro escritor me ayudaba a vislumbrar el escritor que podía llegar a ser.

También las colaboraciones periodísticas formaban parte de ese aprendizaje. No me consideraba especialista en ningún tema y ni siquiera mis opiniones sobre asuntos de actualidad me parecían originales y, aun así, contestaba afirmativamente a todas las revistas y periódicos que me invitaban a colaborar. Sabía que escribir artículos debía formar parte de mi trabajo de escritor. Recuerdo haber publicado una nota sobre Nabokov en *ABC*, un par de cuentos veraniegos en *El País* y *El Periódico*, un artículo sobre narrativa italiana también en *El Periódico*, otro sobre la guerra del Rif en *El Correo Español*, otro sobre Valle-Inclán en *Diario 16*... César Antonio Molina, que dirigía el suplemento cultural de este periódico, no tardó en ofrecerme colaborar como crítico literario. Pocas cosas podían apetecerme más que eso: reflexionar sobre novelas escritas por otros, lo que en definitiva equivalía a reflexionar sobre el propio oficio de escritor. El primer libro que reseñé fue la novela *Las nuevas confesiones*, de William Boyd. Después llegaron una colección de cuentos de Paul Bowles y una biografía de su mujer, Jane Bowles. Sin proponérmelo, me fui especializando en narrativa anglosajona, lo que me permitió familiarizarme con tradiciones literarias que me habían resultado algo ajenas. En un viaje a Madrid me acerqué a la redacción de *Diario 16* para conocer a los redactores del suplemento, Benjamín Prado y Amalia Iglesias. Benjamín, con su semblante de jefe *sioux* y su metro noventa de estatura, llevaba puestas unas botas camperas de tacón alto que lo acercaban peligrosamente a la estratosfera. Cuando le dije que no había cobrado ninguna de mis reseñas, me habló desde las alturas: «¿Pero has mandado las facturas? ¿Cómo quieres que te paguen si no mandas las facturas, alma de cántaro? ¡Ningún periódico ha perseguido jamás a sus colaboradores para pagarles!». Era todavía la época en la que Pedro J. Ramírez dirigía *Diario 16*. Una época de prosperidad, por tanto. Su decadencia se inició tan pronto como Ramírez lo abandonó para fundar *El Mundo*. Mi colaboración se prolongó hasta bien entrado 1995, cuando el periódico estaba a punto de quebrar y hacía tiempo que trampeaban en los pagos, con retrasos de varios meses y pagarés sin fondos. Yo seguía enviando puntualmente mis artículos, pero ya no me molestaba en mandar las facturas. En cierto modo, era como volver al principio.

Las traducciones y el articulismo, al igual que más tarde la escritura de guiones, me iban a ayudar a ser mejor novelista. Pero no me bastaba con adquirir destreza técnica. El verdadero aprendizaje que yo necesitaba era de otra naturaleza y no lo encontraría en el papel sino en la calle, en la gente, en la vida. Tenía que acumular experiencias, dejar que el tiempo completara su labor, exponerme a los golpes del destino, disfrutar también de sus caricias. En definitiva, tenía que crecer como persona para poder crecer como escritor. Así como en poesía abundan los casos de florecimiento temprano, el arte de la novela pertenece a la edad adulta: no creo que haya habido muchos novelistas cuyos escritos de juventud superen en calidad a los de madurez. ¿Y cómo hacer para alcanzar cuanto antes la ansiada madurez? Lo único que se me ocurría era viajar, que es una manera de apurar el tiempo: apurarlo en el sentido de consumirlo y también en el de acelerarlo. Tan pronto como juntábamos un poco de dinero nos echábamos a la carretera en nuestro renqueante Citroën dos caballos de tercera o cuarta mano, dábamos el salto a alguna ciudad europea e incluso volábamos hasta la lejana California, donde una amiga de la facultad, la navarra Eva Arana, trabajaba como profesora. Pero eran siempre estancias breves, de no más de dos semanas. En 1987 yo tenía veintiséis años y nunca había vivido un par de meses seguidos fuera de España.

Se me ocurrió pedir la beca para escritores de la Academia de España en Roma (una beca llamada Valle-Inclán en homenaje al escritor que tan negligentemente había dirigido la institución durante la Segunda República). Había que esperar a que la convocatoria apareciera en el BOE. Todas las semanas me acercaba a la delegación del Ministerio de Cultura, que estaba en un piso de la calle Mestre Nicolau, cerca del Turó Park, y preguntaba a la funcionaria de turno, que decía estar sobre aviso. La mujer, una incompetente heredada de la Sección Femenina, me daba una y otra vez garantías de que la publicación no se le pasaría por alto pero, por supuesto, eso fue exactamente lo que ocurrió. Cuando quise darme cuenta, el plazo de solicitud estaba cerrado, lo que significaba que ya no podría volver a pedir esa beca en todo un año. ¡Un año! Era demasiado tiempo. Habría que ir planeando algo.

He hablado del Velódromo y de novelistas que no saben cuándo aciertan y cuándo no. Ha llegado, pues, el momento de hablar de Javier Tomeo, que tenía precisamente el Velódromo como base de operaciones y carecía de criterio sobre su propia literatura. Aragonés como yo y autor de Anagrama como yo, tuvimos un trato cordial, cercano y continuado, pero era un trato que, por mucho que creciera, nunca habría derivado en amistad. Quiero decir que nuestra relación se inscribía en una escala distinta, acaso la de la familiaridad o la camaradería, que exigen una lealtad limitada y dispensan del requisito de la confianza.

Era Tomeo un escritor especial. Escribió muchos libros, y algunos se los podría haber ahorrado. Pero sería injusto que juzgáramos a los novelistas por sus peores y no por sus mejores novelas, y de Tomeo hay al menos media docena que deslumbran por su rareza y su originalidad. Entre mis favoritas están *El castillo de la carta cifrada* y *Amado monstruo*, que tuvieron una segunda vida en los años noventa, cuando fueron adaptadas por prestigiosas compañías de teatro europeas, algo de lo que en España no nos habríamos enterado si Joan de Sagarra no se hubiera ocupado de recordárnoslo desde las páginas de *El País*. En la literatura de Tomeo hay siempre algo tortuoso, sombrío, enfermizo, que se nos presenta casi en crudo, como surgido directamente de las cavernas del subconsciente: leyendo sus libros, todos somos un poco psicoanalistas. De Tomeo se decía que era una especie de Kafka aragonés, y él replicaba acusando al checo de haberle plagiado por anticipado. Se trataba sin duda de una *boutade* pero, si me dijeran que nunca leyó a Kafka, me lo creería. Tomeo era un escritor que leía poco, y lo poco que leía eran misceláneas de botánica, zoología o mitología de las que extraía documentación para sus artículos. Podría ser el título de una de sus novelas: *El extraño caso del literato iletrado*. Ni siquiera cuando tenía que presentar un libro se molestaba en leérselo entero. Al menos, esa es la sensación que me dio en la presentación barcelonesa de *Trescientos días de sol*, de Ismael Grasa. Esa tarde habló únicamente de cosas que aparecían en las diez o doce primeras páginas, ya que el resto del libro ni lo había hojeado. Pero eso no quiere decir que la presentación fuera mala: su intuición natural contrarrestaba en parte su pereza intelectual. De su escasa cultura libresca me atrevería a decir que era a la vez un defecto y una virtud: un defecto porque lo incapacitaba para juzgar su propia obra y una virtud porque le eximía de cargar con el peso de la tradición. De hecho, como si hubiera tenido que iniciar desde cero la historia de la literatura, Tomeo acertó a construirse una tradición propia, incontaminada, completa, cerrada en sí misma. De ahí que sus libros, ajenos a los parámetros habituales, no nos parezcan ni modernos ni anticuados.

Lo recuerdo en el Velódromo pegando la hebra con unos y con otros: la cabeza enorme, la nariz de boxeador, la americana llena de lamparones, la corbata descompuesta, los faldones de la camisa asomándole por encima del cinturón. No bebía ni fumaba pero le encantaba comer. Sobre todo, le encantaban los dulces. Cuando tenía ya muy avanzada la diabetes que acabaría matándolo, seguía atiborrándose de palmeras de chocolate, ensaimadas de cabello de ángel, pasteles rellenos de crema, bollos rebosantes de nata. Tenía manías de solterón, aunque en sentido estricto no lo era, porque en su juventud había estado casado brevemente. La mujer era extranjera, no sé si sueca u holandesa. Su debilidad eran las mujeres así, de aspecto nórdico, cosmopolitas, que por supuesto no le hacían ningún caso y que de ese modo alimentaban oscuros rencores en su viejo corazón de niño nacido en un pueblecito de Huesca. La leyenda dice que, en la agenda, tenía a los hombres en la página correspondiente a su inicial mientras que a las mujeres las juntaba todas en la M de mujer. Conducía fatal, ocupando dos carriles, metiendo y sacando cosas de la guantera, manipulando sin cesar el dial de la radio, la mirada puesta en cualquier sitio menos en la carretera. Llevaba el maletero repleto de cajas con las ediciones extranjeras de sus libros. Si en un parque o una terraza coincidía con alguna turista interesante, le preguntaba la nacionalidad y corría a buscar un libro en su idioma para regalárselo. Era su manera de ligar.

Hijo único de un matrimonio de aragoneses que murieron con noventa y muchos años, vivió con ellos hasta el final. Cuando llamabas a su casa y contestaban sus ancianos padres, les oías preguntar: «¿Está el chico?». Tenía mucho de hijo consentido, de esos a los que hay que estar siempre entreteniendo para que se porten bien. Si la conversación tomaba un rumbo que no le interesaba, agarraba unas servilletas de papel y se abstraía dibujando monigotes, cosa que hacía con una gracia rudimentaria, un poco a la manera de Gila. O directamente se levantaba y se iba. Para tenerlo contento había que reírle los chistes. El problema es que sus chistes no eran buenos. Todo lo que en sus novelas tenía de brillante su sentido del humor, lo tenía de chusco en la vida real. Recuerdo haberle oído un montón de veces un chiste muy tonto sobre el escritor mexicano Sergio Pitol, que siempre contaba como si se le acabara de ocurrir: «¿Te has dado cuenta de que Pitol tiene nombre de medicina para el pito?». Volvemos a lo de antes, a su escasa formación literaria: como la alta cultura le inspiraba aversión, su estrategia de defensa consistía en ridiculizarla. Era transparente, como los niños pequeños, y enseguida notabas si se encontraba a gusto en una reunión o no. Lo que más lo incomodaba era la gente que hablaba de libros, una categoría a la que pertenecíamos la mayoría de los novelistas, incluido yo mismo. Su relación con sus colegas estaba construida sobre una inequidad primigenia: todos podían admirarlo a él pero él no podía admirar a ninguno, sencillamente porque no leía.

No se perdía ningún sarao. Lo veías siempre afanándose entre los diferentes corrillos y apurando su repertorio de humoradas. La sensación que transmitía era la de alguien que estaba bastante solo, aunque nunca le faltara compañía. El mundo al que de verdad pertenecía hacía tiempo que había ido desvaneciéndose hasta casi desaparecer. Era el mundo de la vieja España de posguerra, casi diría de los años del hambre, un mundo de tertulias anteriores a la calefacción central, de sablistas, crápulas y embaucadores, de toreros de salón y eternos aspirantes a artistas, de espabilados que se las arreglaban para vivir al día, con la única aspiración de completar el curso de la existencia sin haber dado un palo al agua. En ese mundo se preferían las formas menores del intelecto: el ingenio frente a la inteligencia, el instinto frente al análisis, la extravagancia y la astucia frente a la imaginación y la listeza, la burla y la bufonada frente al humor y la ironía. Ese mundo, aunque muy venido a menos, seguía existiendo en la Barcelona del diseño y de los Juegos Olímpicos, y en él Tomeo se sentía seguro y en su salsa.

Los pobladores de ese mundo eran «sus monstruos» (así los llamaba): gente que alguna vez había tenido talento y que había consagrado todo su esfuerzo y todo su tesón a dilapidarlo. Entre ellos estaba el novelista Ramón Eugenio de Goicoechea, que se dedicaba a dar sablazos mientras hacía la vida imposible a su mujer, Ana María Matute (esta lo llamaba «el Malo» y lo describiría como un «charlatán pintoresco e inútil»). De todos los monstruos de Tomeo, el único al que traté bastante fue Ramón Riera, que le acompañaba a los estrenos teatrales y le hacía la claque imitando diferentes voces para simular una aclamación generalizada: «¡Braaavo!, ¡brrravo!, ¡bravooo!». Pequeño, bullicioso, exaltado, ciclotímico, con aire de villano de wéstern, un poco a lo Ernest Borgnine, con un pliegue en los párpados que le confería un raro aspecto de quelonio, Ramón Riera se dejaba caer un día sí y otro también por el Velódromo para ver si alguien le pagaba unas cañas.

Hijo de un alto cargo de la Generalitat republicana, se jactaba de no haber trabajado en su vida. Se las arreglaba siempre para hacerse invitar pero, pundonoroso él, nunca a cambio de nada. Si le pagabas una caña, te retribuía con alguna ingeniosidad. Si le pagabas una segunda y una tercera caña, seguía tirando de su repertorio. «Aragón se escribe con jota», acababa diciéndome en algún momento, sabedor de mi condición de aragonés. No carecía Ramón de cultura, pero las cosas que sabía eran todas inútiles: el nombre de algún faraón olvidado, las peculiaridades del apareamiento en determinada subespecie de reptiles, la lista completa de los ángeles y los arcángeles. En cierta ocasión, tal vez para hacerse acreedor a una cuarta caña, me reveló que el oro de Moscú estaba escondido entre las paredes de ese mismo edificio, el del Velódromo, que tenía una vivienda aneja en la que Juan Negrín se había hospedado durante la guerra civil. A ratos pintor, pintarrajeaba latas de refresco y las vendía por cien o doscientas pesetas a quien quisiera comprárselas. A ratos actor, se acercaba a los rodajes para ganarse un dinerillo haciendo de extra. A ratos escritor, algún amigo le costeaba de vez en cuando la publicación de un pequeño volumen con sus ocurrencias. Yo tengo dos libros suyos. El más interesante es *Humor en porciones*, que enlaza con la tradición de las greguerías de Gómez de la Serna. En la sección dedicada a los animales, la cobra aparece definida de la siguiente manera: «Palabra mágica que esperamos pronuncie nuestro acompañante en el restaurante al término de la cena». Al igual que Carpanta, que solo pensaba en comerse un pollo, Ramón Riera no hacía sino idear estrategias para beber de gorra, y estaba siempre al acecho de una señal o una frase que le permitieran sumarse de tapadillo a una ronda de lo que fuera.

En el prólogo a ese librito, Tomeo recordaba su agudeza más célebre, según la cual, durante un apagón general, todos los ciegos de la ciudad se habían quedado sin poder *oír* la televisión. Tomeo, que seguramente se inspiró en Ramón Riera para crear alguno de sus estrambóticos personajes, lo homenajeó de forma explícita en su libro *Conversaciones con mi amigo Ramón*, en el que recogió una treintena de cuentos publicados en prensa. Ramón no se lo agradeció demasiado, y más bien le acusaba de estar aprovechándose de su talento para su propio beneficio. Ocurría esto hacia finales de los años noventa. Por entonces, Ramón recibía ya una pensión no contributiva que alguien le había ayudado a obtener. Era la primera vez en su vida que tenía un ingreso fijo y, a pesar de todo, se quejaba. De paso, se quejaba también de Tomeo, que con la publicación de sus *Conversaciones* había contraído con él una deuda inmaterial, incalculable, imperecedera. Ramón le acusaba de ser un agarrado y se tomaba como una afrenta personal su prosperidad como escritor: «¡Está forrado y nunca gasta nada! ¡Es un roñoso!». Era verdad que Tomeo siempre había tenido una relación problemática con el dinero. Para no hacer gasto en su casa, se pasaba todos los días por las oficinas de Anagrama para llamar por teléfono y, cuando allí se cansaron de él, empezó a hacer lo mismo en la redacción de *El Mundo*, donde colaboraba. Anécdotas sobre la tacañería de Tomeo las hay a montones, pero si precisamente era rumboso con alguien era con su amigo Ramón, al que nunca dejó de ayudar.

El final de su historia no puede ser sino triste. Vivía Ramón con su anciana madre en un piso noble del Ensanche (creo recordar que el mismo piso en el que había nacido) y llevaban años sin pagar derramas ni gastos de comunidad. Acabaron aceptando que un abogado se hiciera cargo de las deudas con el compromiso de que nadie los echaría del piso mientras la madre estuviera viva. Por supuesto, la mujer murió muy poco después de la firma del contrato y Ramoncito, que era como lo llamaba Tomeo, se quedó sin casa. Yo dejé de verlo hacia el año 2000, cuando cerraron el Velódromo para reformarlo y tuve que buscar otro sitio donde jugar al billar. Durante los años siguientes me lo encontraba de vez en cuando en el Bauma, en la esquina de Diagonal con Roger de Llúria. Ramón me decía que compartía piso con un marqués arruinado y que almorzaba todos los días en comedores sociales. Al parecer, se conocía todos los de Barcelona y, según el día, iba a uno o a otro porque sabía cuándo tocaba arroz a la cubana o escudella. Hablaba de esos sitios de una manera desapasionada, objetiva, técnica, como un crítico gastronómico al que ningún manjar, por exquisito que sea, puede deslumbrar. Sus condiciones de vida eran más lamentables que nunca pero, sorprendentemente, ya no se quejaba. Era como si hubiera acabado aceptando su destino. Ignoro cuándo murió pero no estaba en el funeral de Tomeo, así que debió de ser antes de esa fecha, junio de 2013.

De todo ese grupo, el de sus monstruos, fue Tomeo el único que conoció el éxito, pero eso no lo hizo mucho más feliz. Los últimos meses apenas si salía de casa, y los escasos momentos de alegría se los proporcionaba una niña, hija de su cuidadora chilena, que le hacía compañía cuando volvía del colegio. Bajo varias capas de insensibilidad y rudeza se escondía un hombre melancólico y sencillo, un niño grande necesitado de afecto.

He mencionado el funeral de Tomeo, pero tendría que haber dicho *los* funerales. Con Tomeo todo era siempre un poco surrealista. Nos convocaron un lunes en el tanatorio de Les Corts pero el funeral no se celebraba hasta el martes, así que los mismos que acudimos una mañana a despedirnos de él volvimos a hacerlo a la mañana siguiente. Era como si Tomeo, al fin y al cabo hombre de teatro, hubiera dispuesto que se realizara un ensayo general antes de la función importante. A la salida de los funerales, como paso previo a la catarsis, se suelen contar chismes y chascarrillos de los fallecidos. El doble funeral de Tomeo permitió que se contaran multitud de anécdotas suyas, que de todos modos habrían dado para varios funerales más.

La anécdota más célebre tuvo lugar en casa de Luis Alegre, al que Tomeo no dejaba de visitar cuando viajaba a Zaragoza. Si tenía el día triste, le decía: «Luisico, ponme el gol de Nayim, a ver si me levanta el ánimo». Con ese gol legendario, una parábola prodigiosa lanzada desde el centro del campo, el Zaragoza derrotó al Arsenal en el último minuto de la prórroga y consiguió la Recopa de 1995, el título más prestigioso de su historia. Luis, que también recurre a esa grabación cuando quiere animarse, tenía que hacer unas llamadas telefónicas, así que, para tener entretenido a Tomeo, le puso la prórroga entera, y no solo el instante del gol. Lo que nadie recordaba era que, debido a una confusión con los dorsales, Nayim había estado a punto de ser sustituido cuando faltaban varios minutos para el final y, por tanto, para que metiera su gol. En la grabación se ve cómo, en efecto, alguien en la banda levanta la pizarra con el número de Nayim y cómo este se dispone a abandonar el campo. A la habitación en la que estaba Luis hablando por teléfono llegaron de repente unos gritos desesperados. «¡Tú no! ¡Tú no!», gritaba Tomeo. Acudió Luis a ver qué ocurría, y el otro seguía: «¡Tú no te vayas, que tienes que meter el gol!». En algún momento, como atendiendo a sus instrucciones, se rectificó el error de los dorsales y Nayim volvió a ocupar su posición en el terreno de juego. Unos minutos después, consiguió su famoso gol. Tomeo, que cada vez que veía ese gol lo celebraba como si fuera la primera vez, se abrazó a Luis y gritó exultante: «¡Si no llega a ser por mí, no ganamos!».

8

Hacía tiempo que se rumoreaba que los objetores de conciencia íbamos a ser exonerados de cualquier obligación militar. No sabían qué hacer con nosotros, los más antiguos, a los que cada año se nos sumaban nuevas hornadas de objetores, que amenazaban con colapsar el sistema de prestación social antes de su entrada en funcionamiento. El año 1988 no pudo empezar mejor. Recibí en enero la carta del Ministerio de Justicia en la que se me informaba del pase a la situación de reserva. Me lo comunicaban en áspera prosa administrativa, casi diría que a regañadientes, pero el mensaje era inequívoco: me había librado para siempre de la mili.

Solo unos días después, a principios de febrero, viajábamos a Edimburgo, donde habíamos decidido instalarnos hasta mediados de agosto. No muy lejos de allí, en Saint Andrews, iba a pasar la primavera Bernardo Atxaga, cuya novia (y más tarde madre de sus dos hijas), Asun Garikano, trabajaba en la universidad. Estaba Asun adscrita a un departamento que impartía lenguas consideradas exóticas: el euskera, el quechua, creo que también el guaraní. Yo a Bernardo lo había conocido dos años antes en los encuentros de Verines, y desde entonces era uno de mis mejores amigos. La cabeza moruna cubierta de rizos, los hombros algo encogidos, como habituados a disculparse, los bracetes cruzados sobre el pecho, el cuello fuerte, las facciones grandes, la mano haciendo pantalla detrás del oído malo, una sonrisa de labios apretados, como cuando de niños posábamos para la foto del colegio... Luis Alegre, que lo alojaba en su casa en sus visitas a Zaragoza, asegura que Bernardo seguía sonriendo cuando se quedaba dormido. Me lo creo. Entre las personas que conozco, puede que sea la que tiene el carácter más afable. Se diría que en su infancia le hubieran confiado la secreta misión de hacer más felices a los demás. Y no es que no se enfade nunca: es que no se enfada por razones personales, que es por lo que solemos enfadarnos todos. Si alguna vez lo he visto exaltarse, ha sido por motivos abstractos: debates de ideas que no causaban heridas y ni siquiera rasguños, lo que resultaba muy de agradecer en unos tiempos tan violentos como los que entonces vivía el País Vasco.

A finales de los años setenta, Atxaga había formado parte de la Banda Pott, un grupo de jóvenes que se habían conjurado para renovar la literatura en lengua vasca. Eran muy pocos, apenas media docena. La posterior trayectoria de algunos de ellos habla a las claras del desquiciamiento de aquellos años: mientras que uno, Joseba Sarrionandia, condenado por pertenencia a ETA, escapó de la cárcel y buscó refugio en un país latinoamericano, otro, Jon Juaristi, se convirtió en la némesis del nacionalismo vasco y acabó ocupando importantes cargos durante la presidencia de José María Aznar. Esas desavenencias reflejan la honda fractura de la sociedad de la época: un día compartís un mismo sueño de modernidad y al día siguiente os descubrís agazapados en trincheras opuestas, enemigos ya irreconciliables.

Por entonces ETA mataba a treinta o cuarenta personas cada año. Elegían a su objetivo y le descerrajaban un tiro en la nuca cuando salía de su casa o de su puesto de trabajo. La víctima solía ser un policía o un militar pero también podía ser una persona perteneciente al mundo *abertzale*, como Yoyes. En realidad, nadie estaba a salvo. Se respiraba una atmósfera de intimidación. El miedo se había convertido en un componente más del aire, junto al nitrógeno y el oxígeno. Lo más cómodo, y lo habitual, era mirar para otro lado. Así se explica que, ante la noticia de un nuevo atentado mortal, la vida se detuviera solo un instante, para enseguida reanudarse como si nada hubiera pasado. Quienes se significaban, quienes opinaban, quienes atraían las miradas sobre sí se exponían a una amplia variedad de represalias que iban desde la calumnia y el ostracismo hasta la agresión o el asesinato.

En ese ambiente envenenado, le tocó a Bernardo, por ser el escritor en lengua vasca más reconocido, representar a su gente. Me pregunto qué habría hecho yo, que he vivido siempre en una confortable situación de normalidad democrática y nunca he tenido que ser portavoz más que de mí mismo. ¿Quién sabe? Tal vez, como le ocurrió al general Della Rovere, se habría revelado en mí el héroe secreto que todos los seres humanos llevamos dentro. O tal vez me habría encerrado en una de esas privilegiadas torres de marfil que tanto gustan a ciertos literatos. O tal vez, recurriendo a cualquier subterfugio, habría contemporizado con los matones, como hizo el ventajista de José Bergamín, que ni siquiera tenía necesidad porque no era vasco. Bernardo no tuvo dudas. Bernardo dio la cara y desde el primer momento condenó el terrorismo de ETA. Como también condenaba las torturas policiales, recibía guantazos de los dos lados y había quien le achacaba una supuesta equidistancia. Unos pocos años después, cuando el terrorismo de los GAL pasó por los juzgados, supimos que cualquier referencia a las cloacas del Estado se había quedado corta. Bernardo, además, decía las cosas donde más dolían: si la violencia del

Estado la denunciaba en Madrid, la de ETA la denunciaba en el País Vasco. Solo quienes entonces pertenecían al entorno *abertzale* sabrán en qué medida las denuncias de alguien como él pudieron influir en unos u otros. Lo que está claro es que esas denuncias le granjearon no pocos enemigos en un ámbito en el que era peligroso tener enemigos. Bernardo, que en los años más duros no se dejó amedrentar, fue para mí un ejemplo de coraje cívico.

Gracias a su hospitalidad, me convertí en un visitante asiduo del País Vasco. Su padre, carpintero, había reformado la casa familiar de Asteasu de forma que ninguno de los tres hijos se quedara sin vivienda en el pueblo. Bernardo, que entonces vivía en Bilbao, me animaba a pasar unos días siempre que quisiera, y así él aprovechaba para hacer una visita a sus padres en Andoáin y echar un vistazo a la casa. Del restaurante de Asteasu, el Patxine, que estaba a escasos metros y donde ya me trataban como a un cliente habitual, recuerdo con nostalgia la sopa de pescado: no he vuelto a comer una sopa tan buena. Situado en el corazón de Guipúzcoa, Asteasu podría muy bien representar el pueblo idílico vasco: el frontón en el centro junto al ayuntamiento, el campanario de la iglesia presidiéndolo todo desde lo alto, las casas de piedra formando dos racimos a uno y otro lado de la carretera. En la parte alta hay un antiguo y noble caserón en el que, al parecer, vivió Zumalacárregui, el general carlista muerto en el primer sitio de Bilbao. En ese rincón del País Vasco, el viejo carlismo defensor de los fueros se resistía a morir engullido por formas más actuales de nacionalismo. Recuerdo la sede del Círculo Carlista en el centro de Tolosa: aunque algo mugriento ya, era el palacete más suntuoso de la ciudad. Seguramente, solo en Estella y en alguna otra de sus capitales históricas seguían poseyendo los carlistas edificios que se le pudieran comparar. También recuerdo a Bernardo contándome que su madre, de niña, había llegado a conocer al cura Santa Cruz, el sanguinario cabecilla nacido en Elduayen, que aparece en *Zalacaín el aventurero* de Baroja y protagoniza *Gerifaltes de antaño*, una de mis admiradas novelas carlistas de Valle-Inclán. Mientras le oía contarlo, tenía la sensación de que el carlismo no estaba tan alejado en el tiempo, de que seguía ahí cerca, a tiro de un par de generaciones: yo era contemporáneo de una persona que había sido contemporánea del cura Santa Cruz.

En según qué sitios, la violencia tiende a depositarse en capas sucesivas que no terminan de ocultar las capas anteriores. En las proximidades de Asteasu, las huellas de la violencia reciente no borran las de la violencia pretérita. Muy cerca de allí está Régil, la localidad natal del boxeador Paulino Uzcudun, que llegó a ser campeón de Europa en la categoría de pesos pesados. Uzcudun, falangista de primera hora, logró escapar de una cárcel republicana a comienzos de la guerra civil. De él se cuenta que disfrutaba fusilando a presos republicanos. Su historia la cuenta Joxemari Iturralde en un libro que en su versión en español se tituló *Golpes de gracia*. Iturralde, también antiguo miembro de la Banda Pott, es el otro escritor en lengua vasca con el que hice amistad en Verines. Cuando iba a verlo a Tolosa, entrábamos a tomar algo en uno de los bares más típicos, el Frontón, el mismo en el que, en el verano del año 2000, el socialista Juan María Jáuregui sería asesinado de dos tiros en la nuca.

En otro de esos viajes fuimos a Ordizia a comer en un restaurante famoso, el Martínez, y pasamos junto al sitio en el que Yoyes había sido asesinada en presencia de su hijo de tres años. Todas las historias del mundo acaban conectándose en algún punto. En ese puñado de adoquines salpicados de sangre confluían los destinos de dos personas que he mencionado en este libro, el cantautor Imanol Larzabal y el escritor Joseba Sarrionandia. Imanol se decidió a denunciar la violencia *abertzale* con motivo del asesinato de Yoyes en septiembre de 1986, un año después de que Sarrionandia escapara de la cárcel de Martutene escondido en los bafles del propio Imanol, que acababa de dar un concierto para los presos.

Como le ocurría a Unamuno con España, a Bernardo le dolía Euskadi. Enamorado de su tierra, se avergonzaba del fanatismo que entonces la asolaba. El suyo era un nacionalismo cultural y lingüístico, y ni siquiera creía que una eventual independencia del País Vasco fuera a favorecer al euskera. Ponía el ejemplo del gaélico de Irlanda, que, conquistada la oficialidad tras la creación en 1922 del Estado Libre Irlandés, perdió su función como elemento de resistencia y llevaba décadas cediendo terreno al inglés. Para Bernardo, el idioma español no era un enemigo. Su madre, maestra, se había esforzado por que sus hijos hablaran un español correcto en vez del áspero español de los *casheros* guipuzcoanos, y él mismo se había ocupado de cultivarlo en sus largas estancias en pueblos de las provincias de Cáceres y Palencia. Para las cosas del campo hablaba un español mucho más rico que el mío. Claro que eso no tiene demasiado mérito porque soy la persona menos campestre del mundo y nunca he sabido los nombres de árboles, pájaros, aperos de labranza... Bernardo, que solo pasó en su Asteasu natal los primeros años de vida y luego ha vivido siempre en ciudades, conservaba intacta esa faceta digamos telúrica. No son pocos los que, para bien o para mal, perciben en él al niño aldeano crecido en plena naturaleza. Le ocurrió en Barcelona, donde estudió algunos cursos universitarios cuando aún no nos conocíamos. Todas las mañanas, al llegar a clase, los compañeros le preguntaban qué tiempo iba a hacer. Él, que antes de salir de casa había escuchado por la radio la previsión meteorológica, echaba un vistazo al cielo y, fingiendo estar en posesión de una suerte de atávica sabiduría rural, lanzaba su vaticinio: un chaparrón, un vendaval, lo que fuera. Como siempre acertaba, los otros lo veían como un hechicero o un chamán, y quién sabe si no habrían acabado recurriendo a él para que les recetara unas hierbas contra el insomnio o la ansiedad.

En esos pueblos de Extremadura o Castilla a los que se retiraba a escribir aprovechaba Bernardo para respirar un poco de aire puro, fresco, no infectado por la situación política vasca. La estancia en Saint Andrews le podía servir también para eso y, de paso, para mejorar su inglés, por entonces bastante precario. En esto último estábamos a la par. Al igual que le ocurría a él, mi conocimiento del idioma, adquirido principalmente a través de lecturas, era de naturaleza teórica. Había llegado el momento de exponerlo al contacto con la realidad.

Hicimos el viaje en su Renault 5. Bernardo nos recogió en la estación de San Sebastián para, sin prisas, iniciar un periplo de dos mil kilómetros. La primera etapa nos llevó hasta Angulema, que estaba a poco más de trescientos kilómetros: a ese ritmo íbamos a tardar un montón de tiempo en llegar a nuestro destino. Conservo recuerdos nítidos pero aislados de ese viaje. De Angulema me vuelven a la cabeza la imagen de las calles mojadas y una sensación generalizada de tedio: debían de ser las siete de la tarde y ya todos se habían recogido en sus casas. En Tours, donde llegamos a la hora de comer, pedimos consejo a un hombre con aspecto de *bon vivant*, que nos recomendó un restaurante bueno y económico. En París probamos por primera (y, en mi caso, última) vez el kebab y, de vuelta en nuestra mugrienta habitación de hotel en el Quartier Latin, encontramos una bota de hombre debajo de la cama (¿por qué una?, ¿quién olvidaría solo una de las dos botas?). A la mañana siguiente fuimos a Calais a coger el *ferry* con destino a Dover. Al poco rato avistábamos desde la borda los *chalky cliffs*, los famosos «acantilados yesosos» de mis primeras clases de inglés en los jesuitas de Zaragoza. Volvimos a meternos en el Renault 5 para desembarcar. Bernardo iba al volante, yo en el asiento del copiloto y María José, la única de los tres que hablaba bien inglés, en el asiento de atrás. Si nos preguntaban en el control de pasaportes, teníamos previsto decir que íbamos a Saint Andrews a aprender el idioma. Para cualquier eventualidad, llevábamos anotado el teléfono de un tal Mr. Gifford, director del departamento de Asun. Me tocó hablar a mí por estar en la ventanilla derecha. La funcionaria, impávida, adusta, con un rictus hosco de labios fruncidos, iba haciendo preguntas, que yo respondía más mal que bien en mi torpe inglés. España formaba ya parte de la Comunidad Económica Europea, así que difícilmente podían enviarnos de vuelta a casa, pero la actitud de la mujer daba a entender que se lo estaba pensando. Bernardo, que apenas si alcanzaba a entender lo que decía porque era duro de oído, se asomó a mi ventanilla desde su asiento y, pasando el tronco por delante de mí, la señaló con el dedo. Su intención era utilizar la referencia del profesor universitario, pero se trabó con el inglés y solo acertó a decir: *You are Mr. Gifford!* Lo dijo además con aire grave y como acusándola de alguna iniquidad. Nunca supimos qué entendió aquella mujer. Lo cierto es que, confundida, tardó solo un instante en devolvernos los pasaportes y hacer con la cabeza el gesto de «sigan, sigan».

A partir de ahí, nuestro principal objetivo era desviarnos por alguna circunvalación para evitar cruzar Londres. Yo era el que llevaba el plano y daba las indicaciones pertinentes. Por supuesto, acabamos en el centro mismo de la capital. Después de dar infinitas vueltas buscando la salida, pedimos ayuda a un conductor, que nos aconsejó tomar la M1. Como vio que no nos aclarábamos, se ofreció amablemente a guiarnos con su coche hasta un punto desde el que no teníamos pérdida. «*Straight on, straight on!*», nos gritaba mientras se despedía de nosotros moviendo el brazo fuera de la ventanilla.

Estábamos ya en la autopista, con un tráfico de mil demonios. Atravesábamos barrios y más barrios, y la ciudad parecía no terminar nunca. En algún momento la circulación se aligeró y tuvimos la sensación de haber dejado Londres atrás. Hacía varias horas que la noche había caído y teníamos que encontrar un sitio donde dormir. Elegimos, un poco al azar, un lugar llamado Milton Keynes. Aquello era una oscura y desangelada ciudad dormitorio. De hecho, sus habitantes debían de estar todos durmiendo porque no vimos a nadie por la calle. Buscamos un sitio donde cenar, pero no había nada abierto. Hasta el bar de la gasolinera estaba cerrado. Sin salir de su cubículo, el empleado accedió a vendernos una cosa que allí llamaban pizzas y que en realidad eran unos rollos de una sustancia indeterminada rellenos de una masa viscosa. Nos los comimos en el aparcamiento, muertos de frío. Vimos un *bed & breakfast* y, sin dudarlo, pedimos habitaciones. El sitio era tan siniestro que, a su lado, el motel de *Psicosis* resultaba apetecible: el empapelado se caía a tiras, la moqueta no podía estar más sucia, la madera del suelo crujía a nuestro paso. Por si eso fuera poco, mientras la dueña nos pedía los datos para rellenar la ficha de entrada, vimos de reojo a su marido, un hombre de aspecto torvo, patibulario, con una camiseta de tirantes por la que asomaban cicatrices y tatuajes que le llegaban hasta el cuello. Estaba en el sofá de la *sitting room* jugando con un bebé semidesnudo y daba la impresión de que lo habíamos interrumpido cuando se disponía a degollarlo o algo peor. Daban ganas de echarse a correr, pero ya era tarde para ponernos a buscar alojamiento. Nos encerramos en nuestras habitaciones y tratamos de descansar. Teníamos todavía seiscientos kilómetros por delante.

¡Qué distinta fue la llegada a Edimburgo! Las luces encendidas de los escaparates, los comercios abiertos de par en par desafiando las bajas temperaturas, el hormigueo de gente por las calles, las voces y las risas que salían de los bares, los gaiteros apostados con sus *kilts* y sus sombreros *glengarry* en las esquinas más transitadas. La ciudad nos recibía con una sinfonía de alegría y vitalidad. Nos instalamos rápidamente en el hotel que habíamos reservado desde España y nos echamos de nuevo a la calle. Estábamos cerca de la zona universitaria, digamos en un extremo de Lothian Road. En el otro extremo, ya en el centro de la ciudad, junto a los jardines de Princes Street, encontramos un bar llamado Joe's Garage. Sus paredes estaban decoradas con motivos automovilísticos: brillantes tapacubos, parachoques antiguos, anuncios de aceite para el motor. Tenía aquello algo de chamarilería. Entre otros trastos que estaban ahí como olvidados, ocupando más espacio del debido, había una de las típicas cabinas de teléfonos británicas, roja, con el rótulo blanco y la corona real. Por la hora que era temíamos que fueran a cerrar en cualquier momento, pero el encargado, un pelirrojo con barba y gafitas que se parecía a Richard Dreyfuss en *Tiburón*, nos tranquilizó. Los horarios de los bares los imponían las autoridades eclesiásticas, que en Escocia eran menos estrictas que en Inglaterra, donde los *pubs* estaban obligados a cerrar a las once de la noche. El Joe's Garage, que se iba a convertir en mi bar favorito de Edimburgo, no cerraba hasta la una. Durante los seis meses siguientes oí no pocas veces el sonido de la campanilla y el grito de *last orders at the bar!* que, quince minutos antes del cierre, apremiaban a los clientes a pedir la última copa. Supongo que si luego volví con tanta frecuencia por allí fue para revivir la felicidad del primer día.

Nada iba a ser más fácil que ser felices, porque para nuestra estancia en la ciudad solo nos habíamos impuesto dos obligaciones: mejorar nuestro inglés y gastarnos los ahorros. Entonces casi nadie tenía tarjeta de crédito y los cajeros automáticos escaseaban. Para viajar al extranjero había que llevar el dinero en *traveler´s checks*, que ahora parecen la cosa más trasnochada del mundo. Me recuerdo a mí mismo arrancando cheques del talonario y cambiándolos por efectivo en una ventanilla del National Bank of Scotland. No tardamos en abrir una cuenta bancaria, porque ninguna agencia inmobiliaria estaba dispuesta a alquilarnos un piso sin verificar nuestra solvencia. En aquel momento, recién ingresados nuestros ahorros, el saldo ascendía a cifras bastante respetables.

Recuerdo lo atrasados que me parecieron los bancos escoceses. Mientras que en España hacía años que las oficinas estaban informatizadas, allí las anotaciones seguían haciéndose a mano, como en la época de Dickens. ¡Qué raro resultaba, a esas alturas del siglo xx, ver al empleado del mostrador inclinarse sobre la libreta para hacer las sumas y las restas con letra de mosca! Nos acabamos decidiendo por un piso pequeño, envejecido y no muy cómodo, del que sin embargo nos gustaba la ubicación. Estaba en Rose Street, un pasaje peatonal en el centro mismo de la ciudad, paralelo a Princes Street, muy cerca de la elegante Charlotte Square y del suntuoso hotel Caledonian. También nos gustaba su precio, nada abusivo. El primer fin de semana supimos por qué: Rose Street era la principal calle de bares de Edimburgo, y los oscuros zaguanes de las casas, que permanecían abiertos las veinticuatro horas del día, eran utilizados como mingitorios todos los viernes y sábados por la noche.

Edimburgo olía a los orines de los borrachos pero, sobre todo, al aliño avinagrado de los *fish and chips*, a los charcos pisoteados por las botas de los niños, a la pátina mohosa y negruzca de las paredes, al rocío de las plantas si es que el rocío huele a algo, a los tubos de escape de los *black cabs*, a la levadura de cerveza de las *breweries* del centro. Edimburgo olía también a las cosas del mar, aunque el mar no se veía por ninguna parte y solo los graznidos de las gaviotas informaban de su proximidad. Edimburgo eran los jardines de Princes Street: las ardillas que bajaban de los árboles para hurgar entre los restos de comida de las papeleras, los bancos de madera que las viudas donaban a la ciudad para honrar *in loving memory* a sus maridos muertos, el pequeño cementerio adyacente en el que por casualidad encontramos la tumba de Thomas de Quincey. Edimburgo eran esos jardines y lo que había a uno y otro lado: la ciudad nueva, racionalista, burguesa, rectilínea, en la que estábamos nosotros, y la vieja, encaramada en un peñasco, legendaria, épica, sinuosa, con sus empinadas calles de adoquines y la mole imponente del castillo presidiéndolo todo.

Edimburgo era meterte en un museo y encontrarte cara a cara con la *Vieja friendo huevos* de Velázquez. Edimburgo eran las pintas de cerveza impecablemente tiradas (a la capa de espuma, que en español se llama *giste*, allí la llamaban *head*) y el mendigo que iba de *pub* en *pub* solicitando una ayuda para el estudio de los efectos del alcohol en el organismo (la mendicidad estaba prohibida pero se permitía postular para causas benéficas). Edimburgo era no ver el sol en varias semanas y luego, en las noches de finales de junio, subir la cuesta del Mound para otear el norte, donde el día, refugiado en una bufanda de luz muy clara, se resistía a extinguirse. Edimburgo era también no estar al corriente de lo que pasaba en España, que prácticamente no existía en los noticiarios británicos. Si alguna vez España salía en la televisión era por algún éxito deportivo: Severiano Ballesteros, Perico Delgado, la selección. Para informarme sobre lo que ocurría en mi tierra tenía que acercarme a una papelería de High Street que vendía prensa internacional. Los periódicos españoles llegaban siempre con retraso y, por ejemplo, de los resultados de la liga de fútbol no me enteraba hasta dos o tres días después.

En aquella época, todo el mundo en Escocia detestaba a Margaret Thatcher, cuya reforma fiscal era contestada con carteles de NO POLL TAX desde las ventanas de muchas casas. Pero esa animadversión hacia la primera ministra no beneficiaba especialmente al nacionalismo escocés, que aún no se percibía como alternativa política viable. El fuerte sentimiento identitario se manifestaba sobre todo a través del folclore. También un poco a través de la relación de la sociedad con su propia tradición cultural: mientras que un clásico indiscutible como Robert Louis Stevenson recibía la indiferencia de su ciudad natal, la memoria de escritores como Walter Scott o Robert Burns, de calidad muy inferior, era objeto de veneración. Claro que Stevenson no hizo literatura patriótica y los otros dos sí. Robert Burns es algo así como el bardo nacional. Walter Scott, por su parte, reinventó el pasado escocés, acuñando de un día para otro tradiciones milenarias y decorándolas con el luego tan manoseado atrezo de gaitas y tartanes. Ante escritores como ellos, el bueno de Stevenson, que no aportó gran cosa a la construcción del imaginario nacional, tenía por fuerza que quedar relegado a una posición secundaria. Quienes conozcan Edimburgo se acordarán del monumento con el que la ciudad quiso honrar al autor de *Ivanhoe*. Está al lado de la estación de Waverley. Más que una torre es un campanario, un inmenso campanario sin campana, un grandioso cenotafio en forma de cohete que, con sus más de sesenta metros de altura, se ve desde todas partes y observa de igual a igual las enriscadas murallas del castillo. El homenaje de la ciudad a Stevenson es bastante más humilde: un bar famoso que lleva el nombre de Deacon Brodie (el delincuente de doble vida que pudo inspirar *Dr. Jekyll y Mr. Hyde*), unas pocas placas recordando los lugares en los que vivió, y para de contar. Si preguntabas un poco más, te decían que no podías dejar de visitar el islote que había proporcionado a Stevenson la idea para escribir *La isla del tesoro*. Había en el estuario del Forth varios islotes que optaban a esa dignidad, lo que seguramente quiere decir que ninguno la merecía. De uno de esos islotes recuerdo las venerables ruinas de una abadía y, sobre todo, la abundante colonia de gaviotas, que nos acogió con abierta hostilidad: una pequeña patrulla se lanzó en vuelo raseado hacia nuestras cabezas al tiempo que nos bombardeaba con sus excrementos.

Para mejorar nuestro inglés se nos ocurrió contratar a un profesor particular. El pelirrojo del Joe's Garage que se parecía a Richard Dreyfuss nos habló de un conocido suyo que había vivido en Barcelona. Se llamaba Donald. Había estado casado con una catalana a la que había conocido en Grecia y, tras divorciarse, había regresado a casa de su padre viudo. Donald, de ojos adormilados, flequillo rubiasco partido por la mitad y grandes mofletes colorados, tenía un humor un poco simplón, a lo Benny Hill: al pasar a tu lado daba un respingo y se llevaba la mano a la nalga como si le hubieras pellizcado. Cosas así. Era más abierto y más simpático que la mayoría de los británicos y, sin embargo, estaba solo, tan solo en su Edimburgo natal como nosotros mismos, recién llegados. Los años en el extranjero y la ruptura matrimonial lo habían dejado desubicado, confuso, sin fuerzas para encarrilar su vida. María José y yo éramos sus únicos alumnos y, casi diría, sus únicos amigos. Algunas tardes, salíamos los tres a dar una vuelta después de la clase. Fuimos un par de veces a dar unos golpes de *putt*, cosa habitual en Edimburgo, donde los parques tenían unas rutas de hoyos con sus correspondientes círculos de césped cortado muy corto (el *green*) y la gente aprovechaba los paseos para practicar con el *putter*, el palo de golf para las pequeñas distancias. Pronto esas salidas se convirtieron en costumbre y llegó un momento en que no se sabía dónde terminaba la clase y dónde comenzaba la amistad. El propio Donald se avergonzaba de cobrarnos. Durante un tiempo tuvo una novia flaquita que tenía coche y nos llevaba a un acantilado a volar cometas. Después no volvimos a saber de la novia flaquita, y Donald aparecía por casa con unas borracheras tremendas que lo dejaban medio muerto en el sofá. Por mucho que se esforzara en fingir alegría, era un hombre herido por la vida.

Jugábamos también al *putt* en nuestras visitas a Saint Andrews, considerado la cuna del golf. Saint Andrews era el golf, la universidad y poco más. Paseando con Bernardo y Asun, no parábamos de cruzarnos con grupos de estudiantes con las togas negras y las estolas de vivos colores agitadas por el viento: había allí tanta afición a las ceremonias académicas que celebraban graduaciones todos los días, o eso parecía. De Saint Andrews recuerdo sobre todo las ruinas: ruinas de castillos, de iglesias, de abadías. Recordar eso, en definitiva, es no recordar mucho, porque Escocia está llena de ruinas de castillos, de iglesias, de abadías. A los escoceses les encantan las ruinas. Íbamos a Dundee o Aberdeen y todo el mundo nos insistía en que fuéramos a ver no sé qué ruinas; íbamos a Inverness y lo mismo. Para una sociedad tan orgullosa de su propia historia, las ruinas sintetizaban el esplendor del pasado y el declive del presente.

Guardo especial recuerdo de la excursión que

hicimos a los Trossachs, una zona totalmente agreste, llena de lagos y pequeños bosques, con carreteras de un solo carril en medio de vastas colinas desde las que las vacas nos miraban con curiosidad. El arcoíris más hermoso que he visto en mi vida lo vi en una de esas colinas. ¿Cuándo sería eso? ¿En abril? ¿En mayo? No pudo ser mucho más tarde, porque Bernardo y Asun regresaron a España tan pronto como acabó el curso. Ese día, de camino hacia el lejano puerto de Dover, pasaron por casa para despedirse. Los convencimos para que, en vez de pararse a comer algo en alguna estación de servicio, se quedaran a almorzar con nosotros. Tras hacer un rápido cálculo mental, les aseguré que tenían tiempo de sobra. La comida se alargó más de lo debido y, de golpe, nos dimos cuenta de dos cosas. Primero, de que el Renault 5 llevaba varias horas delante de casa, en pleno centro de la ciudad, con las puertas abiertas y todas sus pertenencias a la vista, sin que ningún transeúnte hubiera tocado nada. Y segundo, ¡ay!, de que mis cálculos estaban hechos en kilómetros y no en millas y, para llegar a tiempo de embarcar, tendrían que recorrer a toda velocidad los casi quinientos kilómetros que los separaban de Dover. Cuando hablamos unas semanas después, Bernardo me dijo que habían logrado llegar al *ferry* por los pelos.

Algunas mañanas, María José se acercaba a la Biblioteca Nacional y traducía algunas páginas del

Don Quixote in England de Henry Fielding. Yo, por mi parte, solía dedicar todos los días un rato a la correspondencia. Creo no haber escrito jamás tantas cartas como en aquellos seis meses edimburgueses. Conservo las respuestas a algunas de esas cartas, que me han ayudado a refrescar la memoria. A Vila-Matas le envié para su cumpleaños una botellita de whisky The Famous Grouse, muy popular en Escocia pero desconocido entonces en España, y gracias a su respuesta he recordado el problema que tenía con sus vecinos de arriba, que dedicaban las madrugadas a hacer el amor prolongada y ruidosamente y no dejaban pegar ojo al vecindario. La pareja en cuestión debía de ser un auténtico portento de la naturaleza. Follaban por la noche al acostarse y también por la mañana al levantarse, y a veces, insaciables, se regalaban un polvo extra en mitad de la noche. Uno de esos polvos extra despertó en cierta ocasión a Paula, que, en un estado cercano al sonambulismo, creyó que eran las siete de la mañana en vez de las tres y salió de casa en dirección al trabajo. El asunto acabó inspirando un episodio de *La historia del silencio* de Pedro Zarraluki en el que se disparaba la tensión entre los vecinos. El final que propone la novela de Zarraluki no es muy distinto del que me refirió Enrique en una carta de abril de 1988: «Escribí una educada y pérfida carta a los vecinos del piso de arriba e inesperadamente logré mi objetivo: han cambiado de cama, y ahora la verdad es que no se oye ni un triste ruido, lo cual no deja de fastidiarme. Es excesivo. Ya no puedo protestar».

Por otra carta, esta de Enrique Murillo, sé que a partir de cierto momento empezaron a preocuparme las cuestiones económicas. Estábamos en junio y nuestros ahorros se estaban evaporando con rapidez. Murillo, al que me había dirigido en busca de consejo, me recomendó varias publicaciones a las que podía ofrecer mis textos y, de paso, me informó de que Círculo de Lectores le había aceptado una propuesta de colección que incluiría un libro mío: «aunque no sé cuándo, algo cobrarás». El propio Murillo, que a esas alturas estaba a punto de dejar Anagrama, me confiaría poco después una sección en la revista *Vogue*. Cuando a mediados de los noventa regresó al mundo editorial para hacerse cargo de Plaza & Janés, Jorge Herralde le acusó de querer robarle autores a golpe de talonario. Ignoro lo que pudo ocurrir con los escritores extranjeros, pero por lo que respecta a los españoles, incluidos algunos que estábamos en deuda con él, Murillo mostró siempre el más exquisito respeto a las reglas del *fair play*.

A mediados de julio apareció por nuestro apartamento de Rose Street una antigua compañera mía de COU, Pacha López-Madrazo, chica de buena familia zaragozana que se había lanzado a la aventura de vivir como *squatter* en Londres. Su novio o marido, con el que tendría una hija al año siguiente, se ganaba la vida trabajando ocasionalmente en el *scaffolding*, en el andamio, y la había instruido en el arte de vivir en los márgenes del sistema. Cuando supo que mis ahorros estaban en las últimas, me aseguró que eso tenía fácil solución. Me llevó a una oficina a solicitar el National Insurance Number y me aleccionó sobre lo que debía decir en la posterior entrevista con el funcionario: «Tú di a todo que sí. Sí estás buscando empleo, sí quieres asistir a cursos de formación, sí necesitas una ayuda para pagar la vivienda...». Pacha se quedó cinco o seis días más con nosotros. Antes de que se fuera de vuelta a Londres recibí el primer cheque. No recuerdo de cuántas libras era, las suficientes, en todo caso, para cubrir una buena porción de mis gastos semanales. ¡Y la semana siguiente me llegaría un cheque similar! Yo me sentía al mismo tiempo avergonzado y maravillado. Avergonzado, porque había mentido en la entrevista y me daba la sensación de que esas libras se las estaba robando a alguien. Y maravillado, porque subsidios como ese no existían en España y jamás habría imaginado que el simple hecho de estar buscando trabajo te diera derecho a nada. Llevábamos dos años y medio en la Comunidad Económica Europea y todavía no éramos conscientes de lo que eso significaba: habíamos pasado a formar parte del primer mundo, con todas las ventajas del estado de bienestar, un concepto hasta entonces ajeno a la precaria realidad española.

Cobré ese cheque y el siguiente, y no cobré ninguno más porque había llegado la hora de regresar a España. ¿Durante cuántas semanas seguirían llegando a mi buzón de Rose Street cheques a mi nombre que ya nadie cobró?

Nuestra estancia en Escocia no terminó del todo hasta la primavera del año siguiente, cuando llevábamos ya ocho meses en Barcelona. Nos habíamos despedido de Donald con la confianza de que reencauzaría su vida, pero su situación no mejoraba. Le habíamos dicho que, si las cosas le iban mal, siempre podría volver a instalarse en España, donde no le faltaría trabajo como profesor de inglés. Donald nos tomó la palabra y se presentó en nuestro piso de la calle Borrell. Seguía tan simpático como siempre, pero ahora su simpatía resultaba algo impostada, artificial, como si con sus gracietas a lo Benny Hill tratara de ocultar algo. El regreso a Barcelona, donde había vivido mientras estuvo casado, reabrió viejas heridas que creía cicatrizadas. De los recuerdos que conservaba de esa etapa de su vida volvían a él solo los dolorosos. Adaptarse nuevamente a la ciudad le iba a resultar muy difícil. Nos fuimos a pasar las vacaciones de Semana Santa a Zaragoza y nos lo llevamos con nosotros. Mi hermano Diego, que apenas utilizaba un apartamento que tenía alquilado, se lo cedió de modo indefinido, y ya el primer día mi amigo Vicente Pinilla se ofreció a contratarlo como profesor particular y a ponerlo en contacto con otros posibles alumnos. Por unos días pensé que Zaragoza podía ser la solución, y el propio Donald parecía a gusto en la ciudad. Sin embargo, cuando se acabaron las vacaciones, hizo el equipaje y regresó con nosotros a Barcelona, donde, según él, tendría más posibilidades laborales.

Los días siguientes, no hizo nada de lo que le aconsejamos. No puso ningún anuncio en ningún tablón, no se ofreció a ninguna academia de idiomas, no visitó ninguna oficina de empleo. Ni siquiera se molestaba en fingir que buscaba trabajo. En realidad, no sabía lo que quería. Abúlico, inapetente, se pasaba las horas encerrado en casa, esperando a que estuviéramos libres para salir con nosotros a comer por ahí o a dar un paseo. Ahora pienso que bajo ese aturdimiento suyo se escondía una profunda depresión que no supimos diagnosticar. Cuando tratábamos de animarle, se lo tomaba como un reproche, lo que no facilitaba la convivencia. Nosotros, por otro lado, nos sentíamos un poco culpables. Habíamos sido buenos amigos suyos en Edimburgo, donde no teníamos a nadie, pero no lo podíamos ser tanto y del mismo modo en Barcelona, donde no nos faltaban amistades. Pasadas dos o tres semanas, nos anunció que acababa de comprar el billete de vuelta. La despedida fue agridulce. Prometimos mantenernos en contacto y visitarnos mutuamente en España o en Escocia, pero lo cierto es que nunca volvimos a tener noticias suyas. Siempre me quedó el resquemor de no haber hecho por él todo lo que debía.

Pero volvamos a 1988. No recuerdo haber hecho ninguna quiniela hasta que, en otoño de ese año, pasé un día por un estanco y agarré un boleto. Lo hice un poco porque sí y rellené dos columnas. En aquella época todos los partidos se jugaban en domingo, menos uno que se adelantaba al sábado y se emitía por televisión. El de aquel sábado era un Real Madrid-Athletic de Bilbao, que acabó en empate. Yo había apostado por una victoria del Madrid, así que la cosa no podía empezar peor. Lo curioso es que acerté todos los resultados del domingo y de repente me encontré entre las manos con un boleto premiado. Por quinielas de trece aciertos se habían llegado a pagar cantidades millonarias. La de aquella semana salió a unas doscientas mil pesetas, lo que tampoco estaba nada mal. Entregué la mitad a María José y me reservé la otra mitad para gastármela en un viaje a Sevilla, donde nunca había estado.

El viaje lo hice con Vila-Matas. Con él siempre ocurrían cosas extrañas. Si por en medio estaba también Miguelito, las cosas que nos ocurrían no eran extrañas sino extrañísimas. Miguel Sánchez, Miguelito, era el amigo en cuya casa nos alojamos. Una gran cabeza calva con largas guedejas que se le desflecaban a los lados, unos ojos redondos como de muñeca antigua, el rictus a medio camino entre la risa y el susto, la papada incipiente asomándose al jersey de cuello en pico, el corpachón rotundo y casi esférico, Miguelito era un hombre bastante alocado. Años después, que fue cuando más lo traté, se volvió directamente loco. En una ocasión, asistió a una charla mía y, con toda la pachorra del mundo y ante la incredulidad general, se instaló junto a mi mesa de orador y vació de un trago mi botella de agua mineral: «¡Aaah, qué sed tenía!». La gente tampoco se inquietó demasiado porque su chifladura, que saltaba a la vista, resultaba inofensiva y hasta simpática. En esa época se cubría la cabeza con un quepis auténtico de gendarme francés y del bolsillo de la chaqueta le asomaba una maraña de cintas métricas. Eran metros de costurero, baratos, vulgares, comprados en cualquier bazar. Si le presentabas a alguien, se apresuraba a rodearle el cuello con uno de ellos y, tras hacerle un nudo de corbata, proclamaba ceremonioso: «Yo te nombro caballero de la Orden del Metro».

Miguelito era un barcelonés enamorado de Sevilla que había invertido en esa ciudad su herencia familiar, nada desdeñable. Había tenido un negocio de diseño e interiorismo que no había acabado de funcionar y, mientras fantaseaba con montar una macrodiscoteca que iba a llamarse Proyecto Plutón, vivía del alquiler de unas naves industriales a las afueras de la ciudad. Su casa estaba cerca de la iglesia de Jesús del Gran Poder. Por fuera era una de esas casas típicas con rejas en las ventanas, barandillas de hierro forjado y algún adorno de azulejo en la fachada. Por dentro, en cambio, estaba totalmente remodelada, con grandes habitaciones sin tabiques y una moderna escalera de hierro que unía los tres pisos. Pared con pared, había un reformatorio femenino desde el que las chicas se colaban por la azotea para robarle cosas: hacía tiempo que había renunciado a tener televisión porque no le duraba ni dos días. A nosotros mismos no tardaron en robarnos: a mí, unos billetes de mil que había dejado en la maleta y a Enrique, unas tijeras de uñas que llevaba en el neceser. Nuestro anfitrión, que conocía bien a las chicas, convocó a la principal sospechosa y la acusó del robo del dinero. La otra lo negó todo con vehemencia. «¡Que me muera ahora mismo si te estoy mintiendo, Miguelito! ¡Yo el dinero de tu amigo no lo he tocado!», exclamó y, con un dramatismo digno de Margarita Xirgu, añadió: «¡Y las tijeritas de tu otro amigo tampoco!», tijeritas que nadie había mencionado en su presencia.

Con su mezcla de locura y candor, Miguelito era un tipo del que todo maleante intentaría aprovecharse. Una tarde fuimos en su coche a conocer los alrededores de Sevilla. En uno de los pueblos por los que pasamos vivía un individuo que llevaba varios meses sin pagarle el alquiler de un almacén. Miguelito quiso aprovechar el viaje para reclamarle la deuda. Entramos en un bar de mala muerte, con fotos de chicas detrás de la barra y un montoncito de serrín en un rincón. Como en un *spaghetti western*, los clientes interrumpieron de golpe sus conversaciones y nos observaron amenazadores. Uno de ellos, el de aspecto más siniestro, saludó con un movimiento de cabeza. Observé que le faltaba una oreja y, en un susurro, Miguelito nos explicó que se la habían arrancado en la cárcel de un mordisco. Por supuesto, ese hombre era el deudor. Mientras ellos dos se apartaban para hablar, Enrique y yo nos sentamos a tomar algo. ¿Nos había llevado nuestro amigo hasta allí para que con nuestra presencia ejerciéramos algún tipo de presión? Estábamos más bien tensos y a la defensiva. Sin saber cómo acabaría la cosa, no podíamos permitirnos ninguna relajación. Yo diría que, metidos hasta dentro en nuestro papel, tratábamos incluso de afectar cierta dureza. El camarero nos sirvió las bebidas acompañadas de un plato de aceitunas. Los otros dos, mientras tanto, seguían departiendo en el extremo opuesto del local. Pasados unos minutos, el hombre dio por terminada la conversación, se acercó a nosotros y en un tono de voz que no admitía réplica declaró: «El dinero no te lo voy a pagar, Miguelito, pero a las olivas de tus amigos estás invitado».

Miguelito era también uno de esos tipos que llevan las situaciones hasta el borde de la catástrofe. Aquella noche cenamos en cualquier sitio y, con algunas copas de más, nos acercamos al Palmar de Troya. La llamada Iglesia Palmariana de los Carmelitas de la Santa Faz, financiada con donaciones procedentes de diversos países, era una tapadera para el blanqueo de capitales y, por tanto, un nido de malhechores. La secta atravesaba por entonces su etapa de esplendor. Ejercía todavía como pontífice su fundador, el autoproclamado papa Clemente, hombre muy conocido en los ambientes homosexuales sevillanos. El dibujante de cómics Nazario recuerda en uno de sus libros autobiográficos su «culo orondo que en los Jardines de Murillo, a altas horas de la madrugada, asomaba entre unos pantalones bajados hasta las rodillas y una gabardina recogida por delante», culo que acabaría descansando en la silla gestatoria del papa Gregorio XVII. El propio Miguelito había conocido en alguna ocasión al papa Clemente y, según contaba, había llegado a meterle los dedos en los ojos para comprobar si era ciego de verdad.

La basílica estaba situada en mitad de un páramo. Iluminadas por la luna, sus altas espadañas sobresalían por encima de un grueso muro de apariencia carcelaria. Sin pensárselo dos veces, Miguelito salió del coche y llamó al timbre. Luego se alejó un par de metros y se puso tranquilamente a orinar contra el muro. La puerta se abrió y aparecieron dos hombres de aspecto intimidatorio. Enrique y yo optamos por presentarnos como impacientes peregrinos deseosos de rezar en el templo. Los dos matones, que nos tomaron por unos chalados, nos informaron del horario de visitas y nos conminaron a marcharnos. El problema era que Miguelito no terminaba de mear, y no queríamos ni imaginar lo que podía ocurrir si lo descubrían en plena micción. Enrique insistió, para ganar tiempo: «Somos peregrinos y venimos de muy lejos». Lo dijo con una entonación parecida a la de Simón del desierto en la película de Buñuel. Los dos gorilas lo contemplaron con curiosidad. Por supuesto, su aspecto distaba mucho del de un peregrino, y sin embargo había algo en él que los tenía totalmente desconcertados. Se diría que dudaban entre arrojarse a sus pies como los pastorcillos de Fátima o agarrarle directamente por el pescuezo. Al final, mientras nos repetían el horario de visitas, accedieron a apartarse un poco para que echáramos un vistazo lejano al edificio. Miguelito, entretanto, estaba acabando de mear y nosotros nos apresuramos a despedirnos para que no lo vieran llegar con la bragueta a medio abrochar.

Todo esto ocurría en la noche del 13 al 14 de diciembre. Si lo recuerdo con precisión es porque para el día siguiente, miércoles, estaba convocada una huelga general, la primera de la democracia. Ajeno a los entresijos de las organizaciones sindicales, yo daba por supuesto que la huelga no iría demasiado lejos: paros en la industria, alguna manifestación y poco más. Ni siquiera me parecía que hubiera razones de peso para que los trabajadores se enfrentaran a un Gobierno socialista que en esos seis años había mejorado notablemente sus condiciones laborales. Esa mañana, mientras mis compañeros de fatigas dormían la mona, me apeteció salir a pasear por Sevilla. No tardé en descubrir que la huelga había conseguido paralizarlo todo. Las cafeterías, los quioscos, los comercios estaban cerrados, y solo permanecía abierto El Corte Inglés, ante el que se apiñaban ruidosos piquetes que insultaban a quienes pretendían entrar. Por suerte, me había llevado lectura para entretenerme, el voluminoso *La vida instrucciones de uso*, del que leí varios capítulos sentado en un banco del parque de María Luisa.

Cuando me decidí a regresar, descubrí que había salido sin llaves. Llamé varias veces al portero automático, pero nadie respondió. ¿Habrían salido, como yo, a dar una vuelta? Dado que no había donde ir, tampoco podían tardar en volver. Di otro paseo, leí algún capítulo más del libro de Perec y volví a intentarlo. Nada. Seguían sin contestar. Decidí armarme de paciencia. Como no había desayunado, me aventuré a entrar en El Corte Inglés entre los abucheos de los huelguistas. Apuré todo lo que pude el almuerzo y nuevamente llamé en vano al portero automático de la casa. Empezaba a estar cansado.

Obligado a seguir vagando por la ciudad, pasé por delante del señorial hotel Alfonso XIII y reconocí el coche de Miguelito, que estaba aparcado frente a la entrada. Miguelito tenía la costumbre de colarse a desayunar gratis en los bufés de los hoteles dando un número cualquiera de habitación. De alguien así podía esperarse que se hubiera refugiado en la cafetería de un hotel mientras toda la hostelería de Sevilla permanecía cerrada. Entré y pregunté. El recepcionista, creyéndome sin duda un espía o informador de los sindicatos, me aseguró que el establecimiento cumplía a rajatabla el decreto de servicios mínimos. Le pedí por favor que llamara por megafonía a mi amigo. Lo hizo, y el nombre de Miguel Sánchez resonó varias veces en los salones desiertos del viejo hotel. Al salir, pasé nuevamente junto al coche y reparé en que tenía una abolladura en un lado. ¿Había tenido un percance? Y en tal caso, ¿podía ser que hubiera salido malparado y hubiera acabado en urgencias? Me metí en una cabina telefónica y llamé a la policía, que no tenía constancia de que ningún Miguel Sánchez hubiera sufrido ningún accidente. Ahora, además de cansado, estaba intranquilo. Llamé unas cuantas veces más al portero automático, siempre sin respuesta. Empezaba a oscurecer y yo ya no tenía ganas de seguir leyendo. A eso de las siete, probé a llamar de nuevo. Lo hice sin ninguna esperanza pero, sorprendentemente, la puerta se abrió. Subí al segundo piso. Enrique, que había oído algunos de mis timbrazos pero los había confundido con el tableteo de los helicópteros policiales, no se había levantado de la cama en todo el día: era su manera de respetar la huelga general. Miguelito, por su parte, había salido de casa poco después de mí y en ese momento se estaba dando un baño de espuma. «¡Mira, Pisón!», me gritó exultante desde la bañera, «¡he empezado a coleccionar pancartas!». En efecto, apoyados en la pared había unos cuantos lienzos con las siglas de los diferentes sindicatos y mensajes alusivos a la huelga. Se había pasado el día yendo de manifestación en manifestación con el único propósito de hacer acopio de pancartas y banderas.

9

«A estos les ha cogido el toro»: eso fue lo que mi madre pensó cuando le dije que íbamos a tener un hijo y que habíamos decidido casarnos. No es una suposición mía; es que fue así como ella se lo explicó después a sus amistades. María José y yo vivíamos juntos desde hacía cinco años, nos ganábamos la vida sin pedir nada a nadie y tratábamos de solucionar nuestros problemas sin crear problemas nuevos. Nos comportábamos, en definitiva, como dos adultos, pero está claro que para mi madre aún no lo éramos del todo. Para ella éramos una pareja a la que había cogido el toro o, lo que es lo mismo, unos inmaduros que iban a acabar pagando su atolondramiento juvenil con una boda de penalti. Mi madre, que luego haría un esfuerzo por adaptarse a los nuevos tiempos, pertenecía todavía a una España moralmente apolillada, vetusta, siempre preocupada por el qué dirán, que era algo que a nosotros nos traía sin cuidado.

En una época como aquella, en la que la inmensa mayoría de la gente seguía casándose por la Iglesia, no pudo gustarle que el primero de sus hijos que iba a casarse fuera a hacerlo por lo civil. Decidimos casarnos en Zaragoza porque allí vivían casi todos los invitados, que eran muy pocos: mi madre, mi tía María Josefa, mis hermanos, los padres de María José, su hermana, su cuñado. Entonces las bodas civiles se celebraban en los viejos juzgados de la plaza del Pilar, un edificio cuadradote y feo, con policías custodiando a detenidos, propaganda sindical en las paredes y tablones de anuncios rebosantes de edictos. El lugar carecía por completo de glamur, pero no nos importaba. Para nosotros aquello no era más que un trámite administrativo, como firmar una escritura. Habíamos dispuesto que solo estarían presentes los dos testigos, que eran mi hermano Diego y mi cuñada Lola. Con el resto de invitados lo festejaríamos directamente en el restaurante.

Iba a ser un casamiento discreto. Tan discreto que ni siquiera nos molestamos en llevar una cámara fotográfica. Que ahora tengamos una foto de aquel día se debió a una casualidad. La boda anterior a la nuestra era, digamos, una boda *hippie*. Mientras esperábamos en el pasillo, oíamos cantar canciones de misa. Probablemente no lo eran. Probablemente eran versiones de Bob Dylan y

Simon & Garfunkel, pero sonaban tan empalagosas como las canciones de misa de mi infancia. Cuando se les acabó el repertorio, los asistentes empezaron a salir con sus guitarras, panderetas y bongós. Entre ellos estaba el escritor y periodista Antón Castro, gran aficionado a la fotografía. Sin dudarlo un instante, se plantó delante de nosotros y nos hizo una foto, *la* foto, la única que conservamos de la boda. La observo ahora y no puede sino enternecerme, los dos tan flaquitos y en el fondo tan niños, con esa madurez aún impostada de los veinteañeros, sonrientes pero turbados, yo un poco tenso como siempre que me fotografían, arreglados ambos según la moda de la época, con unos peinados algo aparatosos, yo con una americana con hombreras que me hace parecer más atlético de lo que era, María José con un vestido verde de líneas sencillas bajo el que, sorprendentemente, resulta imposible adivinar sus cinco meses de embarazo.

De la ceremonia en sí solo recuerdo que el juez acabó picándose conmigo. Teníamos ganas de acabar cuanto antes, y aquel señor, sacramental, untuoso, solemne, con mucho de sacerdote, empezó a soltarnos un sermón sobre la trascendencia del paso que estábamos dando, las obligaciones que contraíamos, el amor que nos debíamos mutuamente, etcétera. Aquello, además de desprender un inequívoco tufillo clerical, parecía que no fuera a terminar nunca, así que yo, ciertamente impertinente, le pedí que abreviara. Lo único que queríamos era firmar un contrato, regularizar de la manera más sencilla nuestra situación legal y la del niño que estaba por nacer. El hombre, enfurruñado, dejó su sermón a medias y se limitó a señalarnos los documentos en los que debíamos estampar nuestras firmas.

Estábamos en noviembre de 1989. Mis hermanos habían ido poco a poco alzando el vuelo. Josefo, que llevaba años impartiendo clases de Filosofía del Derecho en Zaragoza, estaba a punto de trasladarse a la recién creada Universidad de La Rioja, de la que luego sería rector. Diego, guitarrista de jazz, había abierto un bar de copas cerca de la Ciudad Universitaria y hacía tiempo que vivía por su cuenta. Borja, estudiante de Ingeniería y temprano beneficiario del programa Erasmus, pasaba largas temporadas fuera de España. Y Natalia, por último, se había instalado en Madrid para estudiar restauración de arte. De la noche a la mañana, mi madre se encontró viviendo sola en el piso de la calle Zurita, que no tardó en quedársele grande y que acabó vendiendo para mudarse a uno más pequeño. Estaba adentrándose en la etapa definitiva de su vida.

Los novelistas tendemos a percibir algún tipo de orden interno en realidades que son por naturaleza caóticas, azarosas. Se trata generalmente de un orden retrospectivo, pues solo cuando la historia ha concluido se revela una lógica interna que venía operando silenciosamente desde el principio. Dicho de otra manera: sin el cumplimiento de un destino determinado, los antiguos presagios no serían presagios. O lo que es lo mismo: si el desenlace fuera otro, también los presagios serían distintos. Por esa suerte de deformación profesional, cuando ahora evoco la peripecia vital de mi madre, no puedo desligarla de la de mi tía María Josefa, que le aporta bastante más sentido narrativo que el que pudiera aportarle cualquier otra persona.

La he mencionado varias veces: mi tía María Josefa, la hermana mayor de mi madre, la que se casó con un notario, la que se quedó viuda en cuanto este logró ser destinado a Zaragoza. Mi madre y ella nunca se habían parecido demasiado, y con los años aún menos, al contrario que las parejas bien avenidas, que acaban desarrollando raras semejanzas. Tenían una estatura similar, las dos muy menudas, pero, mientras que mi madre, vestida siempre con ropa vaquera, era morena, de rasgos afilados, ojos oscuros y el pelo cortado a lo *garçon*, mi tía, con faldas por debajo de la rodilla e historiadas chaquetas de punto, era más bien rubiasca, de cara redondeada y ojos azul turquesa, el peinado siempre impecable, como recién salida del salón de belleza. Las principales diferencias, sin embargo, no eran de orden físico. A mi madre la vida la había enseñado a luchar y a mi tía, que todo lo conseguía con su hermosa sonrisa, no. Mi madre conducía; mi tía no había tocado un volante en su vida. Mi madre estaba acostumbrada a hacerlo todo; mi tía, a que se lo hicieran. Mi madre sabía lo que era vivir con estrecheces; mi tía jamás se había tenido que preocupar por el dinero. En resumen, mi madre había nacido para ser abeja obrera, y mi tía para ser la reina de la colmena.

Esas diferencias, en lugar de distanciarlas, las unían en una complementariedad casi perfecta. Pero en realidad la unión venía de muy atrás. Habían crecido juntas en la Zaragoza de la guerra civil, las habían enviado juntas al internado de Santa María de Huerta, habían vivido de forma paralela sus noviazgos... Luego la vida las había separado, y se diría que durante un lapso de un par de décadas se habían esperado mutuamente. Mi madre había esperado a que un concurso de traslados devolviera a mi tía a Zaragoza del mismo modo que otro concurso similar la había devuelto a ella y, viuda temprana, había esperado a que mi tía se quedara también viuda. Luego mi tía, que no tuvo hijos, había esperado a que mi madre se viera liberada de los suyos. Habían sido inseparables en la primera fase de su existencia y volvían a serlo ahora, en la última, y sus vidas junto a sus respectivos maridos se presentaban ahora como una interrupción, una especie de paréntesis o interregno antes de recuperar la unidad, que era su estado natural. A partir de cierto momento dejo de recordarlas por separado y solo puedo recordarlas juntas, como fundidas en un ente indivisible, mientras todos los demás, incluidos mis hermanos, incluido yo, nos hemos convertido en meros satélites, presencias menores orbitando en torno a ellas dos, que son el núcleo irradiador de luz y de energía.

El caserón de Garrapinillos que mi tatarabuelo había construido para retirarse a vivir con su amante francesa lo había heredado uno de mis tíos, Paco. A mi madre y a mi tía María Josefa les habían correspondido varios terrenos de la antigua finca. En uno de ellos, el más próximo a la carretera, empezaron a proyectar la construcción de un chalé. Ellas, que en los años del hambre habían pasado allí largas temporadas sin que les faltara de nada, parecían decididas a recuperar la felicidad de la infancia, cerrando así un círculo que venía de muy lejos. Se veían a sí mismas viviendo la mayor parte del año en su bonita casa de campo, en la que cuidarían sus macizos de flores y cultivarían sus propias hortalizas. Al final, las cosas no salieron del todo como ellas querían. La casa acabó resultándoles más cara de lo previsto y la amueblaron un poco a la diabla, con objetos sobrantes de aquí y allá, con habitaciones convertidas en trasteros en los que todos dejábamos lo que no teníamos dónde guardar. Los veranos, por otro lado, preferían pasarlos en la playa y, como en invierno la casa era muy difícil de calentar, apenas si iban por allí algunos fines de semana sueltos, con lo que el jardín y el huerto quedaron un poco desatendidos. Se suponía que todo cambiaría en cuanto mi madre se jubilara y dispusiera de más tiempo libre, pero justo entonces mi tía murió atropellada, de modo que el sueño de regresar a la antigua felicidad de la infancia lo cumplieron solo a medias.

Entretanto, mi madre, quizás por emular a su hermana, que tenía a gala sus múltiples achaques, tuvo que pasar varias veces por el quirófano, primero para quitarse unos bultos del pecho e implantarse unas prótesis de látex, después para reconstruir esas mismas prótesis, que se le habían reventado en un accidente de circulación. Cuando nació mi hijo Eduardo, la llevó de nuevo al quirófano una apendicitis que estuvo a punto de convertirse en peritonitis por culpa de un primer diagnóstico erróneo. Recuerdo el trasiego de esos días, todo el rato yendo y viniendo entre la Clínica del Remei, en la que estaban María José y el niño, y la Quirón, en la que habían operado a mi madre. En marzo de 1990, esta tenía cincuenta y seis años recién cumplidos, siete menos de los que tengo yo ahora, pero por primera vez percibí en ella un desvalimiento vinculado con la edad. El destino comenzaba a mandarme mensajes: a partir de entonces, yo, que llevaba años viviendo a mi aire, iba a tener responsabilidades hacia arriba y hacia abajo. Esa ilusión de soberanía personal que se tiene en la juventud estaba empezando a esfumarse.

Ahora, de repente, yo era un hombre con un niño en brazos. En realidad, nadie está preparado para la paternidad, que, por muchos miles de millones de niños que hayan nacido a lo largo de la historia de la humanidad, es siempre un acontecimiento único, excepcional. Todo tiene que ser aprendido, y no te sirve de nada la experiencia del ejército de padres y madres que te han precedido. Estrenas una felicidad nueva, que no se parece a ningún tipo de felicidad que hayas experimentado antes, y descubres, por decirlo de algún modo, que no cabe más amor en tu corazón. Conmovidos, temblorosos, sabedores de que ese cuerpecito encerraba algo muy nuestro pero al mismo tiempo superior a nosotros, trascendente, pasábamos largos ratos inclinados sobre la cuna para verlo dormir, para escuchar su respiración, para percibir su olor a polvos de talco y leche agria. La visión de ese niño hermoso, a su manera perfecto, producto exclusivo de nuestro amor y nuestra voluntad, nos transmitía una sensación de dicha que no podíamos comparar con nada.

Que todos los padres anteriores a nosotros hubieran sentido más o menos lo mismo no le restaba sinceridad ni pureza a nuestra emoción. Una parte importante de la belleza del recién nacido residía en su infinito desamparo. Su debilidad y pequeñez nos hacían fuertes, grandes; su indefensión, protectores; su poquedad, generosos. Todo en él nos llevaba a sentirnos mejores, lo que contribuía a aumentar esa felicidad nuestra apenas estrenada. Ah, pero también estrenábamos unos temores desconocidos, inéditos, incluido el temor a perder esa misma felicidad, que sabíamos que no podía ser eterna. Alguno de esos temores lo había prefigurado antes en un relato titulado «Siempre hay un perro al acecho», en el que a través del miedo atávico de unos padres ante la enfermedad de su hija trataba de conjurar mis propios miedos futuros: supongo que, instintivamente, ese relato formaba parte de mi entrenamiento para la paternidad.

Como nuestra casa no tenía ascensor, subíamos al niño en una mochilita que nos colgaba por delante, a modo de marsupio. Recuerdo la intimidad cálida y casi animal de ese contacto, que era lo más parecido a un embarazo que yo podría llegar a experimentar, su pequeño cuerpo fundido con el mío como una prolongación de mí mismo. Recuerdo también, algo más tarde, el alborozo de los primeros juegos con las olas del mar. Nos dejábamos sacudir por el oleaje y brotaba una alegría vigorosa, explosiva, que se alimentaba a sí misma en una combustión siempre creciente. Oyéndolo reír, me decía a mí mismo que no podía existir en el universo un sonido más bello. Eran instantes de plenitud, teñidos sin embargo por la melancolía de saber que, mientras que nosotros los recordaríamos toda la vida, él los olvidaría de manera inmediata. Los hijos te hacen revivir episodios de tu propia infancia. De ahí la certeza de que todo ese regocijo no dejaría ninguna huella en su memoria de niño, tan corta. Al poco de morir mi padre, apareció por nuestro piso de Zaragoza la que había sido nuestra niñera en Logroño, Cruz. Venía a darle el pésame a nuestra madre y a visitarnos a nosotros, los cinco hermanos, que tanto la habíamos querido. Salimos a saludarla y permanecimos todo el rato en silencio, envarados. Hacía apenas tres meses que no la veíamos y ya nos habíamos olvidado de ella, convertida de repente en una extraña. Si yo, con nueve años, había borrado de mi memoria a Cruz, ¿qué no borraría mi hijo Eduardo en sus primeros años de vida? Me parecía ilógico: era como si una canción dejara de existir una vez escuchada. Y, sobre todo, me parecía injusto: era como si esos instantes de felicidad compartida los hubiéramos vivido solo nosotros, los padres. Como si esos instantes solo a medias hubieran sido reales. Quizás para dejar constancia de que esa felicidad era del todo real, le hacíamos muchas fotografías. En los álbumes familiares tenemos cientos de fotos del pequeño Eduardo: fotos suyas en la playa, fotos en la guardería, fotos en la calle y en casa, fotos con el perro de mi hermana, fotos dormido, fotos subido a una moto, fotos disfrazado... Como padres primerizos que éramos, cualquier situación de su vida nos parecía digna de ser conservada para siempre. Luego a Diego, que nació seis años después, no le hicimos tantas. Privilegios del primogénito, supongo: también de la niñez de mi hermano Josefo hay más fotografías que de la del resto de hermanos.

Echaré mano de un cliché para decir que el niño llegó con un pan debajo del brazo. Mejor dicho, con dos. El primer pan fue una adaptación teatral de un relato mío que me encomendó el Centro Dramático Nacional. La propuesta me vino de Carla Matteini, una mujer dulce e imaginativa, introductora en España de algunos de los grandes dramaturgos italianos, dramaturga ella misma y por entonces mano derecha del director del CDN, José Carlos Plaza. Yo, que sabía poco de escritura teatral y estaba deseoso de aprender, acepté con ilusión. Se trataba de un montaje pequeño, de pocos actores y escenografía reducida, con el que Carla aspiraba a dar cabida en una magna institución como el teatro María Guerrero a piezas más modestas, arriesgadas e informales, que se representarían en la sala Margarita Xirgu, en realidad un *foyer* recién habilitado del propio edificio.

La idea era buena pero Carla no tardó en dejar su puesto por algún tipo de incompatibilidad personal con Plaza, y eso lo trastocó todo. El propósito de dar continuidad al proyecto acabó quedando en nada. Sin apoyos dentro de la institución y convertido en algo que convenía quitarse de encima cuanto antes, casi un estorbo, lo mío se salvó solo porque existía un contrato firmado que había que cumplir. Lo que iba a ser modesto acabó siendo modestísimo, y el estreno resultó bastante desangelado. El propio Plaza apareció apenas un instante para justificar su inasistencia debido a un resfriado, al que trató de dar verosimilitud soltando unos estornudos poco convincentes. Nunca más he vuelto a escribir para el teatro. Supongo que el desenlace no muy glorioso de aquella primera aventura tuvo algo que ver.

El segundo pan fue bastante más apetitoso. El Grupo Z, editor de *El Periódico de Catalunya*, estaba entonces en fase de expansión y había decidido fundar una nueva cabecera en Zaragoza. Concebido para ser el segundo más importante del grupo, *El Periódico de Aragón* compartiría con su matriz barcelonesa el suplemento dominical. Por mi condición de aragonés de Barcelona pensaron en mí para confiarme una de las páginas de opinión. Acepté, claro.

Me recuerdo a mí mismo, en aquellos tiempos anteriores al correo electrónico, acercándome cada semana a la redacción de *El Periódico*, que estaba muy cerca de mi casa, en la esquina de Urgell con Diputación, y dejando en conserjería el correspondiente *diskette*, al tiempo que recogía el *diskette* de la semana anterior. Era todavía la época dorada del periodismo y las colaboraciones se pagaban bien. Para mí, además, era la oportunidad de seguir ejercitándome en el oficio de escribir. El articulismo es una gran escuela de escritura. Te enseña a perseguir las palabras adecuadas y el rigor argumental, amplía el horizonte de tu curiosidad, te ayuda a depurar la prosa, limpiándola de adherencias, te familiariza con los más diversos registros de la lengua, te insufla una saludable noción de disciplina y, lo que también es importante, te inmuniza contra el ensimismamiento y el egocentrismo, recordándote la existencia del lector. De esa escuela el novelista solo puede salir cambiado y, a mi juicio, mejorado, dueño de más y mejores recursos.

En el dominical, como siempre ha ocurrido en ese tipo de suplementos, exigían que entregáramos los artículos con casi dos semanas de antelación. Eso hacía que tuviera que escribir sobre asuntos necesariamente atemporales, ajenos a las mudanzas de la actualidad, lo que aún me lo hacía más apetecible. Mi primer artículo hablaba del hambre y el apetito; los dos siguientes, de la fe en las nuevas tecnologías y del final de la juventud. Así eran los temas que solía tratar. *El Periódico de Catalunya* había alcanzado por entonces una tirada muy cercana a la de su gran rival, *La Vanguardia*, y la revista tenía multitud de lectores. Sin embargo, no sabría decir cuántos de ellos llegaban a la penúltima página, que era la mía. Un domingo, por error, reprodujeron mi artículo del domingo anterior y nadie protestó. Yo creo que ni en la propia redacción se dieron cuenta. A mí me daba igual. Aquellas colaboraciones me solucionaron la vida durante cuatro años, que era más de lo que yo mismo habría soñado, y entretanto me permitieron seguir trabajando en lo que de verdad me interesaba: mis relatos, mis novelas. ¿Qué más podía pedir?

Seguía visitando Zaragoza con regularidad. Ahora la tertulia de El Ángel Azul la capitaneaba José Luis Melero, el más sabio de mis amigos, el bibliófilo por excelencia, cuyo magisterio bondadoso e insomne se abría paso entre nubes de humo que olían a café cargado y tabaco negro. No creo haber conocido jamás a nadie que fuera tan feliz leyendo. A José Luis lo que le gustaba era leer, no escribir: prefería que escribiéramos los demás. Cuatro años mayor que yo, ha vivido siempre en la misma calle, portal arriba, portal abajo, y desde ese punto no ha parado de viajar por el tiempo y el espacio a través de los libros. La bibliofilia de algunas personas es una variedad del coleccionismo. La suya no. José Luis siempre ha comprado los libros para leérselos. Para leérselos, además, concienzudamente. Desde que lo conozco, lo recuerdo haciendo fichas de todos los libros que lee, recopilando informaciones que luego coteja en otras fuentes, llenándolos de notas trazadas con elegante caligrafía de pendolista. Su curiosidad sin límites lo ha llevado a atesorar los saberes más diversos, no siempre útiles. Por suerte, en algún momento comprendió que todos esos saberes debían escapar del pequeño circuito de El Ángel

Azul y se decidió a escribir sus memorias de bibliófilo. Se titulan *Leer para contarlo* y son lo mejor que yo he leído sobre el amor a los libros.

Los supervivientes de la tertulia acudíamos a La Radio, el bar de copas de mi hermano Diego. Allí conocí a Miguel Pardeza, que solía ir los domingos después del partido. Bajito, con la voz muy aguda, con flequillo rubio y cara de niño, como si no hubiera concluido el crecimiento, estaba entonces en el mejor momento de su carrera futbolística. Pardeza era el quinto de la Quinta del Buitre: quinto porque era el único de los cinco que no había nacido en Madrid, quinto también porque fue el único que no pudo triunfar en el Real Madrid, donde estaba condenado a ser el eterno suplente de Butragueño. Rápido, habilidoso, astuto, uno de esos jugadores a los que solo frenaban con faltas, tenía un carácter algo especial, y con frecuencia se negaba de forma ostentosa a celebrar los goles que marcaba. A Pardeza, lector voraz desde su paso por la residencia juvenil del Real Madrid, había sectores de La Romareda que no le perdonaban sus rarezas. «¡Menos libros!», le gritaban. Los domingos por la noche, lo que le gustaba era precisamente hablar de libros, y no del partido de esa tarde. En aquella Zaragoza de primeros de los noventa, sus mejores amigos eran escritores. Ya por entonces, mientras cursaba la carrera de Filología, publicaba artículos de crítica literaria y dedicaba largas horas al estudio de la obra de César González-Ruano, que acabaría siendo el tema de su tesis doctoral. De los futbolistas que he conocido, es el único al que cabría calificar de futbolista intelectual, ese oxímoron insuperable.

A Alfredo Bryce Echenique, sentimental, enamoradizo, depresivo, caótico, bebedor imbatible, *crooner* de la literatura, humorista hiperbólico, hombre cariñoso y expansivo pero también melancólico y solitario, lo conocí por entonces. Entre las páginas de mi ejemplar de *Un mundo para Julius* conservo una carta suya de marzo de 1989 en la que me hablaba de la mudanza en la que por entonces andaba metido. «Estoy pasando mis últimos días en Barcelona, con un pie en Madrid y la cabeza en las nubes», me decía. En efecto, estaba siempre mudándose. Algún tiempo después volvió a instalarse en Barcelona y, entonces sí, nos convertimos de verdad en amigos. Éramos medio vecinos. Solíamos quedar en el café Alegría, en la esquina de Borrell con Gran Vía, bautizado así en homenaje a la zarzuela *La alegría de la huerta*, un cafetín antiguo, con mesas de mármol y espejos en las paredes, que Alfredo, con su humor característico, describía como inmensamente triste. Yo había empezado a leer sus cuentos y novelas siendo muy joven. Resultaba muy halagador que alguien como él, a quien admiraba desde antes de convertirme en escritor, leyera mis libros y me tratara como a un colega. Su amistad, además, me conectaba con uno de mis cuentistas favoritos, Julio Ramón Ribeyro, su íntimo amigo, y en general con la literatura del *boom*, que tanto había influido en mi formación como escritor. Cuando se supo que había publicado en la prensa peruana artículos ajenos como si fueran suyos, algunos de los plagiados (por ejemplo, Sergi Pàmies) lo consideraron un honor. Creo que Alfredo se equivocó al negar los plagios. Habría sido más sencillo achacarlos a sus problemas con el alcohol, que tanto tuvieron que ver, y seguro que el asunto se habría olvidado con rapidez. Tampoco le ayudó su condición de peruano. Un país como el suyo, que nunca se ha preocupado de proteger a los autores y en el que las copias piratas de los libros se venden impunemente en los semáforos, tiene una fiscalía de la propiedad intelectual que actúa de oficio en esos casos. La condena que Bryce tuvo que afrontar en Perú solo habría sido posible en España tras una hipotética denuncia de los plagiados y refleja la contradicción entre lo que el país es y lo que cree ser. Él mismo solía ilustrar esa contradicción con un chiste futbolístico: «¡Ataca Perú, ataca Perú, ataca Perú...! Gol de Brasil».

A Adolfo Bioy Casares, de quien me había fascinado el *Diario de la guerra del cerdo*, con esa extraña mezcla de ciencia ficción y costumbrismo porteño, lo recuerdo en el hotel Palace, bajo la famosa cúpula de cristal, sentado en un sofá a la espera de ser atendido por algún camarero. Sonriente, tímido, elegante, extremadamente gentil, estaba ya muy viejecito y, como tantos ancianos, se había vuelto invisible.

Habían pasado tres años desde mi último libro. Que se acordaran de mí para invitarme a unas jornadas literarias como esas de Madrid, que incluían un homenaje a Bioy, me parecía un milagro. Los coloquios se celebraban en el Círculo de Bellas Artes. Entre los invitados estaban también Vila-Matas, Atxaga y Muñoz Molina. Nos habían hospedado a los cuatro en un hotel muy cercano, el Suecia, construido a mediados de los cincuenta, un edificio de paredes blancas y formas sencillas cuya elegante sobriedad escandinava solo a medias se ha respetado en la reforma de hace unos años. Para mí el hotel Suecia era mítico porque aparecía mencionado en las memorias de Carlos Barral, que siempre que viajaba a Madrid alquilaba una de sus *suites* para celebrar con Juan García Hortelano y su «corte de poetas líricos» unas reuniones de trabajo que «mudaron en alcohólicas y desfondadas». Nuestras habitaciones, consecutivas, estaban en el décimo y último piso, empezando por la número 1001, lo que no dejaba de tener ciertas connotaciones literarias. Me habría olvidado de ese encuentro si no me lo hubiera recordado la lectura reciente de un libro de Elvira Lindo, que precisamente asistió como público a una de las mesas redondas sobre Bioy.

Yo a Muñoz Molina lo había conocido en la

grabación del programa *Tiempos modernos*. Era todavía un funcionario del Ayuntamiento de Granada, rollizo, con grandes mofletes y bigote de guardia civil, un andaluz con humor pero sin guasa, hombre culto y discreto con el que podía pegarme horas hablando de jazz. Ahora, cuatro años después, estaba separado o separándose de su primera mujer. Lo recuerdo esa tarde en el *hall* del Suecia conversando muy interesado con una atractiva periodista, cuya identidad no he descubierto hasta la lectura de *Noches sin dormir*, donde Elvira Lindo recuerda que acabó yéndose con Antonio a tomar una copa y ya no volvió a casa: «Cuántas veces me ha afeado muy cómicamente por haberme metido en la cama con un desconocido». Así pues, la atractiva periodista era ella misma, que todavía no se había convertido en la escritora que sería más tarde (la autora del inolvidable *A corazón abierto*) y ni siquiera había empezado a publicar las populares novelas de Manolito Gafotas.

Yo aquella noche cené con Enrique y Bernardo. Volvimos al hotel a la una y pico o las dos. A Bernardo se le antojó desayunar en la habitación, cosa que nunca había hecho. En el Suecia el desayuno se encargaba mediante un cartelito que había que colgar del pomo de la puerta. Al pasar por delante de la habitación de Antonio vimos uno de esos cartelitos y nos acercamos a comprobar si era el del desayuno. Lo era, y especificaba que debían llevarle no uno sino dos desayunos. «¡Dos!», silabeó Bernardo con claridad. De repente nos descubrimos a nosotros mismos, sigilosos, furtivos, equívocos, inclinados sobre el ojo de la cerradura con quién sabía qué intenciones, y nos sonrojamos imaginando que se abriera la puerta y los amantes nos atraparan fisgoneando en su intimidad...

Tanto a Antonio como a Elvira los he tratado con más asiduidad a su regreso de su larga aventura norteamericana. Él, entretanto, ha desarrollado una carrera literaria que incluye la memorable *La noche de los tiempos*, cuya acción transcurre en los meses inmediatamente anteriores y posteriores a julio de 1936, una novela, por tanto, sobre la guerra civil, presente también en otros de sus libros. De mi generación, solo él y Julio Llamazares escribían sobre temas así en unos años como los ochenta, en los que estábamos obligados a ser modernos y cosmopolitas y, por lo tanto, a ignorar todo cuanto tuviera que ver con nuestro pasado colectivo, como si la historia de España fuera la de una democracia antigua, estable y aburrida. En una carta suya de 1986 que he encontrado entre las páginas de su primera novela, *Beatus Ille*, tras agradecerme mis comentarios sobre esta, afirmaba que «no es, desde luego, una novela sobre la guerra civil sino sobre la literatura: de ahí tu sorpresa porque el libro te haya gustado a pesar de la época en la que se desarrolla». En efecto, la guerra civil y el franquismo me interesaban más bien poco. ¡Quién me iba a decir a mí que, años después, acabaría escribiendo precisamente sobre la guerra civil y el franquismo!

Por entonces eran pocos los congresos y festivales en los que se requería la presencia de escritores. La primera invitación verdaderamente sabrosa me llegó de la Casa de España de Nueva York, que, en colaboración con universidades e instituciones norteamericanas, había programado una serie de conferencias y coloquios sobre la literatura española del momento. Querían que estuvieran representadas las tres generaciones de novelistas en activo, y los elegidos fuimos Ana María Matute, José María Merino y yo. Ana María, que tan prolífica había sido al principio de su carrera, estaba atravesando un bache tras la muerte de su segundo marido, al que, en contraposición con Ramón Eugenio de Goicoechea, llamaba «el Bueno». Desde hacía unos años, solo tenía fuerzas para escribir novelitas juveniles, y hasta la publicación en 1996 de *Olvidado Rey Gudú* no volvería a ocupar el puesto preeminente que merecía. Combatía las penas con la ayuda del whisky. Durante aquellos días neoyorquinos la recuerdo siempre buscando el momento de instalarse en el piano-bar del hotel y pedir un whisky bien largo. Dura y tierna a la vez, guapa todavía, con un pelo plateado que refulgía en la distancia, había empezado a ganar peso y protestaba con esa voz de violín que tenía: «¡Lo malo no es ser vieja! ¡Lo malo es estar gorda!».

Los años siguientes, la vi más veces fuera de Barcelona que en Barcelona, porque, con tal de zafarse de la vigilancia de su hijo Juan Pablo, que no le permitía beber, aceptaba todas las invitaciones que le llegaban. Murió en 2014, en plena efervescencia del nacionalismo catalán. Tres años antes, había viajado a Alcalá de Henares para recibir el Premio Cervantes. Los sillones reservados a los representantes de la Generalitat permanecieron vacíos durante toda la ceremonia. No acudió el entonces presidente, Artur Mas, que debía de tener mejores cosas que hacer. Tampoco el consejero de Cultura, Ferran Mascarell, que seguro que tenía la agenda repleta. Ni siquiera el delegado de la Generalitat en Madrid, quienquiera que fuese, supongo que desbordado por los compromisos. Tratándose de una mujer que estaba a punto de cumplir ochenta y seis años, que ninguna autoridad de su comunidad autónoma quisiera sentarse a su lado era peor que un simple desatino: era una descortesía imperdonable.

10

Cierro los ojos y aún lo veo venir, sonriente, grande, vestido de negro, con el morral lleno de libros a medio leer, con los brazos dispuestos para el abrazo. Félix Romeo era inabarcable y quería abarcarlo todo: leer todos los libros, ver todas las películas, escuchar todos los discos, estar en todas partes. Le gustaba pasarse la vida viajando. Le gustaban las ciudades, todas las ciudades, pero sobre todo le gustaba la suya, Zaragoza, y soñaba con una Zaragoza en la que hubiera librerías y cines abiertos las veinticuatro horas del día. Le gustaban las piscinas municipales y las terrazas de los bares. Le gustaba dormir a deshoras, gastarse todo el dinero que llevaba y levantar su copa para proponer un brindis, cosa que hacía siempre con la misma fórmula: «Para que cuando estemos peor estemos como ahora». Le gustaban también el regaliz de palo, que él llamaba paloduz, y unas chucherías infectas que no sé si se llaman nubes o jamones. Le gustaba cantar, y lo hacía horriblemente mal: «Yo quiero verte danzar como los zíngaros del desierto...». Si Franco Battiato lo hubiera escuchado, seguro que le habría prohibido cantar sus canciones. Le gustaba bajarles los humos a los vanidosos. Le gustaba discutir, y lo hacía con vehemencia y por cualquier fruslería. Había cosas que no le gustaban. No le gustaba que lo fotografiaran, y sin embargo sale en miles de fotos. No le gustaban los animales domésticos, y nunca le vi acariciar a un perro o un gato. Le gustaba la gente. Le gustaba cuidar a la gente.

También le gustaba dibujarse gordo y feo en las dedicatorias de los libros. Un día en El Ángel Azul me entregó un ejemplar de una novelita que había escrito en secreto, sin comentar nada a los amigos más cercanos. *Dibujos animados* cuenta la historia de una adolescencia triste en una Zaragoza triste y está llena de ideas geniales y frases rotundas como: «Una braga es lo más diferente a la muerte que conozco». El protagonista es un chico que sueña los sueños de su hermano. Eso era muy suyo, muy de Félix, que una vez proyectó un libro hecho solo de sueños ajenos. Su cabeza, en constante ebullición, no hacía sino generar proyectos: proyectos de libros, de exposiciones, de iniciativas culturales que casi siempre dejaba a medias por simple cansancio.

Lo conocí con diecisiete o dieciocho años, siete menos que yo. Por entonces ya publicaba reseñas de libros en diferentes medios. En la primera que leí, en *El Día de Aragón*, los famosos duendes de la imprenta habían cambiado la equis de su nombre por una ese, y durante un tiempo, creyendo que esa extraña grafía era deliberada y formaba parte de su singularidad de joven artista, lo llamé Felis. Yo, que por entonces había publicado ya un par de libros, lo trataba con cierta condescendencia paternal. Por ejemplo, le recomendaba novelas que no debía dejar de leer. Pero él ya las había leído. Había leído esas novelas y muchas otras que yo desconocía, y puedo asegurar que no se trataba de la clásica impostura del petimetre que finge saberes que no posee. Desde antes de conocernos y hasta el final fue un lector voraz, apasionado, de esos que todas las noches roban horas al sueño para refugiarse en las páginas de un libro. Felis no tardó en convertirse en Félix y en uno de mis mejores amigos. Quizás porque siempre vivió más deprisa que los demás, acabó muriendo joven, con solo cuarenta y tres años. Un infarto lo mató una noche de octubre de 2011 en el sofá del piso de Aloma Rodríguez, en Madrid, adonde había viajado para asistir a una presentación de la revista *Letras Libres*.

La literatura de Félix estaba, como los libros que más le gustaba leer, muy próxima a la vida: se nutría de ella. Algunos de los episodios de su segunda novela, *Discothèque*, están inspirados en experiencias que conoció mientras estuvo en la cárcel de Torrero por insumisión, y en *Amarillo*, uno de los libros más vibrantes y desgarradores que he leído, recuperaría con tono elegíaco la figura de su amigo de infancia Chusé Izuel, que se suicidó en Barcelona en 1992. Pocos días antes de morir, Félix había entregado a Mònica Martín, nuestra común agente literaria, el original de su cuarto libro, *Noche de los enamorados*. En él regresaba de nuevo a Torrero para contarnos la historia del que fue su compañero de celda y recrear esa España no tan lejana en la que los crímenes llamados pasionales quedaban prácticamente impunes. La vida, siempre la vida como fuente de inspiración. Félix, como todos los grandes novelistas, sabía que las buenas novelas están hechas de los mismos materiales de los que está hecha la vida, y en las suyas, como en la vida, hay lágrimas pero también risa, y dolor pero también alegría...

Polemista como era, no siempre se podía comulgar con sus juicios pero, incluso cuando no estabas de acuerdo, en su argumentación siempre descubrías algo luminoso y certero que te obligaba a reconsiderar tus opiniones. Todavía hoy, tantos años después, hay veces que me pregunto qué pensaría Félix de este libro o aquella película o ese asunto de actualidad. Tenía las ideas muy claras, como si todo lo hubiera pensado antes y nada lo cogiera de nuevas. Quizás por eso éramos bastantes los novelistas que le confiábamos nuestros manuscritos y nos dejábamos aconsejar. Si publicó tan pocos libros no fue por falta de talento sino porque tenía algo de Pigmalión y prefería que escribiéramos los que estábamos a su alrededor. Desde que lo conocí hay rastros suyos en todos mis libros. Entre las deudas que mi literatura tiene contraídas con él está el final de *Dientes de leche*. El padre de Félix, que se llamaba también Félix, era policía municipal. En 1966, el realizador José Antonio Duce rodó *Culpable para un delito*, un *thriller* en el que Zaragoza aparece convertida en una inconcreta ciudad extranjera que podría ser Hamburgo o cualquier otra del norte de Europa, en todo caso una ciudad portuaria y con metro en la que las noches de invierno son interminables y siempre está a punto de llover. Algunos policías, entre ellos el padre de Félix, colaboraron como extras en el rodaje. Muchos años después, la filmoteca local programó un pase de *Culpable para un delito*. Tratándose de una película rodada en Zaragoza, lo lógico habría sido que hubiera bastante público, pero no fue así. Únicamente asistieron los padres de Félix, él mismo y su novia de entonces, la escritora Cristina Grande. El padre solo intervenía en una persecución al final de la película y casi ni se le reconocía. En cambio, había otros compañeros suyos que aparecían una y otra vez, perfectamente identificables. Con la tranquilidad que daba el encontrarse a solas y en confianza, el hombre y la mujer hacían comentarios en voz alta sobre unos y otros: «¿Te acuerdas de fulano?», «¿qué se habrá hecho de mengano?», «¡y el pobre zutano, qué final tan triste tuvo...!». Acabaron los dos llorando, o así quise imaginarlos yo en mi novela: llorando por la juventud perdida, por el tiempo que había pasado desde que se conocieron, llorando por el amor que se habían dado y los momentos buenos y malos que habían vivido juntos, llorando por ellos mismos y por los muchos recuerdos que atesoraban.

La escritora sobre la que más claramente ejerció Félix ese papel de Pigmalión fue Cristina, con la que compartió su vida durante bastantes años. Cristina, que escribía cuentos por el simple placer de escribir, nunca había mostrado ningún interés por desarrollar una carrera de escritora. En uno de los relatos de *El padre de tus hijos* ya contó Daniel Gascón cómo Félix logró recuperar su amor después de la primera gran crisis de la pareja. Con esa personalidad suya, arrolladora, torrencial, irrefrenable, una auténtica fuerza de la naturaleza, persuadió a unos cuantos amigos para que, en tiempo récord y a espaldas de ella, prepararan una pequeña edición de sus relatos. El libro se titula *La novia parapente*. En poco más de un día, gracias a las ventajas del *print on demand*, Félix tenía listos los primeros ejemplares, que le entregó como una prueba de amor. De la noche a la mañana, Cristina se vio convertida en escritora. Ya no era, por tanto, la misma persona que el día anterior. Tampoco

Félix lo era. Se había inaugurado una nueva fase de su relación, y en esa nueva fase, según Félix, nada podía fallar. Algunos años después, cuando ya no estaban juntos, Cristina publicó *Naturaleza infiel*, una novela dura y conmovedora. Si no hubiera sido por la obstinación de Félix en convertirla en escritora, no sé si los amantes de los buenos libros habríamos podido disfrutar de tan excelente novela.

La crisis de 2008 lo había vuelto pesimista sobre el futuro del periodismo cultural, que era lo que le daba de comer. Incapaz de aprovechar las muchas oportunidades prácticas que se le presentaban, vivió siempre a salto de mata. En una ocasión le ofrecieron trabajo en una editorial. El primer día, cuando se disponía a ocupar su silla, esta cedió debajo de su enorme anatomía y acabó rodando por el suelo. En ese mismo instante abandonó el empleo. Años más tarde, hizo algo parecido cuando le ofrecieron la dirección de un programa cultural en RTVE. Había dejado allí buenos amigos tras su paso por *La mandrágora*, que le había dado cierta popularidad, y estaba realmente entusiasmado. Se reunió con los trabajadores y les explicó el proyecto. Luego, al ir a tomar posesión de su despacho, leyó la nota que uno de ellos le había dejado sobre el escritorio: NO A LA EXTERNALIZACIÓN DE RTVE. Sin pensárselo dos veces, redactó su carta de renuncia y se volvió a Zaragoza, perdiendo no solo el empleo sino también el adelanto del piso que acababa de alquilar.

En la época de *La mandrágora* había vivido en uno de los últimos pisos del Edificio España. Yo, siempre que iba a Madrid, dormía en su sofá cama. Una de esas veces lo habían convocado a una cena de aragoneses residentes en Madrid y lo acompañé. Entre los comensales estaba el presidente de Telefónica, César Alierta, que le pidió ideas para la fundación cultural de la compañía. El cerebro de Félix entró inmediatamente en ebullición. La cantidad de cosas que se le ocurrieron impresionó a Alierta, que lo llamó a la mañana siguiente para ofrecerle trabajo. Le daba poco menos que carta blanca en Fundación Telefónica: «Decide tú los proyectos», «rodéate de los colaboradores que necesites», «tienes todo mi apoyo». Lo último que podía imaginar era que Félix lo rechazaría con buenas palabras. Así era él: genial pero voluble, inconstante. Se le había pasado la alegría, y lo mismo que la noche anterior le había resultado tan estimulante carecía ahora de interés para él. Los últimos años, obligado a escribir cada vez más artículos cada vez peor pagados, se lo veía cansado y decaído. La última vez que estuve con él fue en septiembre de 2011, en la fiesta de la boda de mis amigos Malcolm Otero Barral y Paula Cifuentes en el restaurante Il Giardinetto de Barcelona. Aquella noche, rodeado de gente a la que quería, bailó, cantó, rio, brindó una y mil veces para que, cuando estuviéramos peor, estuviéramos como entonces. Aquella noche, en suma, fue feliz.

Para ser exacto, lo vi una vez más, muy brevemente. Como El Ángel Azul ya había cerrado (o, peor aún, se había convertido en un *pub* irlandés), en mis visitas a Zaragoza quedaba con los amigos en el Babel, en la calle Zurita. Aquel día iba hacia allí en compañía de José Luis Melero cuando nos encontramos con Cristina, que no tenía nada especial que hacer y se apuntó a tomarse un café en la terraza. Para entonces hacía ya tiempo que cada uno había rehecho su vida por su lado, pero las relaciones eran más bien tensas. Al cabo de un rato vi llegar desde la esquina de Isaac Peral a Félix. Este, al descubrirla sentada con nosotros, se limitó a dar media vuelta y desaparecer por donde había venido. Esa imagen suya, alejándose imperturbable, es la última que guardo de Félix, que murió muy poco después.

La Vanguardia, jueves 6 de diciembre de 1990. En primera plana, junto a una gran fotografía de un solar convertido en un montón de escombros, el titular dice: UNA EXPLOSIÓN DESTRUYE TRES EDIFICIOS DEL EIXAMPLE. Algo más abajo, la entradilla informaba del número de fallecidos: «Al menos dos muertos en el trágico suceso, cuyo origen se atribuye a una fuga de gas». Acabaron siendo tres los muertos: al día siguiente apareció el tercer cadáver. La explosión se había producido el miércoles 5 pero los periódicos españoles llegaban a las principales ciudades europeas con un día de retraso, así que no vi esa primera imagen del desastre hasta el viernes 7.

Por esas fechas yo estaba a punto de cumplir treinta años y hacía nueve meses que me había convertido en padre. Era el puente de la Constitución. Mi mujer y yo habíamos hecho planes diferentes. Mientras María José aprovechaba para ir con el niño a visitar a su hermana Lola, que vivía en Figueras, yo viajaba con mi compañero de billar Carlos Sanz a Grenoble, en cuya universidad estaba dando clases Antonio Pérez Lasheras, viejo amigo de la carrera. La explosión tuvo lugar a primera hora de la tarde, cuando ya todos estábamos lejos de Barcelona, y destruyó tres edificios: el número 111 de la calle Borrell, que era donde se había producido la fuga, pero también los dos contiguos, el 109 y el 113. Nosotros vivíamos en el número 107, el primero de los edificios que quedaron en pie. Habíamos tenido suerte.

No pudimos comprobar los daños hasta que, pasados dos días, se nos permitió entrar. Grietas en techos y paredes, todos los cristales rotos, polvo por todas partes. En realidad, bien poca cosa para lo que podría haber sido. Creíamos que no tardaríamos demasiado en recuperar la normalidad, pero nos equivocábamos. Antes de aquella explosión había habido otras similares en Barcelona, y el ayuntamiento decidió endurecer las medidas de seguridad. En edificios como el nuestro, construido a finales del siglo XIX, el gas circulaba por unas cañerías de plomo que en su momento habían servido para la iluminación de la escalera. Esas cañerías, viejas y porosas, debían ser sustituidas por nuevas tuberías de cobre. Los técnicos municipales se mostraron inflexibles: mientras no se hiciera esa reforma, en nuestra escalera no volvería a haber suministro de gas.

Entonces aún no lo sabíamos pero eso, a la larga, nos condenaba a dejar nuestro bonito y económico piso modernista. Primero había que determinar a quién correspondía pagar la reforma: si al propietario del edificio o a los inquilinos. Después había que poner de acuerdo a los vecinos, algunos de los cuales tenían gas butano y se negaban a gastar dinero en unas mejoras que no iban a aprovechar. La cosa iba para largo, y entretanto las actividades más elementales y rutinarias de nuestra vida diaria se habían vuelto muy complicadas. Sin agua caliente ni cocina por la falta de suministro, comíamos en una cafetería del barrio, nos duchábamos en pisos de amigos y calentábamos los desayunos y los biberones en un hornillo de camping gas prestado. Con un niño de menos de un año, estaba claro que no íbamos a poder aguantar esa forma de vida durante demasiado tiempo.

Empezamos a mirar pisos por el barrio. Faltaba más de un año para los Juegos Olímpicos pero los precios llevaban ya bastante tiempo subiendo. Lo sensato era comprar antes de que se dispararan definitivamente. Encontramos uno coqueto y soleado en la calle Urgell, a solo dos manzanas de distancia. Cuando acudimos a la notaría a firmar la escritura de la que sería nuestra casa durante los siguientes nueve años, no éramos del todo conscientes de la transformación que se estaba operando en nuestras vidas. No mucho antes habíamos pasado de ser hijos a ser padres, y ahora dejábamos de ser inquilinos para convertirnos en propietarios. Con treinta años recién cumplidos, eso solo podía significar una cosa: nos había llegado el final de la juventud.

Hicimos la mudanza en verano. Siempre que Félix viajaba a Barcelona se alojaba en casa. Cuando supo que íbamos a dejar el piso de la calle Borrell, nos propuso una especie de realquiler. Hacía tiempo que él y dos amigos de infancia tenían proyectado pasar una temporada en Barcelona, y de golpe se les presentaba la ocasión propicia: con ese piso (bonito, céntrico y muy barato) tenían ya solucionado el asunto de la vivienda. La cosa, sin embargo, debía hacerse bajo mano. No cambiaríamos la titularidad de ningún contrato. Yo seguiría pagando la renta, la luz y el agua, y luego ellos me lo reembolsarían. Para no levantar sospechas, hasta mantendríamos el nombre de mi mujer y el mío en la tarjeta del buzón.

Félix aún no había publicado *Dibujos anima-*

dos. De momento, era un joven letraherido que, con colaboraciones en periódicos y revistas, trataba de abrirse camino en el mundo del periodismo cultural. Sus dos amigos eran Bizén Ibarra y Chusé Izuel. Yo los conocía de algún viaje a Zaragoza, pero no los había tratado demasiado. Entre ellos, más que amistad, existía una fraternidad profunda: eran del mismo barrio, habían estudiado y crecido juntos, habían intentado montar un grupo de rock, compartían gustos y aficiones, etcétera. Bizén quería dedicarse a la pintura; Chusé, como el propio Félix, a la literatura. De los tres, Chusé era el más inseguro, y los otros dos en alguna medida lo protegían. Chusé, además, estaba pasando una mala temporada porque su novia de siempre lo había dejado, y tanto Félix como Bizén creyeron que unos mesecitos en Barcelona le ayudarían a salir del atolladero...

Pero estoy contando como si las supiera cosas que entonces ignoraba y que no supe hasta bastantes años después: concretamente hasta que en 2008 leí *Amarillo*, el libro que Félix dedicaría al suicidio de Chusé. También la imagen más nítida que conservo del Chusé de entonces está contaminada por lo que sucedió después. Me recuerdo a mí mismo pasando por la calle Borrell, levantando de forma instintiva la vista hacia el que poco antes había sido mi piso y viéndolo en el balcón, vestido de negro, completamente inmóvil, las manos agarradas a la barandilla, se diría que dudando entre saltar o no. Si no fuera porque terminaría tirándose de ese mismo balcón, tal vez esa imagen no se habría grabado con tanta fuerza en mi memoria.

Intento neutralizar esa capacidad retroactiva de la memoria, y donde ahora veo a Chusé es en una mesa del bar Mañé. No en una mesa cualquiera sino en la más alejada de la barra, una de las que daban a la calle Borrell. El Mañé, situado en un chaflán de Floridablanca con Borrell, era entonces mi segunda casa. Ahí bajaba por la mañana a leer el periódico y por la tarde, según la hora, a tomar un café o una cerveza. Ahí, durante los meses en que no pudimos cocinar en casa por falta de gas, nos dieron de comer a María José y a mí y nos calentaron los potitos de Eduardo. Ahí me sentaba a hablar de literatura norteamericana con Francisco Casavella, que vivía cerca, en Marqués de Campo Sagrado. Y ahí, finalmente, fue donde más veces estuve con Chusé mientras vivió en Barcelona, digamos entre septiembre de 1991 y febrero de 1992. Recuerdo que le temblaban los dedos cuando levantaba la taza de café y que a veces se interrumpía en mitad de una frase, como si no estuviera totalmente convencido de lo que estaba diciendo. Ya he dicho que era el más inseguro de los tres amigos. También el más bajito y más flaco. Al lado de Félix y Bizén, fuertes, corpulentos, pura vitalidad, a Chusé se lo veía escuchimizado y débil, con una palidez algo enfermiza. Quizás para compensar, llevaba una cazadora de cuero negro como las del Lou Reed de los setenta, que le daba un toque de agresividad y dureza. Conversábamos siempre sobre novelas y novelistas. Había empezado a colaborar en *El Periódico de Catalunya* y a menudo me hablaba del último artículo que había enviado o del escritor al que acababa de entrevistar. Detestaba a los novelistas engreídos que solo sabían hablar de sí mismos (en *Amarillo* incluyó Félix alguna muestra). Probablemente porque no quería ser un escritor que solo hablara de sí mismo, nunca me habló de los cuentos que escribía. Para leerlos tuve que esperar a la aparición de *Todo sigue tranquilo*, que Félix y otros amigos le publicaron póstumamente. El libro salió en 1994, el mismo año en que el propio Félix publicó su primera novela, *Dibujos animados*: en cierto modo, se convirtieron en escritores a la vez.

Félix estaba siempre yendo y viniendo, y Bizén tenía asuntos que le obligaban a viajar a Zaragoza. De los tres, era Chusé el que se había instalado de forma más estable en Barcelona. El 27 de febrero, cuando se suicidó, en el piso solo estaba Bizén. Félix cuenta en *Amarillo* que habían estado bebiendo y viendo la televisión hasta la madrugada y que, a las siete de la mañana, Chusé bajó a comprar pan y se preparó una tortilla. Poco después, mientras Bizén dormía, se tiró por el balcón.

Al igual que cuando se produjo la explosión de gas, yo tampoco estaba esos días en España porque coincidió con mi viaje a Nueva York. María José, que, como yo mismo, había estado en Estados Unidos pero no en Nueva York, viajó conmigo. Aunque teníamos que hacernos cargo de su billete, no podíamos desaprovechar la ocasión. Entretanto, mis suegros se ocuparon del pequeño Eduardo, lo que quería decir que primero tuve que viajar a Zaragoza para llevarlo y después para recogerlo. La muerte de Chusé debió de producirse cuando ya estábamos apurando nuestras últimas horas en Nueva York, porque la noticia nos la dio mi suegra cuando la llamamos por teléfono nada más aterrizar en Barcelona: «Uno de los chicos que vivían en vuestro anterior piso se ha suicidado. Pero no Félix, uno de los otros...». Supongo que llamé inmediatamente a Félix pero no lo recuerdo. Cuando viajé a Zaragoza a recoger a mi hijo, Chusé ya había sido enterrado. Hablé con Félix y con Bizén. Lo que entonces me contó Félix se mezcla en mi memoria con lo que años más tarde contaría en ese libro magistral y estremecedor que es *Amarillo*. En cambio, de lo que me contó Bizén hay cosas que recuerdo con absoluta claridad. Por ejemplo, detalles sobre la violenta irrupción de la policía, que se descolgó desde la azotea y rompió la ventana para entrar en su dormitorio. Estaba Bizén tan profundamente dormido que no había oído el timbre. Cuando se despertó con el ruido de los cristales y se vio rodeado de policías, creyó estar teniendo una pesadilla. Minutos después, uno de esos policías le informó de que su compañero de piso se había tirado por el balcón y él deseó con todas sus fuerzas que eso fuera de verdad una pesadilla y que acabara enseguida...

Un detalle macabro. Entre que Chusé se tiró y que los policías bajaron con Bizén a identificar el cadáver pasaron varias horas. Entretanto, lo único que sabían era desde qué piso se había tirado, así que miraron en el buzón correspondiente y anotaron el nombre que constaba en la tarjeta, que seguía siendo el mío. Durante unas cuantas horas, mientras yo andaba por Nueva York ignorante de todo, el cadáver de Chusé Izuel llevó mi nombre y apellidos.

Una novela que escribí bastantes años después concluye en el cementerio judío de Melilla, en el que se está dando sepultura a una anciana recién fallecida. La hermana de esta vive ya en un estado de desorden mental y confunde el presente y el pasado, lo que concede una rara ilusión de inmortalidad a los muertos de la familia, que en su cabeza siguen estando vivos. Intentando emular ese poder suyo para alterar la realidad, otro de los personajes, presente en el entierro, cierra los ojos y hace un esfuerzo por convocar a los seres queridos del pasado. Para su sorpresa, no tarda en aparecer su padre, que saluda con un discreto movimiento de cabeza mientras camina entre las tumbas. Después de él llegan sus abuelos. Después, la criada eterna de la familia. Más tarde, una tía monja, hermana de su madre...

También yo cierro ahora los ojos y veo llegar a los míos desde algún remoto lugar del pasado. Veo a mi padre, sonriente, la nariz torcida y la calva brillante, con una corbata negra, fina, a la moda de ahora. Veo asimismo llegar a mi madre, con el pelo más negro que nunca, con un pantalón tejano y un jersey ceñido que deja asomar el extremo de la blusa. Veo a mis abuelos, cogiditos del brazo, muy tiesos, demasiado abrigados para la estación, él con el cuello protegido por una bufanda, ella con su abrigo de astracán, como cuando los acompañaba en Navidades por la calle Alfonso. Veo a mis tíos María Josefa y José Ramón, ella tan bajita, tan vivaracha, él tan grande y tan serio. Veo a mi tío Ignacio, el jesuita, aplastando una colilla en el cenicero y acomodándose las correas del acordeón. Veo a los muertos pero también a los vivos. Veo a mis hermanos, a mis profesores de la facultad, a mis amigos de entonces, a los amigos que hice luego en Barcelona, a los que más tarde me proporcionó la literatura. Los veo a todos situados en una edad indefinida, la edad que tenían y la que tienen, a la vez jóvenes y maduros. Resulta todo un poco incongruente y, al mismo tiempo, verosímil, como en los sueños. Veo incluso a Mateo, el perrujo cantante, tan feo él, correteando nervioso entre las piernas. Mantengo los ojos cerrados y los veo mezclarse unos con otros, agruparse a la buena de Dios, conversar con desparpajo, saludarse los que no se conocen como si se conocieran. Son como los actores que, al término de la función, salen al escenario a agradecer los aplausos. Los veo volverse hacia mí. Los veo sonreír. Los veo hacer una pequeña reverencia. Gracias.

Barcelona, enero de 2024